edition atelier

Barbara Kadletz

IM RUIN

Roman

EDITION ATELIER WIEN

Im Süden der Stadt verließen zwei Menschen frühmorgens ihre Wohnung.

Hätten sie sich im Gehen noch einmal umgedreht, hätten sie gesehen, wie die achtlos beiseitegeschobene Kaffeetasse im Licht der aufgehenden Sonne zu glänzen begann. Aber Zurückschauen lag ihnen nicht. Vielleicht hatten sie ihre klassischen Sagen gelesen. Oder sie fanden, dass nur Idioten über Dinge stolperten, die hinter ihnen lagen. Ihre Erinnerung hatten sie ohnehin verkörperlicht. Sich einander vergewissert. Ja, es hatte sie gegeben. Und die Kaffeetasse wusste Bescheid. Aber Nostalgie interessierte sie nicht, denn sie waren sich nur Gegenwart. Das war die Natur ihrer Geschichte.

*

Der Weg hinein in diese Stadt hatte ihn zuerst an einer bestialisch stinkenden Raffinerie und dann an einem gigantischen Friedhof vorbeigeführt. Mal was anderes, dachte Ari, und erinnerte sich an diesen Spruch, dass es keine zweite Chance für den ersten Eindruck gab. Er schloss die Tür hinter sich. Da war er also wieder. Dieser Moment, in dem aus etwas Abstraktem wie einer Adresse ein konkreter Ort wurde. Und davon sollte man dann ein Zuhause behaupten. Eigentlich hatte er ja Übung darin. In diesem Zuhause-Behaupten. Ihn überkam die übliche müde, klebrige Erschöpfung, und das, obwohl diesmal alles anders war, ja anders sein musste. Ari ließ seine Tasche fallen. Dann öffnete er aus einem Impuls heraus noch einmal die Wohnungstür. Nur um sie behutsam ein zweites Mal hinter sich zu schließen. Er musste sich absichern, dass sie wirklich zu war. Dass die Dämonen draußen blieben. Dass es heute keine Routine war. Er zwang sich fast trotzig, diesen Moment bewusst zu erleben, ihn mit Bedeutung aufzuladen. Mit einem satten Klicken fiel die Tür zum zweiten Mal ins Schloss, gerade richtig in Ton und Lautstärke, wie er fand. Zufrieden darüber ließ er sich langsam an der Innenseite des Eingangs auf den Boden sinken. Jetzt gab es kein Zurück mehr. Die Tür, die da gerade ein zweites Mal ins Schloss gefallen war, war der Beweis dafür. Er war weg. Er war hier.

Es knarrte ein wenig, als sein erschöpfter Körper auf dem Boden landete. »Parkett«, sagte er halblaut vor sich hin. »Parkett, Parkett.« Er verharrte reglos und schaute auf die gegenüberliegende Wand. Ein schwarzer Strich verlief da – unregelmäßig, als hätte ein Kind einen Buntstift ausprobiert. Daneben kroch träge eine Fliege. Ari schloss die Augen und versuchte herauszufinden, wie er sich fühlte. Aber es war ihm unmöglich, Kontakt zu sich selbst aufzunehmen, kein Anschluss unter dieser Nummer. Da war einfach nur eine unglaubliche Erschöpfung, die alle Aufmerksamkeit für sich beanspruchte, sonst gar nichts. Er starrte dumpf vor sich hin. Die Fliege versuchte abzuheben, vergeblich. Resigniert schob sie sich weiter die Wand entlang, während Aris Lider schwerer wurden.

Als er ein paar Minuten später wieder hochschreckte, war es dunkel. Er sah sich für einen Moment verwirrt um, erkannte nichts, bis ihm klar wurde, wo er sich befand. Nervös begann er seine Hosentaschen abzutasten: Geldbörse, Handy, Pass, Schlüssel, alles da, was er brauchte. Sein Atem ging schneller, er wusste, was jetzt kam. Ja, schon raste sein Herz. Er sprang auf, schnappte nach der Türklinke und verließ seine neue Bleibe fluchtartig. Die vorher so mit Bedacht geschlossene Tür fiel jetzt achtlos ins Schloss. Ari nahm gleich zwei Stufen auf einmal, um zurück ins Freie zu gelangen. Bewegung, nichts wie weg von hier, dem rasenden Herzen davonlaufen. Vor dem Haus machte die Welt weiter wie bisher, das fand er gerade wirklich gut. Erleichtert drosselte er nach ein paar Häuserblöcken das Tempo, sein Puls und das hämmernde Herz beruhigten sich langsam wieder. Ein kurzer Blick auf das Handy verriet ihm, dass er es genau dreiundzwanzig Minuten in der Wohnung ausgehalten hatte. Betreten hatte er davon kaum mehr als einen Quadratmeter. Das fing ja gut an.

*

Alles ist doch immer ein Zitat, dachte Katharina, während sie mit der Kaffeemaschine kämpfte und gleichzeitig versuchte, einem Gespräch mit ihrem Stammgast Max zu folgen. Oder vielmehr ein Songtext. Irgendwer hatte es ja doch schon immer treffender formuliert. War man überhaupt jemals zu einem originellen Gedanken fähig?

Sie machte ein zustimmendes Geräusch in Richtung Gast und vertiefte sich weiter in die Reparaturarbeiten. Ein alter Song spazierte durch ihren Kopf und echote stumpfsinnig vor sich hin. Irgendetwas zischte. Sie hob den Blick und sah direkt in das erwartungsvolle Gesicht von Max.

»Wie bitte?«, fragte Katharina irritiert.

»Du hörst gar nicht zu. Du hörst überhaupt nie richtig zu! Glaubst du, ich merk das nicht?«

»Max, ich, also die Maschine«, setzte sie zu einer Erwiderung an, doch ihre Antwort erlahmte bereits nach diesem Halbsatz. Lange schon fielen ihr keine smarten Entgegnungen mehr ein. Das Smalltalk-Areal ihres Gehirns war, so schien es, seit geraumer Zeit auf Kur, und mit einer baldigen Rückkehr offensichtlich nicht zu rechnen. Also zuckte sie nur entschuldigend mit den Achseln. Dieser Moment war ohnehin perdu.

Draußen dunkelte es bereits, und hinten saß auf einmal ein Neuer. Genau dort, an ihrem Lieblingstisch, in der Nische. Katharina starrte in die Ecke. Sie hatte ihn nicht hereinkommen gesehen, obwohl das in ihrem kleinen Lokal doch quasi unmöglich war. Aber ja, ohne Zweifel, da hinten saß einer und blickte leicht fragend in ihre Richtung.

Sie nickte ihm zu, dankbar für die kurze Ablenkung. Max quatschte immer noch weiter, aber da ihre Kollegin Sabina jetzt auch zurück hinter der Bar war, konnte die ja übernehmen. Das mit dem aktiven Zuhören. Ein klassischer Mansplainer, dieser Max, dachte Katharina, während sie auf den Neuen zuging. Und es machte sie vergnügt, dass es endlich ein Wort für dieses Phänomen gab. Arg eigentlich, dass es so lange gedauert hatte, für so etwas Banales einen geeigneten Begriff zu etablieren. Überhaupt. Begrifflichkeiten und deren Abwesenheit, überlegte Katharina weiter. Wie konnte zum Beispiel jemand aus Norddeutschland ohne die Ausdrücke »Das geht sich aus« und »heuer« auskommen? Es war ihr ein Rätsel.

»Hallo«, sagte der fremde Gast. »Ich nehme bitte das Ungesündeste, das Sie auf der Karte haben.«

»Wie?« Katharina erwachte aus ihren Gedanken und sah sich den Typen genauer an. Er sprach sehr leise, und irgendetwas holperte in seiner Aussprache. Fast musste sie sich ein wenig vorbeugen, um ihn gut verstehen zu können. Er hatte etwas Unsicheres, fast Verfolgtes.

»Na ja, das Ungesündeste bitte. Also von allem, was Sie auf der Karte haben, möchte ich etwas. Fett, Zucker, Alkohol, solche Sachen – es gibt keine Grenze.«

»Aha.« Sie nickte und schaute weiter.

Er bestand quasi nur aus Muskeln und Fasern, durchtrainiert und auf eine Zeitschriftenart gut aussehend. Ein klassischer Light-Mann: entkoffeiniert, entrahmt, verpackt in unförmige Klamotten der Art mich-kann-nichts-entstellen. Dazu Bart, Brille und Mütze. Ein Typ Mensch, der sie normalerweise sofort in eine Art Desinteresse-Koma fallen ließ, so vorhersehbar war da immer alles. Aber das, was aus seinem Mund kam, passte nicht zum Rest des Erscheinungsbildes. Interessant irritierend, dachte sie. Und: »Gerne«, sagte sie. »Einmal unser beliebtes Binge-Eating-Breakfast der Herr, kommt sofort!«

Fast widerwillig bemerkte sie einen leichten Anflug von Freude über sein kurzes Lächeln bei ihrer Antwort. So ein Frühstück der Maßlosigkeit, eine gute Idee eigentlich, wieso war sie da selbst noch nicht draufgekommen? Etwas wie »einmal Adalbert Stifter mit allem«. Obwohl, da brauchte es vermutlich mehr Rock 'n' Roll im Titel. Elvis würde sich anbieten, aber der war halt so ein Klischee. Und wer mochte in diesen Breitengraden schon gegrillte Erdnussbutter-Bananen-Sandwiches zu seinen Getränken?

Als sie dem Neuen ihre Frühstückskreation servieren wollte, machte ihre Kollegin Sabina japsende Geräusche. Einerseits war Kalorienhipster grundsätzlich ihr Typ, andererseits war Max mit seiner Geschichte gerade bei einer wirklich langweiligen Stelle angelangt. Sie kannten beide bereits die Pointe. Wobei das Wort Pointe in diesem Fall ziemlich hochgegriffen war. Aber man war ja freundlich und bemühte sich. Vor allem bei den Stämmen, wie sie ihre treusten Gäste unter sich nannten. Auch wenn man die präsentierte Story auswendig aufsagen konnte. Selbst betrunken. Oder nach dem sprichwörtlichen Aufwecken mitten in der Nacht. Katharina jedenfalls überließ ihrer Kollegin großherzig den Neuen und nahm mit einem unauffälligen Augenverdrehen wieder ihre Ausgangsposition ein, sie war ganz Ohr. Und ja, auch Lächeln.

»Was hat der denn bitte bestellt?« Sabina kehrte leicht irritiert zurück hinter die Bar, nachdem sie den kompletten Nischentisch mit Essen und Getränken vollgeräumt hatte.

»Er wollte alles Ungesunde, das wir auf der Karte haben«, antwortete Katharina.

»Ist nicht dein Ernst.«

»Doch, genau so hat er es bestellt.«

Sabina starrte jetzt auch in die Nische. »Der ist sicher Method-Actor und muss sich für seine nächste Rolle eine Wampe anfressen«, sagte sie dann. »Schaut ja auch total hollywoodmäßig aus, der Typ.« Nachdenklich zündete sie sich eine neue Zigarette an, ohne ihre alte ausgeraucht zu haben.

»Bestimmt«, sagte Katharina und nahm seufzend einen Zug von Sabinas vergessener Kippe. Sie konnte sich nicht daran erinnern, wann sie sich das letzte Mal eine eigene angezündet hatte, so beschäftigt war sie immer damit, Sabinas Zigaretten aufzurauchen.

Dann widmete sie sich wieder der fauchenden Kaffeemaschine, irgendetwas war da nicht in Ordnung und das machte sie ganz unrund. Denn die Maschine und der Zaubertrank, den sie produzierte, waren das Herzstück ihres Ladens, und diese Art von Herzscheiße, ha, wieder ein Zitat, konnte sie nicht gebrauchen. Sie musste den wichtigsten Muskel des Hauses reanimieren. Und zwar sofort. Sabinas Zigarette brannte derweil vergessen bis auf den Filter ab und Max schüttete mit routinierter Geste einen Schluck Wasser auf das stinkende und glimmende Ungetüm, um es zu löschen.

Zwischen ihrer Arbeit warf Katharina immer wieder einen unauffälligen Blick in die Richtung ihres neuen Gastes. Das Verfolgte, Gehetzte von vorhin schien jetzt verschwunden. Stattdessen trank er zurückgelehnt heiße Schokolade mit extra Schlag und Schnaps, rauchte und aß dazu. Alles gleichzeitig, als könnte er sich nicht entscheiden, was er zuerst schmecken, verschlingen, genießen wollte. Der Begriff »entspannte Maßlosigkeit« kam ihr in den Sinn. Es stand ihm gut. Die Kaffeemaschine machte ein zustimmendes schnurrendes Geräusch und die rote Lampe, die gerade noch alarmiert geblinkt hatte, war erloschen.

»Na also, geht doch«, meinte sie zu Sabina, »scheint Glück zu bringen, der seltsame Nischenmann da drüben.«

»Na, das hat ja ganz bestimmt mit dem zu tun, dass das Teil wieder funktioniert. Du meine Güte, nur weil wir einmal einen neuen Gast haben, wirst du gleich abergläubisch?« Sabina stemmte sich am Tresen hoch und starrte in die Nische. »Obwohl, warte, ich schau mal, ob ihm Blut aus den Handflächen tropft. Dann nehme ich alles zurück. Dann ist er nämlich dieser Heilige der Baristas und Kaffeemaschinen.«

»Sabina, bitte!« Katharina versuchte dezent, ihre Kollegin wieder auf den Boden zu ziehen.

»Jessas, ja!«, rief die derweil unbekümmert, immer noch auf der Theke hängend, »der heilige Bohnifazius! Wir wurden Zeuginnen eines Wunders! Schnell, sperr ab, wir verkaufen den Kaffee jetzt flaschenweise und heilen damit alle Müden und Geplagten unserer lieben Wiener Stadt!«

Sabina sprang zurück und erhob ihre Tasse mit dem ersten Testkaffee, den Katharina der genesenen Maschine entlockt hatte. »Herrlich, ich spür schon, wie's wirkt, das Wunder von Favoriten. Und dabei hab ich noch nicht einmal probiert!«

Max schüttelte den Kopf. »Na, ihr seid heute aber leicht zu unterhalten.« Er hob an, seine Prä-Wunder-Geschichte weiterzuerzählen. »Wir passen uns nur an das Gesprächsniveau an«, murmelte Katharina. Sabina fixierte Max mit ernstem Blick: »Du, ich muss dir was sagen.«

»Ja?« Irgendetwas Hoffnungsvolles lag in seinem Tonfall.

»Bitte. Halt doch wenigstens einmal kurz die Klappe, okay?«

Katharina biss sich auf die Lippen. Angestrengt starrte sie auf einen kleinen Fleck an der Wand, den sie endlich einmal übermalen musste.

»Hast du gehört, wie sie mich immer behandelt, deine Angestellte? Du bist die Chefin, unternimm was!« Max sah empört zu Katharina, die mit großen, unschuldigen Rehaugen zurückblickte.

»Wie? Ach so, ja, etwas unternehmen, gutes Stichwort!« Sie nickte ernst. Dann hob sie den Arm, läutete mit einer alten Schiffsglocke und rief: »Letzte Runde, ihr durstigen Heimatlosen!« Und an Max gerichtet: »Sie hat eh ›bitte‹ gesagt, was willst denn noch?«

Dann machte sie sich auf den Weg durch ihr Lokal, um die letzten Bestellungen aufzunehmen. Irgendetwas lag hier in der Luft heute, sie hatte da so ein Gefühl. Eine vergessene Leichtigkeit meldete sich bei ihr und alles ging ihr beschwingter von der Hand. Wahrscheinlich lag es aber einfach nur daran, dass die Kaffeemaschine wieder funktionierte. Es war ja immer alles banaler, als man dachte, und man verlieh den Dingen gerne mal zu viel Bedeutung. Vor allem den eigenen Gefühlskaskaden. »So, letzte Runde für heute.«

Bohnifazius blickte von seinem Handydisplay auf und sah sie an. »Das ist betrüblich.« Und mit einem Seitenblick auf die Wanduhr: »Aber verständlich.«

»Kann ich noch was Ungesundes bringen für heute?«

»Tja«, er überlegte, »was bestellt man denn da so, hier bei Ihnen, als letztes, ungesundes Getränk des Abends?«

»Das kommt wahrscheinlich darauf an, was man noch vorhat.«

»Wenn ich das wüsste.«

»Wonach ist Ihnen denn? Wonach fühlen Sie sich?

»Ich glaube, ich befinde mich auf einer Art Flucht, was könnten Sie denn da empfehlen?«

»Sie sind auf der Flucht?«

»Ja, ich glaube, ich fliehe vor meiner Wohnung, ich habe irgendwie Angst vor ihr.«

»Und da haben Sie sich hier versteckt?«

»Ja, schien mir ein guter Ort zu sein, um sich für eine Weile zu verstecken. Allerdings habe ich die Sperrstunde nicht bedacht.«

Katharina nickte. »Vielleicht versteckt man sich grundsätzlich besser in einem Hotel vor der eigenen Wohnung als in einer Bar?«

»Ja, das stimmt vermutlich.«

»Ist ja dann Wohnung und Bar gleichermaßen«, fügte sie unnötig hinzu.

»Da ist was dran«, nickte er, »und was trink ich jetzt bloß, so als würdigen Abschluss?«

»Easy«, meinte Katharina mit einer wegwerfenden Handbewegung. »Sie kriegen jetzt noch ein Fluchtachterl von mir.«

Viel später, nach ihrer täglichen Aufräumroutine, schloss Katharina den Laden ab und blickte in den Nachthimmel. Wieder einen Tag geschafft, sie machte im Geiste einen kleinen Haken. Heute war es gar nicht so schlimm gewesen.

Ein voller Mond leuchtete ihr entgegen, keine Wolke weit und breit. Aus einem geöffneten Fenster tönte unterdrücktes Lachen, dann klirrten zwei Gläser. Sie gähnte herzhaft, ohne sich die Mühe zu machen, die Hand vorzuhalten. Dann nickte sie dem langsam verschwindenden Nachthimmel zu und ging, ohne sich noch einmal umzudrehen, durch den zaghaft beginnenden Spätsommertag nach Hause. Bald, dachte sie, würde man wieder eine Jacke brauchen. Und was sie früher in eine leicht wehmütige Stimmung versetzt hatte, war einer feststellenden Nüchternheit gewichen. Gegen die Umstände anzukämpfen war ohnehin zwecklos, so sah sie das jetzt.

Immerhin habe ich nicht Angst vor meiner eigenen Wohnung, dachte sie, während sie den Schlüssel im Schloss drehte und ihre Füße auf den alten Teppich setzte.

Draußen ist feindlich, das weiß doch jeder, nicht drinnen.

Mit einem Seufzer der Erleichterung begrüßte sie ihre Wohnung, und wie um diese nicht aufzuwecken, schlich sie auf Zehenspitzen in Richtung Küche. Sie spähte aus dem Fenster. Vielleicht war er ja schon wach. Oder die Katze.

*

Das Ruin war im Viertel bekannt für seinen Kaffee, sein Frühstück und diverse klare alkoholische Getränke. Viel mehr stand nicht auf der Karte, das gab es aber dafür ab siebzehn Uhr bis in die Nacht hinein.

Als Katharina vor Jahren ernsthaft darüber nachgedacht hatte, was sie mit ihrem Leben anstellen könnte, hatte David gemeint, es hieße, man müsse das machen, was man als Kind schon hatte werden wollen. In Katharinas Fall wäre das Opernsängerin gewesen, ganz klar, wegen dieser Arie, der »Königin der Nacht«. Aber für mehr als den Kinderchor hatte es dann doch nie gereicht.

Wenn dem so sei, hatte David wieder gemeint, sei es wohl besser, es sich doch weiter zu überlegen. Er liebe sie sehr und wolle ihr auch keinesfalls zu nahe treten, aber ein Leben an der Seite eines weiblichen Paul Potts komme für ihn nicht infrage. Was sie denn sonst noch gerne möge?

»Na, dich mag ich«, hatte sie darauf erwidert und einen Schluck aus ihrer überdimensionalen Kaffeetasse genommen. »Ich mag dich und Kaffee.«

David hatte genickt und sie in die Schulter gebissen. »Ich glaube, Kaffee magst du sogar noch ein bisschen lieber.«

Also hatten Katharina und David kurzerhand das »Kleine Eck«, in dem sie zum Zeitpunkt des Gesprächs gerade gesessen waren, übernommen. Ein müdes Tschocherl in ihrer unmittelbaren Nachbarschaft, deren Besitzerin zu ihrem Bedauern in den nächsten Monaten in den Ruhestand gehen wollte. Sie hatten es »Ruin« genannt, weil sie gerne den dazu passenden Song hörten und lieber erst mal vom Schlimmsten ausgingen, damit sie dann positiv überrascht werden konnten.

Eigentlich hatten sie einfach nur die Plätze getauscht: Hatten sie sich hier früher ihre Melange servieren lassen, so servierten sie sich diese nun kurzerhand selbst, und, okay, auch ihren Gästen. Denn die kamen gern. Und das nicht nur wegen des Mein-Ruin-Frühstücks – Espresso, Gurktaler und eine Marlboro (nicht light, versteht sich) –, sondern vor allem wegen den Betreibern, die dem unscheinbaren Ecklokal einen nicht näher zu beschreibenden Charme verliehen.

»Weißt du noch, damals, bei dieser Teneriffareise?« David nahm sie an der Hand und zog sie zu sich.

Die letzten Gäste waren vor wenigen Minuten gegangen, das Ruin war nun offiziell eröffnet. Müde und glücklich ließ sich Katha auf Davids Schoß plumpsen.

»Was meinst du?«, fragte sie.

»In diesem einen Lokal mit dem perfekten Garten, was wir da geredet haben?«

»Du meinst dieses seltsame Getränk?«

»Ganz genau, und was ich damals zu dir gesagt habe?«

»Für dieses Getränk alleine würde es sich lohnen, ein Lokal aufzumachen!«, sagten sie gleichzeitig, lachten und riefen: »Chipsy!«

»Nun«, meinte David. »Den Laden haben wir ja jetzt. Fehlt nur noch der Drink.«

»Bar-ra-qu-ito«, murmelte sie in seine Schulter. »Klingt wie ein Zauberspruch.«

Er nickte. »Zauberspruch. Zaubertrank. Ab morgen wird experimentiert.« Dann hob er sie hoch, trug sie zur Tür und weiter über die Schwelle hinaus.

»Ist das nicht die falsche Richtung?«, fragte sie ihn stirnrunzelnd.

»Nicht, wenn du mich nachher wieder hineinträgst. Dann ist das Gleichgewicht wiederhergestellt.«

»Verstehe.« Sie nickte ernst, während er sie absetzte. Dann standen sie einfach nur da. Vor ihrem Lokal. Betonung auf »ihrem«. Katharina merkte, dass sie unwillkürlich lächelte. Ein Seitenblick schräg nach oben verriet ihr, dass es David gerade genauso erging. Sie schwiegen.

Hinter ihnen lag das Chaos der vergangenen Nacht und vor ihnen erwachte die Stadt zum Leben. Die ersten Verkäufer grüßten von ihren Marktständen herüber und begannen ihre Ware aufzubauen. Eine Ratte huschte den Rinnstein entlang. David deutete mit einem Nicken in ihre Richtung.

»Und jetzt?«, fragte er dann.

»Jetzt«, sagte sie, lächelte und nahm ihn an der Hand, »jetzt weihen wir den Laden hier wirklich ein.« Sie hakte ihren Finger in die Gürtelschlaufe seiner Jeans und zog ihn hinter sich her. Dann hob sie ihn ihrerseits über die Schwelle. Die alte Tür fiel gemächlich ins Schloss, und als würde er es schon seit Jahren machen, zog David mit einem routinierten Griff den Vorhang zu. Der Raum, schien es, war ihnen einfach zugehörig und erwartete bereitwillig ihre nächsten Befehle. Mit einer ausladenden Handbewegung fegte Katharina alles, was auf dem nächstgelegenen Tisch stand, auf den Boden, Gläser splitterten und ausgebrannte Teelichter rollten davon. David hob sie hoch und legte sie auf die frei gewordene Fläche. Während sie schließlich kamen, knirschte unter seinen Füßen eine satte Melange aus Salzbrezeln und Scherben.

*

Ari hatte Katharinas Laden zufällig entdeckt. Auf der Flucht vor seiner neuen Bleibe war er rastlos durch das Viertel gewandert. Eigentlich hatte er sich vorgenommen, das Tageslicht hier komplett zu meiden, aber es war Spätsommer, er war zu gerne draußen, und in dieser Wohnung zu bleiben war einfach keine Option. Irgendwann würde es schon richtig dunkel werden, bis dahin gab es Brillen und Mützen zum Verstecken und Schultern, die man hochziehen konnte.

Zuerst war er mit seinem schnellen Schritt am Ruin vorbeigehastet, aber irgendetwas hatte ihn anhalten und noch einmal zurückgehen lassen. Es lag an der merkwürdigen Form des Hauses. Es war anders als die übrigen Gebäude in dieser Straße und wirkte, als wäre es genauso zufällig hier vorbeigekommen wie er und hätte dann kurzerhand beschlossen, an dieser Straßenecke vor Anker zu gehen.

Aus dem Erkerfenster im Erdgeschoss drang schummriges Licht. Mit dem Vorhang, der sich sanft im warmen Wind nach außen blähte, wehten auch leise Fetzen von Musik auf die Straße. Gerade lief einer dieser Songs, die einem das Gefühl gaben zu schweben, wenn sie einen aus dem Hinterhalt erwischten. So wie jetzt. Er lauschte. Das merkwürdige Haus beherbergte offensichtlich ein kleines Lokal mit einem seltsam verwitterten Charme, es wirkte, als befände es sich seit Längerem in einer Art Dornröschenschlaf. Trotzdem übte es eine sonderbare Anziehungskraft aus, ja, diese kleine Bar verführte einen geradezu einzutreten. Nur den Namen des Lokals fand er äußerst fragwürdig, Ari hielt nichts von solchen Koketterien. Er war ein erfolgreicher Mensch. Und Erfolg speiste sich für ihn neben Talent und eisernem Willen ausschließlich aus einer positiven Lebenseinstellung. Wie konnte eine Kneipe funktionieren, die sich von vornherein selbst zum Scheitern verurteilte? Er würde das herausfinden müssen.

Also betrat er das Ruin mit einer Mischung aus Argwohn und Neugier und blickte sich um. Mit einem Schlag hatte er unglaublichen Hunger. Essen hatte in seinem Leben üblicherweise eine funktionale Rolle. Er brauchte es, um abzuliefern, und es gab eine Menge Personal, das sich darum kümmerte, dass das richtige Essen zum richtigen Zeitpunkt vor ihm stand. Wie es schmeckte, war dabei von sehr geringer Bedeutung. Jetzt bemerkte er, wie ihm plötzlich buchstäblich das Wasser im Mund zusammenlief. Ein Bild aus Kindertagen tauchte vor seinem inneren Auge auf. Wie er in der sonntäglichen Abenddämmerung in der warmen Küche seiner Großmutter stand und darauf wartete, eine Schüssel mit Kuchenteig ausschlecken zu dürfen.

Zielstrebig ging er auf den Platz im Erker zu, den er vorher schon von außen durch den Vorhang gesehen hatte. Er konnte nicht sagen, was es genau war, aber an dem stimmte einfach alles.

Er ließ sich auf die plüschige Bank fallen und schloss für einen Moment die Augen. Mit den Handflächen strich er über den samtenen Bezug und hielt sich, einem plötzlichen Impuls folgend, daran fest.

Ja, hier war er richtig. Fast stiegen ihm bei diesem Gedanken Tränen in die Augen. Manchmal hatte er in letzter Zeit daran gedacht, dass ihm dieses Gefühl für immer abhandengekommen sein könnte: irgendwo richtig zu sein. Oder das, was die Leute meinten, wenn sie zu ihm sagten: »In deiner Mitte sein, du musst nur in deiner Mitte sein, Ari.« Er hatte vergessen, wie das gehen sollte. Dafür kannte er sich fantastisch damit aus, wie es war, wenn man sich nicht mehr spürte.

Er blickte sich um. Ja, hier würde er fürs Erste bleiben können. Von dieser Nische aus würde er das betrachten, was behauptete, sein Leben zu sein. In dieser Nische konnte er sich sogar vorstellen, irgendwann wieder einmal zu seinem Telefon zu greifen und sich den unzähligen Anrufen in Abwesenheit zu stellen, die ihn daraus vorwurfsvoll anblinkten.

Vor allem aber konnte er sich hier erst mal prima vor dieser Wohnung verstecken, zwischen all diesen Leuten, die ganz mit sich selbst und ihren Gesprächen beschäftigt waren.

Ari hob den Kopf, um Kontakt mit dem Kapitän dieses seltsamen Schiffes aufzunehmen. Er blickte direkt in Katharinas Gesicht. Aha, dachte er, es war also eine Kapitänin, die hier das Sagen hatte. Als Katharina vor ihm stand, um seine Bestellung aufzunehmen, glaubte er kurz, dass sie ihn unauffällig musterte und etwas bemerkte. Aber ihr Blick war nur professionell höflich, einzig an seiner Bestellung interessiert. Ich bin ihr egal, dachte er und entspannte sich, die ist gar nicht wirklich hier mit ihren Gedanken. Und ich bin für die nur irgendein Typ, der abends in eine Kneipe geht. Ohne mit der Wimper zu zucken, nahm die Kapitänin seine ausufernde und dezent unkonkrete Bestellung entgegen. Sie schien ein genaues Bild von dem zu haben, was Ari in diesem Moment brauchte. Es machte den Eindruck, als wäre das ihre besondere Gabe, den Menschen in ihrem Lokal anzusehen, wonach ihnen gerade war, auch wenn sie es selbst nicht wussten. Der Zauber dieses Ortes schien direkt von ihr auszugehen. Sie strahlte etwas aus, das einen grundsätzlich willkommen hieß, wie man war. Und das, obwohl sie geistig so abwesend wirkte. Sie hatte etwas Ungreifbares, Vages.

Serviert wurde seine Frühstücksorgie von einer aparten Schönheit. Sie hieß Sabina, wie er bald herausfand. Denn ein Typ, der an der Bar saß, schien sich daran zu berauschen, ihren Namen immer und immer wieder zu rufen. Er war offensichtlich hoffnungslos in love mit der schönen Kellnerin, die ihn aber kaum beachtete. Interessiert beobachtete Ari, wie diese Sabina mit ihrer bloßen Präsenz die Gäste um den Finger wickelte. Sie musste nichts dafür tun, sie hatte einfach dieses gewisse Etwas, das ihr die Menschen zu Füßen legte. Ari faszinierten solche Leute. Und am meisten faszinierten sie ihn, wenn sie, so wie in Sabinas Fall, anscheinend keinerlei Interesse daran hatten, diese Macht zu benützen. Ihre Wirkung schien ihr gleichgültig zu sein.

Ari streckte sich. Er konnte sich nicht erinnern, wann er zuletzt so viel und so gut gegessen hatte. Er lächelte.

Sitzen und schauen. Das konnte man hier wirklich wunderbar. Die Spannung, unter der er üblicherweise stand, war verschwunden. Als hätte ihm jemand den Stecker gezogen.

Eine Kneipe, wer hätte das gedacht? Er blickte verschmitzt grinsend auf den Tisch. Er hatte Dinge gegessen, an die er seit Jahren nicht einmal mehr gedacht hatte. Es war ihm nicht bewusst gewesen, wie sehr er sie vermisst hatte. Er unterdrückte ein Rülpsen und spülte mit einem letzten Schluck Bier nach. Fast fühlte er sich wie ein Kind, das gerade etwas Verbotenes getan hatte. Und auf gewisse Weise war das ja auch so. Er schloss die Augen. Um ihn summten die Gespräche der anderen Gäste. Untermalt wurde die Atmosphäre von sehr reduzierter Musik, die einen gerade durch ihre Dezenz in den Bann zog. Er war berührt von ihrer Zurückhaltung. Und dass sie ihm nicht erklärte, wie er sich zu fühlen hatte. Es war, als säße er in einem Café am Grund des Meeres. Alles war gedämpft, die Wucht der Außenwelt schien hier keinerlei Relevanz zu haben. Sie fand hier nicht statt.

Passend zu diesem Gefühl waren die Wände des Lokals in einem rauchigen Blaugrau gestrichen, und die weichen Bank- und Stuhlbezüge waren in derselben Farbe gehalten. Schwere Lampen aus den Fünfzigerjahren tauchten den Raum in mattes Licht. In einer Regalwand, die eine weiße Kredenz umrahmte, türmten sich Bücher. Dazwischen standen einige schlanke Vasen, mit zerzausten Wiesenblumen darin. Auf der Kredenz befand sich eine beeindruckende Musikanlage, in deren Mitte sich ein Plattenteller drehte. In der Ecke, fast versteckt unter einem ausladenden Gummibaum, stand der heimliche Star des Lokals. Ein glänzender Wurlitzer, der von den Stammgästen fast andächtig benützt wurde, wenn die Plattenteller einmal Pause hatten. Die Kuchenvitrine war vollgeräumt mit Schallplatten, Kassetten und CDs. Frische Cupcakes schienen im Ruin nicht oberste Priorität zu haben. Sein Lieblingsplatz aber war eindeutig der Erker. Er gab den Blick frei auf das ganze Lokal, aber man hatte in der Nische seine Ruhe. Um sich einzuspinnen und zu verpuppen beispielsweise, um dann irgendwann als eine bessere Version seiner selbst wieder aufzutauchen. Die Plätze an der Bar waren den echten Stammgästen und Urgesteinen vorbehalten, wie es schien. Besonders dieser eine Typ, der Sabina-Fan, wirkte fest verwachsen mit seinem Hocker und sein Mund öffnete und schloss sich zu einem unendlichen Monolog. Ganz hinten, in ein Eck gepfercht, stand noch eine abgewetzte altrosa Couch in biedermeierlichem Stil. Ari fand sie furchtbar. Aber irgendwie auch furchtbar gemütlich. Alles in allem war das schon eine seltsame Mischung hier, aber sie funktionierte. Und obwohl ihm schon ziemlich schlecht war, bestellte er ein Bier und einen Schnaps. Er hatte das Gefühl, dass es etwas zu feiern gab. Vielleicht wollte er aber auch einfach nur noch ein bisschen sitzen bleiben.

*

Am nächsten Abend war er wieder da. Selber Tisch, selber Look, einen müden, aber freundlichen Blick auf Katharina gerichtet. Diesmal hatte sie ihn durch die Tür kommen gesehen, obwohl er sich wirklich sehr leise und irgendwie geschmeidig bewegte. Sein angespannter Gesichtsausdruck, der nicht so recht zum Rest seiner mühelosen Erscheinung passen wollte, erhellte sich in dem Augenblick, als er den Nischentisch leer vorfand.

Katharina ging auf ihn zu und er lächelte ihr entgegen, als würde er sich ehrlich freuen, sie zu sehen. Es fiel ihr auf. Und das, obwohl Dinge zu bemerken in letzter Zeit nicht gerade ihre Stärke war. Es fiel ihr auch auf, wie schön das war: auf jemanden zuzugehen, der sich freute, einen wiederzusehen. Sie lächelte zurück, und es fiel ihr leicht. So war das wohl, erinnerte sie sich, wenn etwas von Herzen kam. Es ging einem leicht von der Hand.

Ari wurde für einen Moment misstrauisch. Musste man sich seine Stammkneipe nicht erarbeiten? Warum war die so freundlich? Aber Katharina war schon wieder in ihr nachdenkliches Brüten abgetaucht, und er entspannte sich.

»Was darf ich heute bringen?«, fragte sie ihn automatisiert. Sie warf dabei ihrem Spiegelbild in der Fensterscheibe einen Blick zu. Wirklich, es dämmerte bereits früher, man würde bald wieder eine Jacke brauchen.

»Heute fange ich oben an«, antwortete er, »ich nehme Frühstück Nummer eins, das ›Patti Smith‹, bitte. Und dazu den Kaffee in der Kanne. Groß. Mit Oberflächenspannung. Außer eure Maschine hat wieder den Geist aufgegeben?« Ein ironisch-besorgter Ausdruck hatte sich in seinem Gesicht breitgemacht.

»Wie bitte?«, Katharina sah ihn etwas irritiert an.

»Die verschnupfte Kaffeemaschine, ob die wieder genesen ist?«

»Ach so, ja, danke der Nachfrage«, sie lächelte, »die ist wohlauf. Wunderheilung quasi.«

»Ach, na, das freut mich aber, dass ich in so einem historischen Moment zugegen sein konnte. Dann steht der Patti ja nichts im Wege?« Er bemühte sich um einen lockeren Tonfall, aber seine Anstrengungen liefen ins Leere.

Von Katharina kam nur ein: »Keine Sorge, einmal Frühstück Nummer eins ist unterwegs.«

Ari war ein wenig enttäuscht.

Inzwischen dunkelte die Nacht herein und die Stammgäste gaben sich die Türklinke in die Hand. Katharina und ihre Kollegin funktionierten auf Hochtouren, alle hielten sie sich an das Skript: »Abends in meiner Stammkneipe«.

Dennoch spürte Katharina eine kleine Irritation in ihrer Routine. Irgendetwas war anders als sonst. Ihr Blick fiel auf den Kalorienhipster, und sie begann ihn verstohlen zu beobachten. Meistens sah er aus dem Fenster, starrte auf sein Spiegelbild. Einmal telefonierte er mit gedämpfter Stimme in einer Sprache, die sie nicht verstand, und sah unglücklich aus. Oder wütend. Oder beides.

Trotz des Kaffees, den sie ihm in regelmäßigen Abständen servierte, wich die Müdigkeit nicht aus seinem Schönlingsgesicht. Katharina überlegte, wie alt er war. Es war schwer zu schätzen. Die Wolke der Erschöpfung, die ihn umgab, konkurrierte mit einer jugendlichen Verschmitztheit, die sich manchmal an die Oberfläche kämpfte. Irgendwann, in einem unbeobachteten Moment, war er plötzlich verschwunden, das Geld für seine Konsumation fand Katharina unter den Aschenbecher geklemmt. Wie in Frankreich, dachte sie, das hätte David gefallen. Überhaupt. Eine Kneipe in Toulouse oder Marseille, das wäre vielleicht etwas gewesen für sie beide, warum nicht. Während sie das Trinkgeld abzählte, begann das Intro von Airs »All I Need« den Raum mit all seiner Kraft zu erfüllen. Manchmal kann Sabina hellsehen, dachte Katharina fast erschrocken. Sie räumte den Kalorienhipstertisch ab und summte leise mit, weggebeamt.

»Dieses Lied«, sagte Katharina, »dieses Lied wird uns später immer in unsere Jugend zurückkatapultieren, egal wo es läuft. Wir

werden es einfach nie hören können, ohne melancholisch an diese Zeit hier zu denken.«

»Das klingt ja fast so, als wünschst du dir schon jetzt, endlich sentimental auf dein Leben zurückblicken zu können.« David runzelte die Stirn.

»Ja, warum denn nicht, Älterwerden ist doch eine gute Sache. Und Rückblick schöner als Ausblick.«

Er schüttelte den Kopf. »Ich werde dich dann an deine jugendliche Überheblichkeit erinnern, wenn wir vor Schmerzen, Ennui und Weltverdruss nur noch sterben wollen.« Er dachte kurz nach. »Aber es stimmt schon, es ist eines dieser Lieder.«

Dann schwiegen sie, verloren sich in der kostbaren Schönheit des Songs, und Katharina drehte sich zur Seite, damit er ihre Tränen nicht sah. Sie konnte sich nicht anders helfen, als in diesem Moment darüber zu trauern, was einmal ihre Jugend gewesen sein würde. So war sie eben. Im Zweifel immer gerne ein bisschen sentimental journey.

*

Ich gewöhne mich zu schnell an Dinge, dachte Katharina, während sie dem seltsamen neuen Gast wie jeden Abend die Karte reichte. Pünktlich wie ein Uhrwerk spazierte er hier seit mindestens einer Woche jeden Abend zur Tür herein, zu der sie, wie ihr unangenehm aufgefallen war, in Erwartung seiner Ankunft regelmäßig hinstarrte. Sabina und sie waren mittlerweile dazu übergegangen, ihn den Neunzehn-Uhr-Mann zu nennen, und während sie Getränke zapften oder sonst zufällig gemeinsam hinter der Bar zu tun hatten, erfanden sie Geschichten über ihn. Das bot eine erfrischende Abwechslung zu ihrem sonstigen Schweigen, das sich seit einiger Zeit düster zwischen ihnen breitgemacht hatte.

Sabina hielt an ihrer Method-Actor-Theorie fest, während Katharina dagegenhielt, dass es sich bei ihrem neuen

Gast nur um einen Geheimagenten handeln konnte. Obwohl, das musste sie zugeben: Hatten nicht immer Serienkiller diese Art Brillenmodelle, vor allem in Filmen aus den beginnenden Neunzehnneunzigerjahren? Wäre natürlich auch eine Möglichkeit.

Sie ging zur Schallplattenvitrine. Während sie die Talking Heads auflegte, kratzte der Neunzehn-Uhr-Mann gerade seelenruhig die letzten Frühstücksreste von seinem Teller. Katharina genoss es, Songs in Anspielung auf ihre Gäste aufzulegen, die nur sie verstand. Einerseits, um sich damit ihre Zitate-Theorie zu bestätigen, denn zu jedem noch so individuellen Gast schien es mindestens einen passenden Song zu geben. Andererseits aber vor allem, weil sie hoffte, David damit irgendwo zum Lächeln zu bringen. Man wusste ja nie.

»Psycho Killer qu'est-ce que c'est?«, sang nun also das halbe Lokal mit ihr, und sie freute sich. Es war Samstagabend und alle waren in aufgekratzter Stimmung. Samstage im ausgehenden Sommer, Ausgehpflicht und -kür gleichermaßen, die ihren Gästen im Nacken saßen. Diesem Über-Ich verpflichtet wurde der Abend fast hysterisch bei ihr im Ruin eingeläutet. Der Neunzehn-Uhr-Mann saß jedoch stoisch in seiner Ecke und rührte im Kaffee.

Später, als die meisten, inklusive Sabina, schon weitergezogen waren in Richtung Nacht, begann Katharina die ruhigeren Sachen aufzulegen. Ein Lied spukte ihr seit Tagen im Kopf herum, es musste irgendwo auf dieser CD sein. Sie wartete darauf, während sie den Tresen von den eingetrockneten Resten einer Soße befreite. Es war der zweite oder dritte Song, wenn sie sich richtig erinnerte.

»Die hast du?«, fragte Ari, und sie blickte erstaunt auf. Wie aus dem Nichts war er an die Bar getreten.

»Ja, die hat mir mal ein Freund geschenkt, warum?«

»Erinnerungen«, meinte er vage und summte ein bisschen mit. »Ich komme aus demselben Land wie dieser Song.

Aber ich lebe schon lange nicht mehr dort.« Und nach einer Pause: »Geht ja auch nicht, gibt's ja nicht mehr.« Er schloss die Augen und summte wieder. »Eigentlich war ich seit meiner frühen Jugend nicht mehr richtig dort.«

Katharina wischte weiter, die Soße klebte wirklich hartnäckig am Holz. Sie wartete, ob noch etwas kam, aber er schwieg. Sie bemerkte, dass sie das schade fand.

»Lebst du jetzt in Wien?«, wagte sie sich mit einer Frage vor, obwohl das gar nicht mehr ihre Art war.

Schweigen ist Gold, so sah sie das seit einiger Zeit. Denn über die Jahre war ihr langsam die Kraft ausgegangen. Genauer gesagt, die Interessenskraft. Früher war sie die Wirtin, die nicht genug bekommen konnte von den Geschichten ihrer Gäste. Einen regelrechten Menschenhunger hatte sie gehabt. Alles hatte sie wissen wollen, Persönlichkeiten ergründen. Bei ihr an der Bar war schließlich der Platz des Herzausschüttens und des Klugscheißens, da war sie gerne mit dabei. Aber heute stand sie nur noch mit routinierter Aufmerksamkeit hinterm Tresen, kam sich dabei wie eine Heuchlerin vor und zehrte von ihrem alten Ruf. Ihr Hunger auf die Geschichten ihrer Gäste schien für immer gestillt. Sie schöpfte professionell aus ihrem Repertoire an Nicken und Lächeln, das schon, und an guten Tagen platzierte sie sogar ein Wort oder eine Frage. Aber eigentlich war sie pappsatt. Körper-Katharina: anwesend! Der Rest? Anderswo. Im Nirgendheim. Sabina hatte sie früher immer mit einer ambivalenten Mischung aus Bewunderung und Besorgnis beobachtet, während die Wellen der Gäste-Geschichten tagtäglich über ihr zusammengeschlagen waren. »Katharina ist ganz Ohr«, hatte David ihren Tresenzustand immer genannt. Damals, als sie sich noch leidenschaftlich in die anderen vertieft hatte, als ihre Kraft noch für mehr gereicht hatte als für ihr eigenes Überleben. Wenn David dann das Gefühl gehabt hatte, dass es zu viel für sie wurde, hatte er einfach die Musik lauter gedreht. So war David gewesen. Gut im Sich-Abgrenzen. Gut im Abgrenzen anderer. Gut im Aufpassen, auf die, die er liebte.

Diese Frage gerade, die war ihr einfach so passiert. So wie früher. Anscheinend interessierte es sie wirklich. Fast hätte Katharina bei dem ganzen Wundern über sich selbst Aris Antwort verpasst.

»Nein. Also ja. Jetzt irgendwie.« Er überlegte. »Obwohl, ›leben‹ ist, glaub ich, der falsche Ausdruck.« Bei »leben« hob er die Hände und deutete Anführungszeichen mit den Fingern an. Ein dezenter Widerwille regte sich in Katharina, so wie immer bei dieser Geste. »Sagen wir so, ich ›lebe‹« – da, da machte er sie schon wieder, diese furchtbaren Gänsefüßchen – »alle paar Jahre woanders, wo mich das Schicksal hin verschlägt«, fuhr er fort. »Also vielleicht doch leben. Ich bin mir nicht sicher.«

»Du bist dir nicht sicher?« Es fiel ihr schwer, ihren leicht ironischen Unterton zu unterdrücken. »Und das Schicksal verschlägt dich an Orte?«

»Ja, so könnte man es sagen.« Er blieb vollkommen ernst.

»Das klingt ja so, als wärst du völlig ausgeliefert, wie in einer antiken Sage.« Sie bemühte sich, seinem kryptischen Pathos mit einer höflichen Antwort zu begegnen.

»Es fühlt sich zumindest die meiste Zeit so an, ja.« Er blieb immer noch ernst, selbst das übermütige Blitzen in seinen Augen war verschwunden.

»Und wer sind diese Götter, die über dein Schicksal bestimmen, Odysseus?«, versuchte sie es weiter.

»Odysseus«, sagte er, ohne auf ihre Frage einzugehen, und lächelte dann. Ein kleines Grübchen bildete sich an seiner Wange. »Das gefällt mir. Der war auch ewig unterwegs.« Er schwieg wieder. Und dann: »Obwohl. Der wusste ja zumindest, dass er zurück nach Hause wollte. Ich bin mir da gerade nicht so sicher. Genau genommen bin ich mir nicht einmal sicher, wo das genau sein soll. Zuhause.«

»Hm. Was sagt denn Penelope zu alledem?«, fragte Katharina ohne aufzublicken. Schon wieder war ihr so eine Indiskretion herausgerutscht. Ob das ein gutes Zeichen war? Schließlich hatte mit seinem Auftauchen auch die Kaffeemaschine wieder funktioniert, warum also jetzt nicht auch ihre verloren geglaubte Lust auf Kneipengespräche? Vielleicht war er ja so eine Art Servicemann für Gebrechen aller Art?

»Das«, meinte er nach einer kurzen, von einem fast unhörbaren Seufzer begleiteten Pause, »das musst du den allwissenden Erzähler fragen, denn ich habe keine Ahnung.«

»Auf den kann man sich halt nie verlassen«, erwiderte Katharina in ihrer neuen Gesprächigkeit, »der hat immer frei, wenn es spannend wird und man ihn mal zur Rede stellen will.«

»Genau, und da denkt er sich dann gerade neue Gemeinheiten aus, mit denen er uns aus der Bahn unserer hart erarbeiteten Lebensgeschichte werfen kann.« Er legte ihr mit einem plötzlichen Anflug von Zorn zu viel Geld auf den Tresen und verabschiedete sich grußlos in Richtung Nacht.

In der Tür blieb er doch noch einmal stehen und drehte sich um: »Sag, wie heißt du eigentlich?«

»Katharina«, sagte Katharina, lächelnd über seinen theatralischen Abgang.

Er kam an die Bar zurück, reichte ihr die Hand und blickte sie ernst an. »Ich bin Ari. Freut mich wirklich sehr.«

Sein Händedruck war fester und bestimmter, als sie es erwartet hatte. Er, als Person, wirkte so beiläufig, aber das machte vielleicht nur sein Look aus. Sie war erleichtert, denn dieser Händedruck bestätigte ihren Verdacht: Sie würde ihn mögen können, trotz Pathos und der lächerlichen Gänsefüßchengeste. Und das war wichtig bei jemandem, der damit begonnen hatte, es sich tagtäglich auf dem besten Platz ihres Lokals gemütlich zu machen.

Ari war schon längst verschwunden, als Katharina ihm noch immer nachblickte, ohne seine Abwesenheit wirklich zu bemerken.

Davids Händedruck, der war bestimmter gewesen, hatte aber immer auch etwas Flüchtiges, Unkonzentriertes gehabt, wenn man ganz aufmerksam hingefühlt hatte. Mit leichter Panik spürte sie, wie sie die Erinnerung daran immer mehr im Stich ließ. Sie schloss die Augen und versuchte sich David zusammenzufügen. Diese Beschwörungsrituale verlangten ihr immer mehr Anstrengung ab. Ein hilfloser Kampf gegen das allmähliche Verblassen. Krampfhaft imaginierte sie sich Davids Hand, die Linien auf den Innenflächen, seine Tätowierungen, die Rillen in seinem Daumennagel. Wie seine Ringe ihr immer leicht die Finger quetschten, wenn er ihre Hand drückte. Da war auch noch die raue Stelle zwischen seinem rechten Daumen und dem Zeigefinger. Und überhaupt, dieses Gefühl, wenn er sie mit genau dieser Hand zu sich in eine Umarmung zog. Wie sie darin eintauchte und verschwand. Davids Geruch war ihr längst abhandengekommen, aber sie wusste noch, wie es sich anfühlte. Wie er sich anfühlte. Wie sie ihn still angeblickt hatte und er dann immer die Stirn gehoben hatte. Herausfordernd, als würde er fragen: »Was? Was willst du von mir?« Und sie hatte immer nur den Kopf geschüttelt. Denn was hatte sie schon gewollt? Außer in diesem Moment mit ihm zu sein. Katharina hatte dann immer die Augen geschlossen, damit er seine auch schließen konnte. Wie hatten sie einfach so aus dieser Welt verschwinden können? Und wie konnte sie selbst gleichzeitig immer noch da sein?

Katharina öffnete wieder die Augen. Es war Zeit zuzusperren.

Sie wendete das Schild auf »Geschlossen« und zog mit vertrauter Handbewegung die alten Vorhänge zu. Dann ließ sie sich in den Erkerplatz sinken, wo immer noch die Reste der Bestellung des Neunzehn-Uhr-Mannes standen. Wie hieß er noch gleich? Sie musste sich angewöhnen, in dem Moment, in dem sich ihr jemand vorstellte, auch zuzuhören. Das war wirklich eine Teilleistungsschwäche. Sie wusste nur noch, dass der Vorname irgendeine vage Erinnerung in ihr ausgelöst hatte. An etwas, das sie einmal gelesen oder gesehen hatte. Angestrengt kramte sie in ihrem Gedächtnis und aß dabei ein paar Oliven auf, die von seinem »Gegen-die-Wand-Frühstück« übrig geblieben waren. Nein, sie würde heute nicht mehr darauf kommen. Weder auf seinen Namen noch, womit sie ihn assoziierte. Sie würde morgen Sabina darauf ansetzen müssen, unauffällig rauszukriegen, wie der Typ hieß. Was für eine Wirtin war sie bloß geworden, wenn nicht einmal mehr die absoluten Basics funktionierten? Seufzend erhob sie sich und zündete Davids Kerze an. Dann suchte sie nach der geeigneten Musik und machte sich ans Aufräumen.

*

Ari konnte nicht schlafen. Es lag nicht speziell an dieser Wiener Wohnung, die ihm jetzt gar nicht mehr so feindlich erschien wie in den ersten schreckensstarren Minuten, die er hier verbracht hatte.

Inzwischen schaffte er es ohne Mühe, alle Zimmer zu betreten. Zugegeben, es waren nur zwei, aber immerhin. Und er hatte es auch schon mehrere Stunden am Stück in der Wohnung ausgehalten, das konnte definitiv als Erfolg verbucht werden. Die Schlaflosigkeit allerdings folgte ihm überallhin. In alle Städte, in denen er gelebt hatte. Sie kroch in jedes seiner Schlafzimmer und erwartete ihn dort wie der Igel im Märchen den Hasen. »Bin schon da!«, rief sie immer. »Bin schon da!«

Also hatte er sich angewöhnt, in den Nächten durch die diversen Orte zu spazieren, die behaupteten, sein aktuelles Zuhause zu sein. Eigentlich war es vielmehr ein Vermessen, ein Durchpflügen als ein Spazieren. Flaneur war er bestimmt keiner. Außer es gab Kampfflaneure, dann vielleicht. Es war eine Art grimmige Wut, die ihn antrieb. Sobald er stehen blieb, verspürte er den Impuls laut loszuschreien oder um sich zu schlagen oder beides. Also ging er einfach so lange weiter, bis sich die Wut langsam in eine Art ruhige Resignation aufzulösen begann. In diesem Stadium konnte er endlich zurück nach Hause und zu seiner Frau ins Bett schlüpfen. Wirklichen Schlaf fand er dann zumeist in den frühen Morgenstunden, kurz bevor er aufstehen musste. Die Nacht reichte einfach nicht aus für ihn. Wenn er bereit für den Schlaf war, war sie vorbei, und der Morgen graute unerbittlich heran. Oft kam es ihm vor, als zwinge ihn die Welt, sich zu entscheiden, für den Tag oder für die Nacht. Und da er sich nicht erpressen lassen wollte, wählte er einfach beides. Untertags folgte er dem strengen Zeitkorsett eines komplett fremdbestimmten Lebens. In der Nacht wanderte er auf seinen eigenen Pfaden, auf der Suche nach Schlaf. Es begann ihn zu zermürben. Er fragte sich, ob diese Schlaflosigkeit irgendetwas bedeutete. Ob sie ihm etwas mitteilen wollte. Ob sie eine Botschaft aus seinem angeblichen Unbewussten war, auf dessen Ergründung seine Therapeuten immer so pochten. Am ehesten fühlte sie sich an wie ein Akt der Rebellion. Gegen ihn. Warum, das verstand er nicht. War doch alles perfekt, so, wie es war. Er musste sich zusammenreißen. Durchhalten. Das alles war bestimmt nur eine Phase.

Also hielt Ari durch. Zuerst so. Dann mit Medikamenten. Doch der Zustand des permanenten Wachseins nagte an ihm. An seiner Karriere. An seinem Privatleben. Ständig tanzten die Gedanken in seinem schwankenden, überdrehten Geist, ohne ihn irgendwohin zu führen. Er verstand sich nicht mehr. Traute sich selbst nicht mehr über den Weg. Traute sich plötzlich nichts mehr zu. Begann zu zweifeln. Und so einen Zweifel, den hatte er bis dahin überhaupt noch nicht gekannt.

Denn Ari war ein Typ, der immer instinktiv gewusst hatte, wie er seinen Job zu machen hat. Seit er damit angefangen hatte. Und er hatte wirklich früh begonnen. Es war einfach das Einzige, was er wirklich gut konnte. Also baute er darauf sein Leben auf. Das Problem mit den Begabungen war nur, das musste er jetzt feststellen, sobald sie einem nicht mehr wie selbstverständlich von der Hand gingen und man über sie nachzudenken begann, hatte man sie bereits verloren. Und damit hatte man dann überhaupt verloren. Weil einem langsam, Stück für Stück, alles wegbröckelte, was einen ausmachte. Und so stand er jetzt da. Beraubt und ohne Plan. Dafür aber um einige nächtliche Stadtimpressionen reicher. In seiner Ratlosigkeit klopfte ein neuer Impuls bei Ari an. Und der sagte: Hau ab. Geh weg. Zigaretten holen zum Beispiel. Am besten in einer anderen, recht weit entfernten Stadt. Mach dich unsichtbar.

Hätte sein ältester Freund seine Zweitwohnung woanders gehabt, dann wäre er dorthin gegangen, es war ihm einerlei. Hieß sein neues Zuhause also Wien, ihm sollte es recht sein.

Bloß die Schlaflosigkeit, die hat ihn in ihrer Unerbittlichkeit auch weiter verfolgt, bis hierhin, also nahm Ari das nächtliche Wandern schicksalsergeben wieder auf. Dann trabte er eben durch die dunklen Wiener Gassen und versteckte sich in einem Laden, der Ruin hieß. Das passte ja.

Früher hätte er das wahrscheinlich lustig gefunden. Er probierte es aus. Aber es wollte sich einfach kein Lächeln einstellen.

Durch die nächtlichen Streifzüge bekam er langsam ein Gefühl für die Stadt. Für ihren Rhythmus, ihre Sprache und die Art, wie sich die Menschen nach Sonnenuntergang bewegten. Vor allem der Geruch faszinierte ihn hier. Es gab Tage, da roch es nach Bier, und an anderen nach Schokolade, und fast durchgehend nach frisch Gegrilltem. Er fühlte sich wohl in diesem Aroma und in der Scheinidylle, die sich von der Ahnungslosigkeit über die Vorgänge hinter all den Fassaden speiste, an denen er vorüberschritt. Es war hier eigentlich recht behaglich. Ja, es gefiel ihm hier. Er gehörte nicht zu den Typen, die teure Autos und exklusive Geschäfte um sich brauchten, um beruhigt ein entspanntes Leben zu führen. Seltsam fand er nur, dass es keinen Meeranschluss gab. Da drüben, hinter diesem Hügel und der komischen Brücke, da müsste es doch sein, das Meer, wenn hier alles mit rechten Dingen zugehen würde. Aber nichts da, auf der Rückseite des Hügels sah es aus wie auf der Vorderseite: eine Gstätten, so weit das Auge reichte.

Trotzdem kam ihm der Bezirk vor wie eine eigene Insel. Atmosphärisch verdichtet und entkoppelt vom Rest der Stadt schienen die Menschen sich hier selbst zu genügen, im Wissen darum, in welchem Schatz sie lebten. Die anderen wiederum, die hinter diesen Grenzen wohnten, hielt irgendetwas aus dieser Ecke der Stadt fern. War es Angst? Respekt? Desinteresse? Er konnte das Gefühl noch nicht richtig festmachen. Aber irgendetwas war da, was diesen Fleck zu etwas Besonderem machte. Es war wie eine Raststation, auf die man abbiegen konnte, wenn man die geheime Abfahrt dafür kannte. Ein Versteck für those who know. Oder für die, die das richtige Auge hatten, für den geheimen Zauber dieses Viertels.

Ganz hinten am Horizont machte er im Morgengrauen oft auch ein paar Berge aus. Ob das schon die Alpen waren?

Er war sich nicht sicher. Auch das müsste man einmal herausfinden.

Er horchte in sich hinein. War da endlich ein Hauch von Müdigkeit? Vielleicht. Jedenfalls fühlte es sich gerade nach einem Ende seiner heutigen Bezirksdurchpflügung an.

Auf dem Weg nach Hause zog es ihn zurück in Richtung Ruin. Er wollte noch einmal in dessen beruhigendes Kraftfeld eintreten, bevor er sich ins Bett zu seinem Kampf mit Insomnia begab. Man könnte ja unverbindlich schauen, ob der Laden um diese Uhrzeit noch heimlich für Stammgäste offen hatte? Katharina war es zuzutrauen, dass sie ihn versteckt noch spätnachts betrieb, einer Nachtapotheke gleich, für alle unruhigen Geister. Während er durch die Straßen schlenderte, stellte er sich vor, wie sie in den Neunzehnhundertzwanzigerjahren in Amerika eine Flüsterkneipe betrieb. Ein Bubikopf würde ihr jedenfalls gut stehen, so Louise-Brooks-Style. Große dunkle Augen hatte sie ja.

Ari bog in den Straßenzug ein. Was untertags durch den angrenzenden Markt belebt, laut und chaotisch war, war in Aris Nachtversion der Stadt zu einer stillen, müden Gasse geworden. Vereinzelt lag noch verlorenes Obst im Rinnstein, letzte, stumme Zeugen der Tagesquirligkeit. Hier und da ein paar traurige, schrumpelige Äpfel, unter Aris Schuh klebte jetzt etwas Salat. Langsam näherte er sich dem seltsamen Gebäude, das das Ruin beherbergte, und versuchte sich im Gehen das ungebetene Gemüse von der Schuhsohle zu wischen.

Er spazierte am Erker vorbei, die Vorhänge an der Tür waren schon zugezogen. Aber durch einen schmalen Spalt konnte er noch einen Blick in das matt erleuchtete Lokal werfen, eine Kerze bot ein zusätzliches flackerndes Licht. Es war geschlossen, aber Katharina war noch da, anscheinend räumte sie auf. Oder tanzte sie?

Jedenfalls hörte er leises, durch die Tür gedämpftes Singen. »People have the power, people have the power«, dazu fuhr sie mit einem Besen auf und ab. Und obwohl sie zweifellos dieselbe Person von vorhin war, hatte sich etwas Grundlegendes verändert. Er überlegte, was es war, bis ihm klar wurde, dass sie jetzt wirklich anwesend zu sein schien. Das Lokal war ausgefüllt von ihrer Präsenz. Erstaunlich, dachte er. Als hätte jemand das Licht aufgedreht.

Er bemerkte, dass es ihm gefiel, sie so zu sehen und auch, dass er selbst schon lange nicht mehr getanzt hatte. Das ist so ein Moment, dachte er. Merk ihn dir. Den kannst du noch brauchen. Dann machte er sich auf den Heimweg.

*

Ari ertappte sich beim Seufzen. Seufzer waren ihm unangenehm, denn sie verrieten ihn, gaben Dinge von ihm preis und riefen besorgtes Nachfragen hervor. Doch heute war es ein Seufzer der Erleichterung, mit dem etwas von der Last auf seinen Schultern abgefallen war. Einer Last, von der er gar nicht wusste, dass er sie mit sich herumgeschleppt hatte. Das durften ruhig alle wissen, dass die jetzt weg war. Nur, dass es hier allen egal war, ob er seufzte oder nicht, das Ruin erteilte ihm eine Lektion in persönlicher Unwichtigkeit. Er nahm sie dankbar an. Katharina scherzte gerade mit ihrer Kollegin, dem verliebten Stammgast und einem alten Paar, das hier anscheinend zum Inventar gehörte.

Gleich würde Katharinas Lachen zu einem Gackern werden, er erkannte jetzt schon immer den Moment, wann es so weit war. Etwas Essenzielles lag in diesem Lachen, eine Freiheit, die sich Bahn brach durch diesen leichten Mantel der Abwesenheit und Düsternis, der sie umgab. Erstaunt dachte er, dass er jetzt schon einiges über sie wusste. Welchen Gesichtsausdruck sie in bestimmten Momenten hatte.

Die Art, wie sie sich beim Konzentrieren durch die kurzen Haare am Hinterkopf fuhr.

Draußen war die blaue Stunde angebrochen. Hier im Ruin fing der Tag gerade ein zweites Mal an. Ganz so als hätte Katharina beschlossen, dass in ihrer Version der Welt der Tag erst ab siebzehn Uhr begann. Dass ihre persönliche Sonne nicht auf-, sondern unterging. Weil sie es so besser fand. Als würde sie den Grenzen, die alle umgaben und denen sich die meisten beugten in diesem lächerlichen Gesellschaftsspiel, einfach, nun ja, ein Bein stellen.

Aris Telefon begann zu klingeln. Nach einem kurzen Blick auf das Display drückte er das Gespräch weg. Dann schaltete er auf lautlos.

Katharina lachte. Sie war im Gespräch mit dem alten Paar. Sie mochte die beiden und die Geschichten, die sie erzählten. Wie beispielsweise, dass schon ihre Eltern hier an der Bar ihre Spritzer getrunken und ihnen somit ihre Liebe quasi in die Wiege gelegt hatten. Wenn diese beiden da waren, war selbst Max für Katharina leichter zu ertragen. Gesprächsverteilungsgerechtigkeit. Sie wusste nicht, woran es lag, aber seit einiger Zeit hielt sie ihn einfach nicht mehr aus. Dabei hatte Max ihr nie etwas getan, im Gegenteil, er war ein alter Bekannter und seit ihrer Übernahme des Lokals einer ihrer loyalsten Gäste. Klar, seine Geschichten waren öde, aber mittlerweile machte er sie durch seine bloße Anwesenheit aggressiv. Die Art seiner Blicke, wie er aß, trank, ja kaute, sie hätte ihn dafür abwatschen mögen. Es störte sie, wie die Wörter aus seinem Mund klangen. Wie er immer so selbstgerecht in seinem Kaffee rührte und das Leben gut fand. Dabei war er doch eigentlich ein netter Typ, der Gespräche über Kriminalromane liebte und ziemlich sicher auch ein bisschen Sabina. Katharina fragte sich oft, wie die aufbrausende Sabina ihn mit für ihre Verhältnisse geradezu stoischer Gleichmut ertragen konnte.

Als sie wieder einmal mit David für eines ihrer endlosen Barraquito-Experimente hinter der Bar stand, meinte er plötzlich: »Schau ihn dir an. Jeden Tag bestellt er ein Salzstangerl zum Frühstück. Und jeden Tag ribbelt der das ganze Salz wieder ab, bis aufs allerletzte Korn. Und währenddessen schimpft er drüber, dass immer zu viel Salz draufgegeben wird. Der mag doch in Wirklichkeit gar keine Salzstangerl! Aber anstatt sich mal was anderes zu bestellen, etwas, das ihm wirklich schmecken könnte, nimmt er lieber das, was ihm nicht schmeckt, aber worüber er sich beschweren kann. So ist sein ganzes Leben! Der nimmt sich permanent die Würze. Kein Wunder, dass er dich so langweilt. Denk nur dran, wie gern du immer alles würzt!«

Ari hatte etwas zögernd die Hand gehoben.

»Kann ich dir was bringen?« Katharina trat zu ihm.

»Nein, entschuldige, falscher Alarm. Ich glaube, ich möchte doch nichts.« Seine Hand war mutlos wieder gesunken.

»Wirklich? Du schaust schon irgendwie so aus, als hättest du noch gern etwas.« Katharina legte den Kopf schief. »Aber ich bin nicht sicher, ob wir das Richtige auf der Karte haben.«

Er nickte und hob an, etwas zu sagen, aber schwieg dann doch. Die Situation war ihm sichtlich unangenehm.

Sie lächelte. »Meld dich einfach, wenn du herausgefunden hast, was du magst. Du weißt ja, wo wir zu finden sind.« Sie deutete mit dem Kopf in Richtung Theke.

»Finden«, sagte er, »ja.« Dann sah er sie an. »Ich glaube, ich habe etwas verloren.«

»Aha.« Sie blieb stehen und wartete, ob da noch etwas kam.

»Ja.« Er nickte vor sich hin, während Katharina merkte, wie eine leichte Ungeduld bei ihr anklopfte. Zu viel Max-Geschwafel. Das brauchte die Nervenvorräte auf.

»Tja, also die Fundbox wäre ums Eck am großen Platz beim Amtshaus, dafür sind wir nicht zuständig«, versuchte sie es mit einem lahmen Witz. Innerlich schüttelte sie den Kopf über sich.

»Wie bitte?«

»Die Fundbox, also wenn du etwas verloren hast, dann ...« Wie lange konnte man einen schlechten Schmäh eigentlich strapazieren? Sie hasste es, wenn sie sich aus Verlegenheit in einen Strudel redete. Und wieso redete sie gerade überhaupt? Seit wann plapperte da wieder etwas automatisch los bei ihr? Sie wollte doch schweigen, immer nur schweigen.

»Nein, nein, ich habe nicht im klassischen Sinn etwas verloren. Ich bin mehr auf der Suche nach einem gewissen, ähm, na ja, Zeitpunkt.« Er starrte geradeaus.

»Du hast einen Zeitpunkt verloren?« Katharina versuchte es noch mal, diesmal mit höflichem Interesse, sprach so mit ihm, wie sie es sonst mit Betrunkenen tat. Oder mit sehr kleinen Kindern. Sie hatte Übung in so etwas.

»Ja. Einen ganz bestimmten Zeitpunkt.«

»Und den glaubst du hier wiederzufinden?«

»Möglicherweise, ja.«

Sie sah ihn belustigt an. Es war wirklich schwierig, das Äußere dieses Typen mit dem zu vereinbaren, was da aus seinem Mund kam.

»Na dann, viel Glück auf deiner Suche, Odysseus. Wie gesagt, wir sind hier, wenn wir dir helfen können!«

»Ein Glück, ja«, sagte Ari, dabei wieder unwillkürlich seufzend. Und dann, in einem ernsthaft erleichterten Tonfall, dessen Heftigkeit Katharina überraschte: »Danke.«

Ari spürte eine innere Aufregung. Eventuell hatte er da gerade eine Spur gefunden, um sich auf die Schliche zu kommen.

Seltsames Gespräch, dachte Katharina, und dann fräste sich Max' penetrante Präsenz am Tresen wieder in ihr Bewusstsein und übernahm das Aufmerksamkeitskommando.

*

»Zeitpunkt«. Es war ganz einfach. Er musste bloß den Zeitpunkt finden. Den Moment, in dem er seine Leichtigkeit verloren hatte. Und wenn er den Moment dann erwischt hatte, würde sich bestimmt alles auflösen. Dann würde er wissen, was mit ihm los war, und dann könnte er bestimmt endlich wieder schlafen und auch zurückgehen, und alles wäre wieder so wie. Nun. Früher. Nur. Wollte er das noch?

Denn wenn man es nüchtern betrachtete und den ganzen pompösen Zierrat entfernte, war er doch immer nur Teil eines Geschäfts anderer gewesen. Er hatte sein bisheriges Leben auf einem riesigen Schachbrett verbracht, auf dem andere Leute Figuren wie ihn bewegten. Solange die Figuren funktionierten, funktionierte auch das System. Für seine Position gab es einen Namen und einen Katalog an dazugehörigen Verhaltensweisen, die er erfüllte. Innerhalb dieses Rahmens wusste er, ohne einen Moment darüber nachzudenken, was zu tun war. Das nannten sie dann Talent. Und Disziplin. Außerhalb des Rahmens hatte er sich nie zurechtgefunden. Aber dafür gab es eine über die Jahre zunehmende Armee an Leuten, die dafür bezahlt wurden, ihm dieses Außerhalb abzunehmen. Sie bekamen ihre Kohle dafür, dass sie wussten, wie er zu sein hatte. Er hatte ihnen erlaubt, besser über ihn Bescheid zu wissen als er selbst. Im Gegenzug hatte er abgeliefert, das war ihm nicht schwergefallen. Für seine Performance bekam er Applaus und Geld. Davon ließ es sich gut leben. Zumindest bis sich etwas zu verschieben begonnen hatte. Bis irgendetwas in ihm keine Kraft mehr gehabt hatte. Für dieses roboterartige, hedonistische Söldnertum.

»Zeitpunkt«. Irgendwann, da war er einfach wachgelegen und hatte in die Dunkelheit gestarrt.

»Zeitpunkt«. Irgendwann waren die Summen immer höher geworden und sein Körper verwundbarer. Genauso verwundbar wie die Körper der anderen. Und alles war schwieriger geworden, ja, anstrengend sogar.

»Zeitpunkt«. Die Termine mit dem Psychologen? Eine Farce. Er hatte ratlos geschwiegen und war weiter in der Nacht im Kreis herumspaziert, mit weit aufgerissenen Augen vor Verwunderung.

»Zeitpunkt«. Und sie? Sie hatte manchmal so einen Ausdruck im Gesicht, der ihn irritierte. So etwas wie echte Besorgnis. Doch nicht um ihn? Er hatte sie immer nur als Teil des ganzen Pakets gesehen. Auf dem Schachbrett hatte es eine Königin zu geben, so stand es in den Spielregeln, und deshalb war sie da. Aber eine Königin schaute doch nicht so drein: besorgt. Die schaute nur gut aus. Er hatte immer gedacht, sie lebten einfach voneinander, dass es da auch ein Füreinander geben konnte, war ihm so gar nicht bewusst gewesen. Er hatte Angst, sie mitzunehmen in seine seltsamen Abgründe. Denn Abgründe waren doch nicht vorgesehen. Nicht in so einem Leben. Da gab es jede Menge glamouröser Oberfläche, aber doch keine Abgründe, vor allem nicht für die Ehefrauen.

»Zeitpunkt«. War er deswegen abgehauen? Zur Oberflächenwiederherstellung? Damit sie alle Ruhe vor dieser Enttäuschung hatten, die er zu werden drohte? Er kam sich vor wie beschädigte Ware. Als hätte er sie alle um etwas betrogen. Er bekam eine Art Heimweh. Nach Imperfektion. Mit schnellen Schritten stapfte er durch die nächtlichen Gassen, zersetzt von Ratlosigkeit. Ein Hundebesitzer sprang zur Seite, als er ihn auf sich zumarschieren sah. Diesen riesigen Typen, der in seinem Kopf im Kreis herumjagte und mit seinem Körper im Kreis durch dieses Viertel pflügte.

*

Ob es ihre Vorliebe für die alte Geschichte der kleinen Prinzessin Sara, die in der Dachkammer des Internats lebte, oder der Umstand, dass es sich aus dem schrägen Fenster über dem Bett ganz fantastisch in den Himmel schauen ließ, gewesen war, der ihr Herz sofort für diese Wohnung eingenommen hatte, konnte sie nicht mehr mit Bestimmtheit sagen. Fakt war jedoch, dass Katharina einfach Bescheid wusste, kurz nachdem sie die Räume betreten hatte. Hier konnte sie existieren, fernab der Welt in den Wolken schweben und Abstand halten. Keine Gäste würden je einen Fuß über die Schwelle setzen, nur für die Rauchfangkehrerin musste sie hin und wieder eine Ausnahme machen. Und das Wichtigste: David war niemals hier gewesen. Keine verbrannte Erde.

Katharina liebte den Moment, wenn ihre Wohnungstür mit einem satten Klicken ins Schloss fiel und sie endlich den Schlüssel umdrehen konnte. Die innere Getriebenheit, das Gewicht der Geschichten ihrer Gäste, alle Zweifel und jedes Gedankenkarussell mussten draußen warten. Manchmal ertappte sie sich dabei, wie sie noch ein paar Minuten an die Wohnungstür gelehnt stehen blieb und tief atmete. Wie die Erleichterung sie durchströmte und in ihr Platz machte, für ein Gefühl der ungeahnten – ja, was eigentlich? Möglichkeiten, Weiten, sie wusste es nicht. Ein Gefühl der Zuversicht, soviel zumindest konnte sie sagen. Irgendwann, wenn dann alle anderen Echos verhallt waren, kam die Zeit, die sie mit ihren Gedankenspaziergängen verbringen konnte, ziellos und unzusammenhängend von einem zum nächsten. Manchmal verschwommen und dann wieder klar. Sie zählte die zwanzig Schritte bis zum Küchenfenster. Mit dem Kopf an die kühle Scheibe gelehnt beobachtete sie, wie die Sonne langsam aufging. Leise bewegten sich dazu die Zweige des zerzausten Baumes im Wind und Nachbars Katze drückte sich geschmeidig an dessen Fenster. Der Nachbar selbst blinzelte dann kurze Zeit später verschlafen zuerst in den Hof und dann zu ihr herüber. Im Hintergrund konnte Katharina manchmal großflächige abstrakte Bilder sehen, an denen er mit beginnendem Tageslicht zu arbeiten begann. Sie hatte sich eigentlich vorgenommen, ihn einmal heimlich bei der Arbeit zu beobachten, aber sie schaffte es nie, sich lange genug wachzuhalten. Kaum hatte sie ihn und die Katze gesehen, konnte sie nur noch beruhigt ins Bett wanken. Es war, als würde er mit diesem kurzen Blick die Tagschicht von ihr übernehmen. Die Nacht war vorbei. Leise summte sie dann einen alten Schlager: Lady Sunshine und Mister Moon ... wobei sie Sunshine und Moon umdrehte, sonst stimmte es ja nicht. »Ein Pärchen werden sie nie. Nie. Nie.«

Draußen, im echten Leben, hatte sie den Maler noch nie getroffen, weder auf der Straße noch beim Einkaufen. Er schien nur in diesem frühmorgendlichen Szenario zu leben, das exklusiv für sie beide existierte. »Wir zwei gehen die Welt nichts an«, murmelte sie leise und drehte sich im Bett auf die andere Seite, mit dem Blick zur Wand. So waren David und sie immer eingeschlafen, eingerollt, Hintern an Hintern, dicht aneinandergepresst. Auch das war ein Zitat, das nur sie beide verstanden. Eine kleine Verbeugung vor einem ihrer Lieblingsbücher und vor einem längst untergegangen Berlin. Sie musste unbedingt Kirschsaft für das Ruin nachbestellen, dachte sie noch, und dass man vielleicht eine Diskothek namens »Sound« eröffnen müsste. Überhaupt könnte man immer noch viel mehr David Bowie hören. Und das mit dem Berauschen würde einfach Sabina übernehmen. Dann war sie eingeschlafen.

*

»Sabina, du musst ihn fragen, wie er heißt!«, flüsterte Katharina verschwörerisch ihrer Kollegin zu.

»Wen muss ich fragen?« Sabina hatte kaum den leichten Herbstmantel ausgezogen, den sie an diesem Nachmittag erfreut aus dem Schrank genommen hatte. Endlich war das richtige Wetter für Übergangsjacken. Sabina mochte diese Zeit im Jahr, denn sie hatte die schönste Mode. Am besten sah man einfach im Herbst und im Frühling aus. Das waren die stilvollen Jahreszeiten.

»Na, den Neunzehn-Uhr-Mann!«, flüsterte Katharina weiter.

»Wieso soll ich den jetzt fragen, wie der heißt, das ist ja total aufdringlich.« Sabina schüttelte den Kopf und band sich eine Schürze um.

»Na, weil er es mir gesagt hat. Und ich hab es sofort wieder vergessen!«

Sabina begann diabolisch zu grinsen. »Was krieg ich denn dafür?«

»Keine Ahnung, ich ...«

»Ich will was Großes!« Sabina hüpfte in gespielter Aufregung auf und ab und ging Katharina damit wahnsinnig auf die Nerven. »Ahaha, ich weiß! Wenn ich ihn frage, dann krieg ich eine Stunde Max-frei. Du musst ihm eine Stunde zuhören. Auf dich alleine gestellt. Die ganze Zeit zuhören!«

»Ich habe meinen Namen gehört?« Max schaute die beiden fragend an, während er nach einem Ausflug zur Toilette – man musste durch die Hintertür in den Gang des Hauses – wieder ungelenk auf seinen Barhocker kletterte.

»Ja, Katharina hat sich schon gefragt, wo du bist«, lächelte Sabina ihn an.

Sie drehte sich zu Katharina und kniff ihre Augen spöttisch zusammen. »Also?«, fragte sie dann gedehnt.

»Okay, okay, ich mach's, eine ganze Stunde, versprochen.« Katharina funkelte zurück.

Sabina lächelte: »Entschuldigt mich, ich muss kurz etwas Wichtiges recherchieren.« Und weg war sie.

»Was muss sie denn recherchieren?«, fragte Max und drehte sich auf dem Hocker herum.

»Gar nichts, du kennst sie doch ... Sag lieber mal, Max, was liest du denn gerade für einen Krimi, ich brauch da einen Tipp.«

»Ah, das ist interessant, dass du fragst, ich habe da im Moment ...«

Katharina schaltete auf Lächel-und-Nick-Durchzug und beobachtete über Max' Schulter hinweg Sabina und den Neunzehn-Uhr-Mann im Gespräch.

»Er heißt Ari«, sagte Sabina schließlich, nachdem sie Katharina den ganzen Abend auf die Folter gespannt hatte. Der Neunzehn-Uhr-Mann selbst war schon längst verschwunden und auch Katharina war im Gehen.

»Genau, das war's!«, rief Katharina erleichtert.

»Ist das nicht eigentlich ein Mädchenname?«, fragte Sabina. »So wie diese Punkfrau, die von den Slits. Du weißt schon, wen ich meine. Ari Up!«

Katharina nickte abwesend. »Stimmt, von denen müssten wir eh was dahaben.« Sie deutete zur Vitrine. »Aber, das ist schon auch ein Männername. Nicos Sohn heißt doch auch so, glaub ich.«

»Stimmt, der schöne, runtergerockte Ari!« Sabina lächelte. Sie hatte eine Schwäche für Nico, wie eigentlich alle hier im Ruin.

»Mensch, der Name erinnert mich an irgendetwas, aber ich komm nicht drauf.« Katharina schüttelte den Kopf. »Na, egal, ich hau jetzt ab. Wir sehen uns morgen!«

»Bis morgen, Katha, schönen Abend!«, Sabina winkte und übernahm das Ruder im Ruin, einmal in der Woche lagen Spätschicht und Putzchoreografie in ihren Händen.

Katharina biss gedankenverloren in einen Apfel und spazierte nach Hause. Noch rauschten die bunten Blätter in den Bäumen. Bald würde sie sie wieder zu Haufen rechen und hineinspringen können. Vielleicht tat sie das heute sogar noch lieber als damals als Kind. Weil sie jetzt nichts mehr für selbstverständlich hielt.

An der Ampel kam sie neben Ari zum Stehen.

»Hey!«, sagte sie, ein überraschtes Lächeln auf den Lippen, das ihr auf die Schnelle nicht zu unterdrücken gelang. »Ari!«

»Hey!« Er boxte sie leicht in die Seite, dann gingen sie nebeneinander weiter über die Straße.

Katharina streckte Ari wortlos ihren Apfel entgegen, der nahm einen Bissen und gab ihn ihr wieder zurück. So schlenderten sie schweigend durch die müden Gassen und ließen das Obst zwischen ihnen hin- und herwandern. Katharina stieg auf ein Mäuerchen, das ein paar Meter parallel zum Gehsteig verlief und ein brachliegendes Grundstück einzäunte. Für einen Moment waren Ari und sie gleich groß und ihre Blicke trafen sich. Katharina begann zu balancieren, den Apfelbutzen warf sie dabei in einem hohen Bogen in die Gstätten hinein. Am Ende der Mauer sprang Katharina wieder auf den Gehsteig und schrumpfte auf ihre ursprüngliche Größe zurück. An der Kreuzung hielten sie an.

»Also«, sagte Katharina, »ich muss dahin.« Sie deutete nach Süden.

Er nickte. »Ich dahin«, und wies in die entgegengesetzte Richtung.

»Na dann.«

»Na dann.«

Sie drehte sich um und winkte im Gehen, ohne noch einmal zurückzublicken. Es nieselte leicht und sie zog schnell ihre Kapuze über den Kopf.

Sie dachte daran, wie David die meiste Zeit mit den Händen in den Hintertaschen seiner Jeans vergraben neben ihr gegangen war. Dort hatten sich immer ein Softpack Zigaretten, ein Feuerzeug, ein paar Münzen und mindestens einen

Traubenzucker versteckt. Den hatte sie sich oft geschickt aus seiner Tasche geangelt, und immer wenn sie dann krachend draufbiss, legte er ihr sanft seine Hand an die Wange. Eine Zeit lang hatte sie hier nirgends gehen können, weil die Erinnerungen an David sie aus jeder Ecke ansprangen. Nur im Ruin hatte sie es immer ausgehalten. Dort konnte sie sich so lange reglos verstecken, bis das Viertel die Gnade hatte, sich peu à peu zu verändern. Langsam traute sie sich wieder, auf den alten Wegen nach Hause zu gehen. Heute Abend ging es erstaunlich leicht.

*

Es schüttete. Ari seufzte und nahm die Stiegen zu seiner Wohnung hinauf. Ihm war nicht mehr nach Weitergehen, außerdem war ihm aufgefallen, dass er schneller außer Atem kam als früher. Das gute Essen im Ruin und das Rauchen und Trinken taten ihre Schuldigkeit. Er strich sich genüsslich über den Bauch, zündete sich eine Zigarette an und ließ sich in den großen gemütlichen Sessel seines Freundes fallen.

Er fragte sich, was die Leute so machten mit ihrer Zeit. Alle wollten immer freihaben, aber wozu? Er ließ den Blick durch die Wohnung schweifen. Dann schüttelte er den Kopf. Da befand er sich gerade in der ersten echten Autonomie seines Lebens und wusste nichts Schlaues mit sich anzufangen. Es war neu für ihn, kein Ziel zu haben. Dafür aber alle Entscheidungen selbst treffen zu können. Ihm kam ein trüber Gedanke. Er war überfordert von seiner Freiheit, überfordert von sich selbst. Die Tage, die zuvor so köstlich vor ihm gelegen hatten, glotzten ihn plötzlich feindselig an. Er hatte sich aus seiner Struktur herauskatapultiert, und jetzt fehlte ihm die passende Strategie dafür, damit umzugehen.

SSKM dachte er. Selber schuld, kein Mitleid, du hast es schließlich so gewollt. Aber, so verteidigte er sich selbst, es war doch kein Wollen gewesen, sondern ein Müssen. Also war er doch nicht selbst schuld. Oder? Eigentlich sollte er endlich einmal nachdenken. So ernsthaft. Die Zeit nutzen. Aber die springenden Gedanken hatten sich verschanzt. Ihm war, als hätte er eine verschlossene Tür im Kopf, an die er zwar permanent klopfte, die ihn aber einfach nicht hereinließ. Also würde er jetzt einfach so lange abschalten, bis er wieder an sich selbst ankoppeln konnte. Das machten die Menschen doch in ihrer Freizeit. Abschalten, dachte er.

Dabei fiel ihm die Konsole ins Auge. Aber Computerspielen? Auf gar keinen Fall. Konsolen waren definitiv ein Teil des Lebens, das er verlassen hatte. Es gab da so ein Spiel, das er jetzt um keinen Preis sehen wollte. Und das stand bestimmt im Regal seines Freundes. Das hatten sie einfach alle, die kleinen und die großen Buben. Schnell schnappte er sich zur Ablenkung die Fernbedienung des für seinen Geschmack wirklich viel zu kleinen Fernsehers. Abschalten durch Anschalten, dachte er. Was für ein Schwachsinn. Er zappte sich lustlos durch das Programm. Nachrichten interessierten ihn nicht. Es kam ihm vor, als hätte er bei den Nachrichten den Einstieg verpasst. Als müsste er irgendwo ganz vorne anfangen, um den Zusammenhang zu verstehen. Aber immer, wenn er glaubte, einen Anfang gefunden zu haben, gab es noch einen Anfang davor, und so hatte er es aufgegeben. Er hatte sowieso zu viel verpasst. Keine Zeit für komplexe Zusammenhänge. Aber jetzt? Hätte er sie eigentlich. Man könnte auch eine Zeitung abonnieren, überlegte er. Für noch mehr Zusammenhänge. Er mochte es, wie die Leute im Ruin abends bei ihrem Frühstück saßen und die Zeitung lasen. Das konnte er dann auch machen, hier, gemütlich in diesem Sessel. Und wieder wäre ein

Stündchen herumgebracht. Er bemerkte, dass ihm diese Vorstellung von sich gefiel. Dieser Sessel, eine Tasse Kaffee, dazu die Zeitung. Er zappte weiter und blieb kurz bei einem Film hängen, den er von früher kannte. Schlimm, was Botox aus den Menschen machte. Er drückte weiter. Als der Sportkanal kam, schaltete er sofort ab und sprang auf. Er ließ den Blick unruhig durch den Raum schweifen. Lesen, dachte er, das ist es vielleicht. Nicht nur Zeitung. Sondern überhaupt. Das machten die Leute auch. Er ging zum gegenüberliegenden Bücherregal. Es war ihm bis jetzt noch gar nicht aufgefallen, dass es überhaupt da war. Dabei war es raumfüllend, dieses Regal. Er versuchte sich zu erinnern, wann er das letzte Mal einfach so ein Buch gelesen hatte. Er vermutete als Kind, ohne sich wirklich daran erinnern zu können. Sein Freund hatte damals schon gerne gelesen, das wusste er noch. Ari hatte ihm oft das Buch weggenommen, damit er mit ihm spielte, anstatt sich in die Lektüre zu vertiefen. Das hatte seinen Kumpel immer wahnsinnig gemacht. Hoffentlich hat er jetzt bessere Freunde, die auch gerne lesen, dachte Ari. Genug Bücher für alle hätte er ja zumindest.

Ari strich mit den Fingern über die Buchrücken, ließ sie die Regalreihen entlanggleiten. Es machte ein sanftes Geräusch und prickelte unter den Fingerkuppen. Aber für welches Buch sollte er sich nun entscheiden? Sein Freund wüsste wahrscheinlich genau, welches zu ihm passen würde. Aber der schlief um diese Uhrzeit bestimmt, so wie alle vernünftigen Menschen, die ein reguläres Leben führten. Er überlegte. Katharina wüsste bestimmt auch Rat. Das Ruin war vollgestopft mit Büchern, und obwohl er sie noch nie beim Lesen gesehen hatte, wusste er mit Sicherheit, dass sie es gerne tat. Aber er hatte ihre Nummer nicht. Außerdem war es lächerlich, wegen so etwas anzurufen. Ja hi, hier ist der Typ aus der Nische, also ich steh da jetzt vor dem Bücherregal meines besten Freundes und weiß nicht, womit ich zu lesen beginnen soll, was würdest du da jetzt so vorschlagen? Wahrscheinlich war das mit dem Lesen ohnehin eine dumme Idee. Er war einfach kein Buchmensch. Vermutlich verhielt es sich so wie bei den Nachrichten. Man konnte nicht einfach irgendwo einsteigen, sondern brauchte jede Menge Vorkenntnisse.

Als er sich abwenden wollte, fiel ihm ein Buchrücken ins Auge. »Und wer sind diese Götter, die über dein Schicksal bestimmen, Odysseus?«, er hatte Katharinas Frage noch genau im Ohr. Ihre Art, wie sie ihn manchmal Odysseus nannte. Er kannte die Geschichten. Als er ein Kind war, hatte ihm seine Großmutter von Odysseus' Abenteuern erzählt. Es war Teil einer Zeit, die nach Wärme schmeckte und Zuhause war. Nur Krautfleckerln und Nachbars Hund, die machten ihm damals Angst. Ansonsten: ewiges Spiel.

James Joyce. Das klang jetzt nicht so sehr nach alten Heldensagen, aber egal. Er würde das versuchen. Er schnappte sich das Buch und setzte sich zurück in den Sessel. Was hatte er schon zu verlieren?

Die Morgensonne fiel schräg herein, als er zu lesen begann. Nach zwei Seiten bemerkte er, dass er bis jetzt nicht einen Satz erfasst hatte, er war sofort gedanklich abgedriftet. Also setzte er sich aufrechter hin. Dann räusperte er sich und fing noch einmal von vorne an. Einer hieß Dedalus, ja, an den konnte er sich noch vage erinnern. Nun gut, weiter im Text. Entnervt ließ er das Buch nach kurzer Zeit wieder sinken. Ging das jetzt immer so weiter? Er blätterte ein bisschen. Es schien so. Er las mal da und dort eine Stelle. Dann seufzte er und legte es ganz beiseite. Kaffee, dachte er. Mit einem Kaffee würde es sich besser lesen lassen. Er ging in die Küche. Sein Freund hatte keine übliche Maschine, sondern nur so eine nervige silberne Espressokanne. Ari wurde schon müde, wenn er sie nur ansah. Bis jetzt hatte er sich hier mit Löskaffee über Wasser gehalten und war später in seine persönliche Koffeintankstelle namens Ruin gegangen. Aber zu echter Literatur, und das schien dieses »Ulysses«-Buch ja offensichtlich zu sein, brauchte es echten Kaffee, fand er. Das hatte etwas mit Respekt zu tun. Er befüllte also das silberne Dings und setzte es so zusammen, wie ihn das Internet anleitete. Er mochte, wie sich die Kanne dabei in seiner Hand anfühlte, griffig. Überhaupt war sie ein schönes Objekt. Er wartete auf das sanfte Blubbern und überlegte, wann er sich das letzte Mal Kaffee gemacht hatte. Also wirklich zubereitet, nicht nur auf irgendeinen Knopf gedrückt oder in heißes Wasser eingerührt. Er konnte sich nicht erinnern.

Irgendwie war das gerade schön, solche Dinge nach langer Zeit wieder einmal zu tun. Ein Buch zu lesen, obwohl er nichts davon verstand. Einen Kaffee zu kochen. Er füllte den Zaubertrank in eine große Tasse und nahm einen ordentlichen Schluck. Ein scharfer Schmerz durchfuhr ihn, der Kaffee brannte sich seine Zunge entlang Richtung Kehle. Mann, war das heiß! Er spuckte die Brühe so schnell wie möglich in die Spüle und merkte, wie eine leichte Wut in ihm hochstieg. Alles in dieser Wohnung schien ein anderes Tempo zu haben als er.

Er begann auf und ab zu gehen. Ziellos rennen, ziellos sitzen, ziellos schauen. Hatte er nicht gerade von einem schwarzen Panther gelesen? Auf und ab. Er wollte jetzt diesen blödsinnigen Kaffee, er hatte keine Geduld zu warten, bis der endlich ausgekühlt war. Obwohl. Ari setzte sich auf einen der Küchenhocker. Hatte er doch. Er sah dem Kaffee beim Dampfen zu. Hatte er gerade von einer Wohnung eine Lektion erhalten? Es schien so. Lächerlich. Er summte eine Melodie. Ewig nicht gehört, dachte er. Und dann, dass er das jetzt sofort ändern musste. Er schnappte sein Handy, aber im Tippen ließ er es wieder sinken. Stattdessen nahm er seine Tasse und ging zurück zum Regal. Die Bibliothek ging nahtlos in eine beachtliche Plattensammlung über. Ari setzte sich auf den Teppich und begann sich durch die Schallplatten seines Freundes zu hören, ohne wie üblich etwas von der Musik zu erwarten, etwa dass sie ihn motivierte, anstachelte oder herunterholte. Heute war sie einfach nur seine Begleitung. Die Nadel knisterte und der Kaffee schmeckte jetzt herrlich. Er bemerkte ein seltsames Gefühl der Rührung und der Dankbarkeit. Dass er jetzt in dieser Stadt war. Und dass sie gut zu ihm war. Er würde hier einfach mal bleiben, in dieser anachronistischen, entschleunigten Wohnung. Und später, wenn es zu dämmern anfing, würde er dann noch eine Pflanze kaufen gehen. Er wollte etwas haben, um das er sich kümmern konnte. Und eine Katze schien ihm fürs Erste dann doch zu übertrieben. Obwohl sie wirklich gut hierhergepasst hätte.

*

»Was ist denn hier los?« Der Neunzehn-Uhr-Mann stand verunsichert in der Tür. Fast hätte er es geschafft, unbemerkt wieder zu gehen, aber Katharina hatte ihn zwischen den Leuten entdeckt und war zur Tür gekommen.

»Wir feiern, Sabina hat Geburtstag! Komm, stoß mit uns an!«

Ari schüttelte den Kopf. »Nein, ich glaub, das ist nichts für mich.«

Er schob sich im Rückwärtsgang aus der Tür und ging in schnellen Schritten davon. Katharina blickte ihm nach. Als wäre er auf der Flucht. »Vor aufgebrachten Massen«, sang es in ihrem Kopf weiter. Sie ging wieder hinein, um die Platte zu finden, genau die müsste es jetzt sein. Sabina war gerade dabei, umringt von Freunden und Stammgästen ihre Geschenke zu öffnen. Dazwischen kippte sie Schnäpse und sang mit geschlossenen Augen zur Musik, die Arme weit ausgebreitet. Katharina beobachtete sie nachdenklich.

Sabina war nicht selbstvergessen, sondern menschenvergessen. Nichts spielte wirklich eine Rolle für sie, weil sie den Dingen kaum Bedeutung zumaß. Ihre Freundin verstand zwar, dass es Sachen gab, die in anderer Leute Leben eine Rolle spielten. Allerdings nahm sie das mit einer Art staunendem Mitleid zur Kenntnis. »People are strange«, sagte sie dann oft kopfschüttelnd, zumeist gefolgt von einem zynischen Kommentar. Im Zweifel war für sie alles von einer erbärmlichen Lächerlichkeit. Und sie zögerte nicht, mit Nachdruck darauf hinzuweisen, wenn sie es für notwendig hielt. Katharina schätzte und nervte das gleichermaßen an ihr, je nach Tagesverfassung. Vor allem taten ihr die Menschen leid, die es mit Sabina aufnehmen mussten. Es kam wirklich selten vor, dass ihr jemand gewachsen war. Im Grunde testete Sabina ihr Umfeld permanent. Katharina tippte, dass sie es deswegen tat, weil sie mit ihrer Schönheit und Ausstrahlung immer einen Hofstaat an Bewunderern um sich scharte, ohne etwas dafür tun zu müssen. Und mit ihrer Gleichgültigkeit und Kaltschnäuzigkeit schien sie noch zusätzlich zu betören. So trennte Sabina mit ihrer Art die Spreu vom Weizen. Wer dann noch übrig war, wenn sie einmal mit ihrem Bulldozer drübergefahren war, der hatte sich als würdig erwiesen und fand in Sabina eine treue Freundin. Nur verlieben sollte man sich nicht in sie. Das empfand sie als eine persönliche Beleidigung. Sabina hatte sich der Freiheit und dem Exzess verschrieben, dem sie alles andere in ihrem Leben unterordnete. Sie brauchte nur sich selbst und diese Stadt, von deren Nachtleben sie sich ernährte. Sabina war intensiv und gnadenlos. Und aus irgendeiner Fügung heraus hatte sie vor vielen Jahren beschlossen, dass Katharina und David ihre Freunde sein sollten. David hatte es achselzuckend und Katharina verwundert zur Kenntnis genommen. Aber so war es und es war gut so. In Katharina und David hatte Sabina Gefährten gefunden, die bedingungslos an ihrer Seite standen, ohne dafür im Gegenzug etwas zu verlangen.

Katharina sah, wie Max Sabina etwas in den Mund steckte. Sie schüttelte lachend den Kopf. Mutig, das würde wohl noch Ärger geben, Sabina kam man ungestraft niemals so nahe. Nicht einmal an ihrem Geburtstag. Sie wandte sich ab und verschwand in der Küche. Es war definitiv Zeit, den Kuchen vorzubereiten und die Kerzen anzuzünden, bevor sie komplett betrunken war.

Leicht schwankend schaltete sie kurz darauf die Lichter aus und begann zu singen. Das ganze Lokal stürzte sich kopfüber in eine »Happy Birthday«-Kakofonie und brüllte lauthals mit. Der Kuchen wurde weitergereicht und Sabina blies mit einem kräftigen Atemzug die Kerzen aus. Dann blickte sie direkt zu Katharina und prostete ihr quer durch das Lokal zu. Die beiden sahen sich lange an, ohne zu blinzeln und ohne die Leute zu beachten, die links und rechts auf sie einredeten. Dann fuhr Sabina, immer noch Katharina fixierend, mit einer Hand direkt in den Kuchen. Sie pflückte ein großes Stück heraus und stopfte es sich in den Mund, grinste. Katharina ging auf sie zu, und als sie sie erreicht hatte, ließ sie sich den Rest des Stückes von Sabina in den Mund stecken. Sie sahen sich immer noch an, kauten, schmatzten und wischten sich mit einer synchronen, recht undamenhaften Geste die klebrigen Lippen ab. »Espresso!«, schrie Sabina dann und schnipste mit den Fingern. Irgendjemand betätigte die Maschine, und während sie sich den heißen Kaffee wie Medizin in die Kehle leerten, begannen sie zu tanzen.

Rundherum hörte man hysterisches Gelächter, Fetzen atemloser Unterhaltungen drangen an Katharinas Ohr. Gläser klirrten, Sabina wurde hochgehoben und fluchte ein bisschen. Katharina drehte sich um – und einem plötzlichen inneren Impuls folgend die Musik lauter. Weil sie immer unwillkürlich lauter drehte bei diesem Song. Weil es doch einer von Davids Lieblingssongs war. Dann stand sie ruhig da und erschauerte. Sie hatte heute Abend während der gesamten Party noch nicht an ihn gedacht. Kein einziges Mal. Und er war auch nicht da, um sich über den Song zu freuen. Weil er einfach nicht mehr da war. Katharina traten Tränen in die Augen.

»Was willst du mir damit sagen?«, fragte sie David.

»Dass du irgendwann einfach nicht mehr wissen wirst, warum du so traurig warst, nachdem ich weg bin«, meinte David.

»Das glaubst du doch nicht wirklich, oder?«

»Doch. Letztendlich ist man doch nur irgendwer auf der Landstraße des Vergessens der anderen. Bestenfalls ist man eine Fußnote in irgendjemandes Notizbuch. Ganze Leichenhallen von Namen sind das. Und irgendwann fragt man sich: Wer war das noch gleich? Und dir wird's dann halt so mit mir gehen.«

Katharina sah ihn verletzt an. »Wow. Wie pathetisch. Willst du mich beleidigen? Das kannst du doch nicht ernst meinen, was du da gerade sagst?«

»Wirst schon sehen.«

Sie schüttelte nur den Kopf und ging wieder zurück hinter den Tresen.

Jemand drückte ihr ein Stamperl Schnaps in die Hand. »Katha!«, rief es von irgendwoher, »Prost!«, Max winkte, Sabina wurde umringt und ungefragt umarmt, alle führten ihre Gläser mit einem lauten Klirren zusammen und tranken auf ihr Wohl. Der Song lief noch immer, alle sangen mit und Katharina merkte, wie ihr übel wurde.

»Was ist denn los?«, fragte Ari, der auf seiner nächtlichen Runde wie üblich noch einmal am Ruin vorbeikam.

Er hatte gehofft, dass die Partymeute eventuell schon weitergezogen war und er noch wie gewohnt in Ruhe seinen Abschlussblick in das geschlossene Ruin werfen konnte. Aber keine Chance, die Musik war zwar mittlerweile der Uhrzeit angepasst leiser, aber die Bude immer noch bummvoll.

Stattdessen sah er Katharina, die vor dem Lokal am Gehsteig saß. Sie rauchte und hatte Tränen in den Augen. Er ließ sich neben sie fallen und kickte mit dem Schuh einen Stein in den Kanal.

»Guter Schuss«, sagte sie ohne aufzusehen.

»Danke«, meinte er trocken, »jahrelanges Training, weißt du.«

»Merkt man sofort, hat sich total ausgezahlt.«

»Definitiv, ja.«

»Aber ich wette, den alten Apfelbutzen da, den schaffst du nicht.« Sie deutete auf ein Überbleibsel vom Markt. Bevor Katharina den Satz überhaupt richtig hatte beenden können, kickte er ihn wortlos in den Kanal. Sie pfiff anerkennend.

Er deutete auf sie: »Du kannst das?«

»Was meinst du?«

»Na, so pfeifen. Ich krieg das irgendwie nicht hin.«

»Ist ganz leicht, soll ich es dir beibringen?«

Er nickte ehrlich begeistert, was sie amüsierte.

»Ist mir schon mein ganzes Erwachsenenleben lang unangenehm, dass ich das nicht kann. Irgendwie hab ich den Moment verpasst, es zu lernen und dann war's zu peinlich, es noch zu versuchen.«

»Kenn ich«, sagte sie. »Mir geht es mit Tischfußball so. Funktioniert ab einem gewissen Alter einfach nicht mehr, das mit dem würdevollen Nachholen der jugendlichen Versäumnisse. Aber das mit dem Pfeifen können wir jetzt sofort ändern. Ich verrate es auch niemandem.«

Also übten sie zu pfeifen, bis sich direkt über ihnen ein Mann im Unterhemd aus dem Fenster lehnte und sie beschimpfte. Seine Zurechtweisungen gingen allerdings im Dröhnen eines sich nähernden 3er-BMWs, aus dessen Fenster ohrenbetäubende Musik schallte, unter. Katharina nickte Ari zu, und sie machten sich aus dem Staub, solange das Auto noch dastand. Sein Besitzer unterhielt sich jetzt entspannt gegen die Musik anschreiend mit einem Kollegen, der gerade das gegenüberliegende Haus verlassen hatte. Der Hausbewohner brüllte irgendetwas Unverständliches auf die Gasse, dann hörte man ein Fenster zuschlagen.

»Was war vorher eigentlich los?«, fragte Ari im Gehen.

»Was meinst du?«

»Als ich gekommen bin, warum warst du draußen?«

»Da hab ich gerade eine geraucht, wieso?«

»Du weißt genau, was ich meine, du hättest auch drinnen eine rauchen können.«

»Ich übe halt schon, wie das sein wird, wenn das totale Rauchverbot in den Lokalen kommt.«

Ari machte ein schnalzendes Geräusch mit seinem Kaugummi. »Okay, du willst nicht drüber reden, ich hab's kapiert.«

»Ach, es ist gar nichts, ich hasse es nur, wenn er recht hat.«

»Wer?«

»Was?«

»Wer hat recht, was meinst du?«

»Ach nichts, vergiss es.« Katharina strahlte ihn jetzt plötzlich enthusiastisch an: »Du kannst bestimmt Tischfußball spielen! Bringst du es mir bei? Du schuldest mir was für das Pfeifen. Komm, ich weiß wo!«

Sie stieß Ari mit ihrem Ellbogen leicht in die Seite und lief los. Der blieb zuerst perplex stehen und hatte dann Mühe, mit ihr Schritt zu halten. Denn nun waren es seine

Augen, die sich plötzlich mit Tränen füllten, und die nahmen ihm die Sicht. Schnell wischte er sie weg und joggte ihr betont entspannt hinterher.

*

»Hey, wo warst du gestern eigentlich auf einmal?«, rief ihr Sabina statt einer Begrüßung schon aus dem Stiegenhaus entgegen. »Hab dich vermisst. Vor allem, als uns der komische Alte von gegenüber die Polizei geschickt hat. Da hätte ich eine Chefin echt gut gebrauchen können.«

Sabina schnaufte.

»Was? Die Polizei war da?«

»Ja, brauchst gar nicht so zu schauen. Aber wir haben das schon geregelt.«

Katharina lud Sabina mit einer Geste in ihre Wohnung und bot ihr zerknirscht einen Platz auf der Couch an. Ein denkbar schlechter Start für ihr traditionelles Geburtstagstreffen. Sie wollte zu einer Entschuldigung anheben, aber Sabina wedelte nur ungeduldig mit der Hand. »Ja ja passt schon, alles gut. Das nächste Mal gib halt Bescheid, bevor du abhaust.«

Katharina wollte etwas erwidern, dachte dann aber nur an Tischfußball und dann an David und daran, wie kompliziert alles war und dass er recht gehabt hatte. Sie hatte ihn vergessen. Für einen kurzen Moment, war er gestern wirklich tot gewesen. Sie seufzte. Servierte zwei dampfende Tassen Tee. Merkte, wie Sabina sich forschend umsah. Sie konnte sich ungefähr vorstellen, was sie dachte.

»Ist was?«

Sabina nickte. »Ich habe mich gerade gefragt, wann du endlich die Kiste da rausschmeißt?«

»Willst du mich verarschen? Wieso sollte ich Davids Kiste rausschmeißen?«

»Weil man ein Museum besuchen, aber nicht darin wohnen sollte, deswegen. Und hier steht definitiv sehr viel herum. Also mit Museumscharakter.«

»Ach.«

»Ja.«

»Und jetzt bist du hergekommen, um mit mir Davids Sachen durchzugehen und zu schauen, ob sie mir eh noch einen spark of joy geben?«

»Katha, hey, sei nicht unfair, du weißt genau, was ich meine.«

»Nein, ehrlich gestanden nicht.«

»Dann schau dich doch um! Viel zu gemütlich hast du es dir hier gemacht in dieser merkwürdigen Zwischenwelt, in der du da jetzt lebst. Zusammen mit diesen ganzen Devotionalien, die dich festhalten in der Vergangenheit.«

»Wow«, sagte Katharina ehrlich betroffen. »Du bist echt sauer wegen gestern.«

»Du glaubst doch nicht ernsthaft, dass ich das wegen gestern sage?«

»Na ja, seit du hier bist, sagst du nur gemeine Dinge zu mir. Da fragt man sich halt, woher das kommt!« Katharina zuckte mit den Achseln. Insgeheim musste sie Sabina ein bisschen recht geben. Aber das würde sie niemals zugeben. Hatten sie David nicht gestern schon genug vergessen? Nein, zumindest das Andenken anhand seiner Sachen musste hochgehalten werden. Was blieb denn sonst noch?

»Das stimmt doch überhaupt nicht. Ich sag nur die Wahrheit. Irgendwann müssen wir doch mal darüber reden. Über das alles.«

Katharina zupfte ein braunes Blatt von einer Zimmerpflanze. Sie würde nicht reden. Weder heute noch morgen. Und sicher nicht mit Sabina. Die brauchte sie doch an der Oberfläche. Nicht tiefschürfend darunter, da steckte sie eh schon selber fest. Am tiefen Grund von irgendwas. Was sie brauchte, das war eine Freundin, die sie an der Oberfläche festhielt, damit sie nicht unterging. Eine unbekümmerte Rausch-Sabina, die ihr auf Partys Kuchen in den Mund stopfte und die Polizei aus ihrem Laden vertrieb. Aber sicher keine, die völlig unberauscht bei ihr zu Hause saß, in ihrem Tee ohne Schuss rührte und Wahrhaftigkeiten von ihr wollte.

Katharina warf einen Blick auf die Uhr.

»Willst du, dass ich gehe?«

»Nein, gar nicht, sei nicht so komisch.«

»Keine Sorge, ich sperr dir das Ruin schon pünktlich auf.«

»Weiß ich doch. Komm, lass uns lieber deinen Geburtstag feiern.« Katharina entkorkte eine Flasche Champagner, doch Sabina winkte ab.

»Besser nicht. Ich bin noch betrunken von gestern. Ich bleib beim Tee.«

Sie streckte sich auf der Couch aus und schaltete Musikfernsehen ein. Katharina fläzte sich dazu, und als im Hintergrund ein altes Manic-Street-Preachers-Video lief, verschmolzen sie zu einem Museumsstück aus den Neunzehnneunzigerjahren.

»Auf dieser Couch ist mir einmal etwas Merkwürdiges passiert«, murmelte Katharina irgendwann in einen Song hinein.

»Hm?«

»Ich bin mit David draufgesessen – ungefähr so wie wir beide jetzt gerade –, in seiner alten Wohnung, da war er schon krank. Wir haben uns irgendeinen Blödsinn angeschaut, und auf einmal hat sich vor mir eine Art Abgrund aufgetan. Keine Ahnung, wie ich das besser beschreiben soll, es war wie ein feiner Riss in der Gegenwart, eine Art Durchlässigkeit.« Katharina verstummte und suchte nach passenderen Worten, aber da kam nichts.

»Hm.«

»Also, da war ein Abgrund, der sich in Spiralform vor mir aufgetan hat und mich in eine Art schwindliges, gähnendes Loch ziehen wollte. Ungefähr so, wie wenn du irgendwo ganz oben stehst, auf einem Balkon vielleicht, und in einen engen Innenhofschacht hinunterblickst. Irgendetwas will dich in die Tiefe hinunterziehen. Und du musst alle Willenskraft aufbringen, dem nicht nachzugeben. Kennst du, oder? Auch mein Gehör hat sich in diesem Moment komplett verändert. Ich habe dort nur noch ein Rauschen gehört. Als hätte jemand meine Frequenz für einen kurzen Moment umgestellt. Voll strange. Und dann war sie plötzlich da. Diese absolute Gewissheit. Diese absolute Gewissheit, dass er sterben würde. Dass es keine Möglichkeiten mehr gab. Obwohl damals ja noch alle so getan haben als ob. Ich hab aber gewusst, dass es zu Ende war. Nicht gleich. Aber zu Ende.«

Katharina schwieg. Aber weil von Sabina nichts kam, redete sie einfach weiter.

»Sabina, ich glaub, ich hab dort den Tod getroffen. Also nicht, wie man sich das so vorstellt, mit Kapuze und Sense und so. Es war eher, als hätte ich da die Idee des Todes getroffen. Und dann war ich auf einmal wieder zurück. Alles war so wie immer. David neben mir auf der Couch, im Fernsehen irgendein Trash.« Katharina nippte an ihrem Tee. »Mir wird immer noch ganz anders, wenn ich daran denke. Deshalb mache ich es nicht oft. Okay, eigentlich nie. Es macht mir eine Scheißangst, irgendwie. Weißt schon, so, wie wenn man als Kind versucht hat, sich die Ewigkeit vorzustellen. Oder die Unendlichkeit. Verstehst du, was ich sagen will?«

Jetzt hatte sie doch viel mehr geredet, als sie vorgehabt hatte. Sie schaute zu Sabina. Rechnete mit einem ironischen Kommentar. Doch die schlief seelenruhig an Katharinas Seite ihren Rausch aus.

*

»Sie kommt heute nicht.« Sabina stellte das Bilderbuch-Frühstück vor Ari, der sich schon des Öfteren suchend im Raum umgeblickt hatte, auf den Tisch.

»Fünffache Softdrinkcuvée mit Marmeladecroissant, bitte schön, wohl bekomm's!«

Ari blickte leicht angewidert auf das braune Sprudelgetränk.

»Unter einem Bilderbuch-Frühstück hätte ich mir irgendwie etwas anderes vorgestellt«, meinte er entgeistert.

»Du armer Mensch«, erwiderte Sabina mit gespieltem Entsetzen, »du brauchst dringend Nachhilfe in Popkultur.«

»Erklärst du's mir?«

»So weit kommt's noch, find's selber raus!«

Ari lächelte. »Dann sag mir, warum Katharina heute nicht da ist. Sie ist doch sonst immer da.«

Sabina sah ihn lächelnd an. »So weit kommt's noch, find's selber raus!«

Ari biss etwas zu heftig in sein Croissant, kaute und blickte Sabina dabei direkt in die Augen. Die hielt seinem Blick locker stand und zwinkerte ihn schließlich an.

»Also, ich geh gern mit dir was trinken. Wann ich aus hab, steht dort an der Tür. Kannst mich ja abholen.«

Ari lächelte, immer noch ihrem Blick standhaltend. »So weit kommt's noch.«

Dann nahm er die Softdrinkcuvée und trank sie, ohne mit der Wimper zu zucken, in einem Zug aus.

»Stimmt so«, meinte er dann, klemmte einen Schein unter den leeren Teller und verließ mit dem halben Croissant in der Hand den Laden.

Würde er eben weiter in diesem merkwürdigen Buch lesen, anstatt zu ruinieren heute Nacht. Irgendetwas faszinierte ihn ohnehin daran, obwohl er die meiste Zeit immer noch keinen Plan hatte, was er da eigentlich las.

Sabina lächelte ihm unterdessen nach, drehte die Anlage lauter und sang: »Alright, alright, alright, alright, okay!« Dann steckte sie sich eine Tablette in den Mund und spülte sie mit einem Glas Whiskey hinunter. Sie trank auch immer auf ex.

*

»Ich hab heute von dir geträumt«, sagte Katharina im Vorbeigehen.

»Na, ich hoffe, es war kein Albtraum.«

Ari saß an seinem Platz und war froh, dass Katharina wieder zurück im Ruin war. So konnte er sich in alter Gewohnheit auf seine eigene Odyssee hier im Nischenalltag konzentrieren.

Sie schüttelte den Kopf. »Nein, gar nicht. Ich war auf einmal ganz klein. Und du hast mich auf deiner Handfläche spazieren getragen.«

»Ach.«

»Ja. Schön war das.« Sie nickte und wandte sich wieder jemand anderem zu.

Ari musste unwillkürlich lächeln. Vor fünf Minuten war er sich noch nicht sicher gewesen, wie schlecht seine Laune heute war. Eher schlecht. Ziemlich schlecht sogar. Aber jetzt? Sie schaffte es buchstäblich im Vorübergehen, dass es ihm besser ging.

Er fand sie mutig. Wie sie Dinge so ungeniert aussprach. Wie sie den Menschen sagte, dass sie sie mochte. Ohne Kalkül dahinter und ohne Erwartung. Sie gab, weil sie es konnte, und zeigte es, weil es die Wahrheit war. So war sie, wenn sich der Nebel um sie lichtete. Sein Telefon läutete wieder.

Später setzte sie sich zu ihm. Sie hatten es sich mittlerweile angewöhnt, einander immer wieder kurz zu besuchen. Entweder kam er auf ein Getränk an die Bar oder sie für eine kurze Pause mit einem Kaffee zu ihm in die Nische.

»Heute Nachmittag auf dem Weg durch die Stadt hätte ich schwören können, am Donaukanal riecht es nach Meer«, sagte sie. »Ich meine, der Donaukanal, diese Lächerlichkeit. Der ist so weit von einem Meer entfernt, da weiß man dann schon Bescheid, dass man wirklich spinnt. Aber ich sag dir, das Meer war da, für einen kurzen Augenblick.« Sie schüttete ein bisschen Zucker aus dem Streuer und zeichnete mit dem Finger ein Muster auf dem Tisch.

»Vielleicht war es auch ein Traum, so wie das mit der Handfläche?«

Sie lächelte und schüttelte den Kopf. »Nein, ganz real, der Geruch von Brandung und Salz.«

»Dann bist du wohl einfach nur eine alte Monarchistin, die es nicht einsehen will, dass Österreich keinen Meerzugang mehr hat.«

»Wahrscheinlich. Ich leide am sogenannten Joseph-Roth-Syndrom.« Sie lachte. »Oder ich werde einfach langsam verrückt. Sie ließ noch mehr Zucker auf den Tisch rieseln. »Das wird einem ja auch des Öfteren attestiert, wenn man so im Dienstleistungsbereich tätig ist. Man ist hier immer zu schnell oder zu langsam, zu laut oder zu leise, zu ernst, zu dumm oder zu klug. Da fängt man schon mal zu zweifeln an, an sich.« Sie trank ihren Kaffee mit einem schnellen Schluck aus und fegte den Zucker unter den Tisch. Ari überlegte, was er darauf jetzt sagen konnte. Ob er überhaupt etwas sagen sollte. Stille in Gesprächen machte ihn nervös. Also, wenn sie von den anderen kam. Denn diese anderen erwarteten dann immer eine Antwort von ihm. Also vermutete er. Denn die sahen ihn dann auf so eine bestimmte Art an. Therapeuten zum Beispiel. Daraus folgte, dass er immer angestrengter in einem zunehmend unangenehmer werdenden Schweigen nach sich vor ihm versteckenden Worthülsen suchte. Die sich selbstverständlich in diesen Momenten nicht finden lassen wollten. Das sich dehnende Suchen ertrug er nach außen hin stoisch, nach innen leidend. Oft wurde er deshalb für wortkarg und desinteressiert gehalten, vielleicht auch für ein bisschen dumm ... Aber hier ... Er hatte hier noch kein einziges Mal das Gefühl gehabt, einen vorher mühsam auswendig gelernten Text aufsagen zu müssen, wenn er sich unterhielt. Also entspannte er sich wieder. Und beschloss, das zu sagen, was er sich gerade gedacht hatte. Nämlich, dass es hier doch gar nicht möglich war, etwas »zu sehr« zu sein. Zu schnell, zu langsam, zu laut, zu leise, zu ernst, zu dumm oder zu klug. Es war sozusagen physikalisch unmöglich und hatte etwas mit Gravitationsfeldern und Umlaufbahnen des Ruin zu tun, das hatte er ausgerechnet, während er hier in seiner Ecke saß und an der Weltformel tüftelte. Denn das war er, ein genialer Physiker auf der Suche nach der Zeitfalte, und hier, das war ja eindeutig, hier hatte er sie gefunden. Und sie brauche sich nicht zu wundern, wenn das Ruin bald zu einem Wallfahrtsort werden würde, denn hier, das war ja wohl klar, wurde die Glückseligkeit aus vollen Fässern gezapft. Dienstleistung hin oder her.

Ari schwieg wieder. Er war sich ein bisschen unheimlich gerade, aber er fühlte sich auch sehr lebendig. Und Katharina? Durch seinen Monolog aus ihrem Gedankennebel in die Gegenwart katapultiert, schaute ihn sanft an. Und dann machte sie etwas, womit er nicht gerechnet hatte. Sie beugte sich in einer langsamen Geste zu ihm vor, um ihn leise, aber nachdrücklich zu umarmen. Dann lehnte sie sich wieder zurück, blickte aus dem Fenster und schwieg, während schräg gegenüber ein Bauarbeiter das Logo einer internationalen Bekleidungskette auf einem Gebäude anbrachte.

*

»Wann ist denn eigentlich wieder Viennale?«, fragte Sabina in die Runde.

Max begann zu lachen. »Ist nicht dein Ernst, diese Frage, oder?«

»O ja, wieso? Ich bin heute aufgewacht und hab mir gedacht, ich möchte mal wieder zur Viennale gehen. Ist Jahre her, das letzte Mal.«

»Die ist schon längst wieder vorbei. Wo lebst du eigentlich?« Max schüttelte den Kopf. »Ist doch eh immer die ganze Stadt zuplakatiert, wie kann einem das entgehen?«

»Jetzt mach hier nicht einen auf Supercineast, du Angeber, wann warst du denn das letzte Mal?«

»Na, ich warte halt drauf, dass du mich begleitest. Ohne dich würde ich nicht gehen, weil ich weiß, dass du gern mal wieder zur Viennale willst.«

»Verstehe«, sagte Sabina. »Also wann ist denn jetzt wirklich wieder Viennale?«

»In ungefähr elf Monaten.«

»Ach.«

Katharina und David saßen aneinandergelehnt auf der Bank in der Nische und ließen ihren Blick durchs leere Ruin schweifen. In ein paar Minuten würden sie aufsperren.

»Das Viennale-Plakat ist auch alt, das müssen wir mal runternehmen«, meinte Katharina seufzend. »Wieder ein Jahr, in dem wir das Festival verpasst haben. Immer das gleiche Spiel. ›Wann ist eigentlich Viennale?‹, fragt man sich. Und dann kommt man drauf, schon wieder vorbei.«

Er lachte. »Ja, das ist der Viennale-Fluch.«

Katharina strich David über die Haare. Sie dufteten nach Shampoo und ein bisschen nach ihm. Er hatte die Augen geschlossen und sie schwiegen.

»Morgen«, sagte er dann plötzlich.

»Hm?«

»Morgen, da gehen wir ins Kino.«

Katharina lächelte und nickte in Davids Haare. »Ja, das wäre schön«, flüsterte sie.

»Aber es gibt ja noch andere Filmfestivals!«, Max lächelte Sabina an, »Wir müssen nicht bis zur nächsten Viennale warten!«

Sabina schüttelte den Kopf. »Nö, ich mag nur zur Viennale. Ausschließlich. Und nur in Schaltjahren.«

Dann ging sie zu einem Tisch, an dem gerade zwei Frauen Platz genommen hatten und ihr Schachbrett auspackten. Auf dem würden sie sich über den Abend hinweg ausgedehnte und unerbittliche Schlachten liefern, während Sabina sie dazu mit ungesunden Mengen an Kaffee versorgte. Im Umkreis um die Schachspielerinnen herrschte immer eine Art Mikroklima, die Luft schien dort durch ihre Konzentration auf das Spiel wie verdichtet. Die Stille, die sie bis zur Analyse nach der Partie umgab, wurde nur vom Geräusch der Schachuhr unterbrochen. Und hin und wieder von einem wienerischen oder türkischen Fluch. Je nachdem. Selbst die üblichen Kiebitze hatten Respekt vor den beiden und beschränkten sich aufs Zuschauen.

Wann war sie eigentlich das letzte Mal im Kino gewesen? Katharina konnte sich nicht erinnern. Könnte man ja mal wieder machen, dachte sie. Und warum eigentlich nicht jetzt gleich? Beschwingt von ihrer plötzlichen Unternehmungslust überließ sie Sabina kurzerhand das Kommando im Ruin und machte sich auf den Weg.

»Schach!«, hörte sie eine der beiden Frauen beim Hinausgehen gerade noch sagen. Das ging ja heute schnell.

Vom Ruin aus waren es nur ein paar Minuten zum kleinen Kino in der Fußgängerzone. Die Plakate im Eingangsbereich sagten Katharina alle nichts und sie betrat verunsichert das Foyer. Es kam ihr ein wenig so vor, als ob sie vergessen hätte, wie man ins Kino geht. Skript gelöscht.

Unschlüssig stand sie da und blickte zur Bar, die gleichzeitig auch die Kinokasse war. Die Chefin winkte ihr freundlich zu. Aus dem Augenwinkel sah Katharina auch ein paar ihrer eigenen Gäste im Kinofoyer bei einem Glas Wein sitzen. Sie nickten und widmeten sich wieder ihren Getränken. Wenn es im Viertel neben dem Ruin einen Platz zum ernsthaften Trinken gab, dann war es hier. Das Kino war Lichtspielhaus und Absturzkneipe gleichermaßen, und bevor sie ein eigenes Lokal gehabt hatten, hatten sich Katharina und David hier oft gepflegt berauscht. Auch den Nachmittagsunterricht schwänzen ließ es sich hier ganz vorzüglich.

Es gab zwei Kinosäle, wobei der eine Raum nur aus drei Reihen bestand. In diese drei Reihen passte bequem eine Schulklasse, und so fand hier nachmittags Kinder- und Jugendkino statt. Abends wurde die Frucade gegen Spritzwein getauscht und die durstige Nachbarschaft, so sie nicht schon seit dem Nachmittag hier war, versammelte sich zu geselligen Runden. Genauso, wie sich die Getränkeauswahl in Grenzen hielt, musste man sich auch nicht den Kopf darüber zerbrechen, welchen der unzähligen aktuellen Filme man sehen wollte. Hier wurde immer nur ein Film gezeigt. Der war synchronisiert und lief erst dann, wenn er in der restlichen Stadt schon abgesetzt worden war.

Manchmal verirrten sich deswegen ein paar Leute aus anderen Bezirken hierher, weil sie den Film überall sonst verpasst hatten. Leicht irritiert standen sie dann im Foyer, versuchten nichts zu berühren und warteten ungeduldig, dass es endlich losging. Es schien, als verursachten ihnen die Stammgäste leichtes Unbehagen, und wie gehetzte Tiere stürmten sie bei Einlass in den Saal.

Mitten in der Vorstellung gab es immer eine Pause, weil die Filmrolle gewechselt werden musste. Was die Gehetzten oft zu Beschwerden veranlasste, weil sie glaubten, es sei etwas kaputt. »Amateure«, zischte die Chefin dann immer und erklärte den Reklamateuren ohne den Hauch eines Lächelns die Sachlage.

Katharina reichte der Besitzerin die Hand und löste ein Ticket bei ihr. Sie freute sich heute besonders, dass das Kino für sie die Entscheidung traf, was sie sehen würde. Die Chefin wiederum schien sich ehrlich zu freuen, sie zu sehen, was Katharina verunsicherte. Außerhalb des Ruin war sie schlecht in Smalltalk. Sie kramte verzweifelt nach einer Frage, die sie stellen konnte, um die Aufmerksamkeit der Chefin auf deren Beantwortung zu lenken. Aber ihr Kopf war leer und so lächelte sie höflich, nickte und versuchte herauszufinden, wie lange sie das hier jetzt noch durchhalten musste, bis der Film begann. Dreißig Minuten sagte die Wanduhr. Eine Ewigkeit. Katharina sank der Mut. Sie bereute es bereits, dass sie auf diese idiotische Kinoidee gekommen war. Noch dazu wurde ein Film über Vampire gezeigt. Interessante Schauspieler zwar, an die Hauptdarstellerin konnte sie sich von früher noch vage erinnern, die vergaß man nicht so leicht, aber trotzdem war das nicht unbedingt ihr Lieblingsgenre. Es war eine dumme Entscheidung gewesen. Sie überlegte gerade, aufs Klo zu flüchten, als sie angerempelt wurde.

Auch das noch. Sich jetzt mit einem Betrunkenen herumzuschlagen, hatte ihr gerade noch gefehlt. Als sie zur Seite blickte, blitzte sie ein bekanntes Augenpaar aus einer Kapuze heraus an.

»Einmal Kino, bitte!«, Ari nickte der Chefin zu.

»Mit Sportgummi, so wie immer?«

Ari schaute fragend zu Katharina: »Mit Sportgummi, so wie immer?«

»Danke, ich nehm lieber Popcorn«, sagte sie. Und dachte: So wie immer.

Die Chefin nickte. »Also ihr beide so wie immer. Und der Kaffee hier«, sie deutete auf die Tassen, die sie gerade füllte, »der geht auf mich.«

Katharina und Ari rührten dankbar darin, was das Zeug hielt, bis es Zeit war, endlich in den Saal zu gehen.

»Du bist öfter hier«, stellte Katharina später fest, während sie darauf warteten, dass die Filmrolle gewechselt wurde. Sie stopfte sich Popcorn in den Mund.

»Ja«, nickte er. »Seit ich hier bin, schaue ich mir alles an, was läuft, sogar die Musicals und die Kinderfilme. Alles. Manchmal auch ein zweites Mal. Das Programm ist ja nicht so abwechslungsreich.«

»Und hilft's?«

»Was meinst du?«

»Na, bei der Ablenkung?«

»Du meinst, ich versuche mich abzulenken?«

Sie nickte.

»Wovon?«

»Na, von deinem Leben, deinen Problemen, keine Ahnung, woher soll ich das wissen? Das Übliche halt.«

Er schwieg.

»Und hilft's?«, fragte sie noch einmal.

»Kaum.« Er zögerte. »Aber ich mag es, hier zu sein.«

»Ist ein guter Ort, ja.«

Sie lächelte und bewarf ihn mit Popcorn, ohne dabei den Blick von der Leinwand abzuwenden, auf die gerade das Bild zurückgekehrt war.

»He!« Er stopfte ihr einen Sportgummi in die Kapuze ihres Pullis. Dann versanken sie wieder in der eigentümlichen Atmosphäre des Films.

Später, zurück auf der Straße nieselte es leicht.

»Wir sind wie diese Vampire«, meinte er, »traurige, nachtaktive Gespenster, auf der Flucht vor irgendwas.«

»Wen meinst du mit ›wir‹?«

»Na, uns beide, dich und mich.«

»Du bist vielleicht auf der Flucht«, sagte Katharina und fügte hinzu: »Vor deiner Wohnung!« Sie lachte. »Weißt du noch, als du mir das erzählt hast? Als du das erste Mal im Ruin warst!«

»Klar!«, sagte er und lachte auch.

»Ich bin nicht auf der Flucht, du täuschst dich«, meinte sie dann wieder ernst.

»Doch.« Es lag eine Bestimmtheit in seiner Stimme. »Du bist die meiste Zeit einfach ganz woanders. Da drinnen.« Er deutete auf ihren Kopf. »Was ist das sonst, wenn keine Flucht?«

Das nennt man Trauer, dachte sie. Aber sie sprach es nicht laut aus.

»Siehst du, das meine ich. Wo bist du gerade? Du flüchtest dich irgendwohin, bist gar nicht präsent im Moment.«

»Wer ist schon präsent im Moment?«, sagte sie achselzuckend. »Außer Buddha vielleicht. Oder Roger Willemsen.«

Er blieb stehen. »Na, ich. Jetzt gerade.«

Sie sah ihn an. Schweigend genossen sie die stille Gegenwart des anderen. Dann zupfte sich Katharina den Sportgummi von vorhin aus ihrer Kapuze, steckte ihn sich in den Mund und ging zurück in Richtung Ruin. Ari blieb noch ein bisschen im Regen stehen. Das passte doch ganz gut, fand er.

*

»Wie alt bist du eigentlich?«

Katharina und Ari saßen an der Bar und tranken Wein. Es war irgendwann in den frühen Morgenstunden, das Licht war so schummrig, dass die Zeiger an der alten Wanduhr nicht zu erkennen waren. Auf seiner nächtlichen Wanderung war er auch diesmal zum Abschluss am Ruin vorbeigeschlendert. Zu spät hatte er bemerkt, dass Katharina gerade dabei war, die große Pflanze im Fenster zu gießen, und so sah sie ihm durch das Fenster direkt in die erschrockenen Augen. Er fühlte sich ertappt. Aber sie lächelte nur freundlich. Schließlich wusste sie ja nicht, dass er jede Nacht ein zweites Mal bei ihr vorbeikam. Mit einer fragenden Geste deutete sie zum Eingang und er nickte. Also bat sie ihn herein.

Da ist sie jetzt also, die Flüsterkneipensituation, dachte er und beobachtete, wie sie eine Flasche Wein öffnete und ihnen beiden einschenkte. Dann widmete sie sich wieder ihrer Abrechnung, und Ari schnappte sich zuerst die Gießkanne und dann den Besen, dabei summte er zur Musik. Hätte sie einmal von ihrem Kassenbuch aufgeblickt, dann hätte sie gesehen, wie sich Ari in ihrer allabendlichen Choreografie durch das Lokal wischte und tanzte. Er konnte mittlerweile jeden ihrer Schritte auswendig. Aber sie war ganz in ihre Zahlen versunken.

Nach getaner Arbeit setzte Ari sich zu ihr an die Bar. Mit einem Seufzen schloss sie die Bücher. »Dreiunddreißig«, sagte sie nach kurzem Nachdenken.

»Ich auch. Du schaust aber viel jünger aus.«

»Und du viel älter«, lachte sie.

»Ja, ich weiß, ich hab eine alte Seele.« Ari nickte bedeutsam. »Aber bei dir, ich hätte dir keine dreißig gegeben!«

»Keine Seele«, meinte sie ernst. »Deshalb die ewige Jugend. Pakt mit dem Teufel.«

»Ach, nennt man das jetzt so, wenn man botoxen geht?«

»Botoxen. Lächerlich. Für Anfänger.«

»Der Teufel also, merk ich mir. Vielleicht kann man da ja noch was machen.«

Sie schaute ihn kritisch von oben bis unten an: »Nö, glaub nicht.« Sie schüttelte den Kopf. »Der Zug ist abgefahren. Aber ich mag deine Falten. Gibt dir so was verwegen Verlebtes.«

»Na, wenn das so ist, nehme ich gleich noch ein Glas. Ist dann eh schon egal. Plus: Dir gefällt's. Und für dich ist das Nachschenken ohnehin unbedenklich, du hast ja gute Beziehungen.«

Sie prosteten einander zu.

»Schön, dass du da bist«, sagte sie.

»Ja, find ich auch.«

»Wenn ich so schnell gefragt werde, weiß ich auf Anhieb nie genau, wie alt ich bin. Geht's dir auch so?« Er schüttelte verneinend den Kopf, während sie fortfuhr: »Ich muss immer nachrechnen. Wird zunehmend schlimmer mit den Jahren. Vielleicht ein Zeichen, dass man schon zu lang hier ist?«

Er schnaufte. »Ihr Wienerinnen mit eurer Todessehnsucht.«

Ohne auf seine Bemerkung einzugehen, redete sie weiter: »Ich finde ja, man bemerkt das Älterwerden vor allem daran, wenn man sich dabei ertappt, dass man Sachen sagt wie: ›In diesem Alter sind sie ja wirklich herzig.‹ Oder: ›Sehen wir uns in Grado zu Pfingsten?‹ Oder: ›Unglaublich, wie schnell sie groß werden!‹ Dann weiß man Bescheid, wie schlimm es wirklich um einen bestellt ist mit dem Altwerden.«

Ari lachte. »So was hab ich, glaub ich, noch nie gesagt. Dafür aber andere erwachsene Sachen wie: ›Meine Hauptmotivation? Ist sicher das Gewinnen!‹ oder ›Besprechen Sie das mit dem Assistenten und verschwenden Sie nicht meine Zeit‹. Könnte sein, dass das auch ein Grund ist, warum ich hier bin. Auf der Flucht vor zu vielen von diesen Sätzen, bei denen man sich ertappt.«

»Klingt für mich eher so, als wärst du aus Angst, ein richtiges Arschloch zu werden, geflohen, und nicht aus Angst vor dem Erwachsensein oder dem Älterwerden.«

»Stimmt wahrscheinlich«, sagte er ernst und nahm einen zu großen Schluck Wein. »Einfach abzuhauen war allerdings nicht gerade die erwachsenste aller Entscheidungen. Und, muss man hinzufügen, auch eher von der Arschloch-Sorte.«

»Manchmal geht's einfach nicht anders«, meinte sie.

Er schüttelte unwillig den Kopf. »Vielleicht«, sagte er dann und schnalzte mit der Zunge. Er griff zur Flasche, schenkte beiden erneut ein und trank hastig das nächste Glas.

Katharina sah in den Aschenbecher, ihr Gespräch dauerte offensichtlich schon mindestens ein halbes Päckchen lang. Ihr zerrann die Zeit zwischen den Fingern, und der Alkohol vernebelte ihr das Hirn. Unbeirrt nahm sie den nächsten Schluck und schaute in ihrem Glas dem Wein beim Schwenken zu.

»Du hast es gut«, sagte er irgendwann.

»Ach. Da bin ich ja gespannt, wie du das meinst.«

»Na, weil du all das hier hast.« Er deutete um sich. »Du hast diesen unglaublichen Ort zusammen mit der schönsten Frau der Welt. Du hast ein Zuhause. Du weißt, wohin du gehörst und zu wem. Du führst ein selbstbestimmtes Leben.«

Katharina zögerte. »Ja, vielleicht mag das so wirken«, sagte sie etwas halbherzig. Sie war sich nicht sicher, ob sie das Gespräch, das sich hier anbahnte, führen wollte. »Aber weißt du«, sie richtete sich auf – besser, man war zumindest in der Körperhaltung vorbereitet auf so eine Unterhaltung: »Man kann auch an einem guten Ort auf einer Irrfahrt sein. Man irrt dabei halt nicht durch die Welt, sondern dreht sich immer auf der Stelle, permanent im Kreis herum.«

»Wie poetisch.« Ari schüttelte den Kopf. »Ich finde ja, du jammerst gerade auf hohem Niveau. Das ist doch bewundernswert, ein Lokal zu haben. Ist eines der erwachsensten Dinge, die ich mir vorstellen kann. Also erwachsen auf die gute Art! Dieses Bekenntnis. Zu einem Ort und zu einer Sache.«

Katharina merkte, dass sie sich zu ärgern begann. Fühlte sich ganz gut an, so ein Ärger. »Wie du das sagst, klingt das wie etwas Religiöses. ›Sich zu einem Ort bekennen.‹« Sie imitierte seine Gänsefüßchengeste von neulich. »Klingt wie lebendig begraben zu sein für mich. Klingt nach Stillstand. Jedenfalls nicht wie etwas Gutes.«

Plötzlich hatte sie unglaubliche Lust, sich ordentlich in Rage zu reden. Der Alkohol feuerte sie dabei freundlich an. Ari hatte wirklich eine ziemlich große Klappe, dafür dass er keine Ahnung hatte. Von gar nichts. Da musste man mal ordentlich drüberbügeln.

»Ich glaub, du willst mich absichtlich falsch verstehen.« Ari wirkte verärgert. »Ich mach dir ein Kompliment nach dem anderen und du erzählst mir nur, wie arm du bist. Schau dich doch an, wie gut es dir geht! Du hast diesen Anker namens Ruin, der dich in eine Richtung zieht, dich an diesem Ort, auf Kurs hält, das ist doch total beneidenswert!«

»Ja, total.« Katharina ärgerte sich jetzt richtig über seine Zuschreibungen und Anmaßungen. »Was ich habe?« Sie wurde laut. »Was ich habe, das ist ein richtig fetter Klotz am Bein. Der mich gefangen hält in einem Leben, von dem ich nicht mehr sicher bin, ob es noch meines ist! Das hab ich, okay!«

»Das ist doch lächerlich. Ich habe noch nie jemanden gesehen, der mehr in seinem Element ist als du in dieser

Bar! Selbst mit deinen seltsamen Geistesabwesenheiten und deinem melancholischen In-die-Ferne-Starren bist du immer noch total richtig hier. Du hast einen Ort, an dem du sein kannst, wie du bist. Ohne Kompromisse. Du weißt gar nicht, wie gut es dir geht.«

»Ja, mir geht's total gut.« Sie lachte auf, hatte Lust, ihm wehzutun. Stattdessen schlug sie mit der Hand auf die Theke. Und weil das so guttat, gleich noch einmal. Ihr vom Alkohol erhitzter Kopf wurde noch röter. »Du bist wirklich der Letzte, der sich hier ein Urteil über mich erlauben darf«, zischte sie. »Du«, sie betonte das Du mit einem höhnischen Unterton, »du hast keine Ahnung! Apropos gutgehen. Was hast du denn so für Probleme eigentlich?« Sie sah ihn herausfordernd an. »Du bist auf der ›Flucht‹?« Wieder äffte sie seine Gänsefüßchengeste nach. »Dass ich nicht lache. Du bist eher auf Urlaub! Hast die ganze Zeit frei, um im Kaffeehaus zu sitzen und über dein ach-so-schwieriges Leben nachzudenken, hast dabei offensichtlich keinerlei finanzielle Probleme und schaust gut aus. Was kann denn für einen Typen wie dich schon schwierig sein? Oh, warte, ich sehe da einen Pickel, liegt's vielleicht an dem? So was bist du nicht gewohnt, gell, so Hautunreinheiten. Und dass du keine Verankerung im Leben hast, stimmt doch gar nicht. Du bist doch auch irgendwo vor Anker. Deine Kette ist halt nur gerade zufällig länger als meine. So kannst du dir einreden, dass du heimatlos und verzweifelt suchend bist. Aber ich wette, da, wo Penelope ist, in diesem anderen Leben, aus dem du hier aufgetaucht bist, dort steckt dein Anker fest im Grund. Den hast du nämlich vergessen einzuholen, bevor du losgezogen bist. Und jedes Mal, wenn in deiner Ecke dort hinten dein Handy klingelt und dein Blick ganz unentspannt wird, dann wirst du daran erinnert.«

Schwankend stand er auf, schnappte sich die angebrochene Flasche und ging Richtung Tür.

»Ja, geh nur«, höhnte Katharina, »das scheint ja deine Spezialität zu sein.« Sie prostete ihm zu. »Mach's gut, armer Odysseus, diese ganze wirre Pseudodiskussion hier führt doch sowieso zu nichts! Geh lieber und werd erwachsen, also«, sie äffte seinen Tonfall nach, »so auf die GUTE Art, anstatt über das Leben anderer klugzuscheißen!«

Ari verließ das Ruin mit einem Türknallen. Katharina sah ihn mit großen verärgerten Schritten davonstapfen, sie selbst kochte vor Wut. Mit ein paar entschlossenen Handgriffen knallte sie ein altes Mixtape in die Anlage. »Hate 3« stand in Davids krakeliger Handschrift drauf, und weil sie das Gefühl hatte, noch nicht fertig zu sein, drosch sie weiter auf die Theke ein, im Rhythmus der Musik, bis sie nicht mehr konnte. Irgendwann, als sie nicht mehr das Gefühl hatte, alles blindlings zerstören zu müssen, ließ sie sich erschöpft auf ihr Sofaungetüm fallen. Sie war fertig mit der Welt. All diese Wichtigtuer, die glaubten, Bescheid zu wissen über ihr Leben, die hatte sie schon gefressen. Sie schüttelte ihren betrunkenen Kopf und machte ein unwilliges Geräusch. Dann, ganz langsam, merkte sie, wie sich etwas verschob in ihr. Wie sich der Gefühlswind drehte. Es begann ihr leidzutun, das alles. Wie der Abend verlaufen war und die letzten Monate, ach Jahre, verdammt. Und dann begann sie sich selbst leidzutun. »Zu viel«, flüsterte sie betrunken vor sich hin, »alles zu viel«. Und dann in einem müden Singsang: »Kann nimmer, kann nimmer, kann nimmer, nein«. Dazu hatte sie sich in Embryonalstellung auf dem Sofa eingerollt und wartete auf die Gnade des Einschlafens.

Gerade, als sie ein wenig eingenickt war, klopfte es. Sie erschrak und wankte zur Tür, um Ari erneut hereinzulassen. Verwirrt registrierte sie dabei ein Gefühl der Erleichterung, das sich wärmend von ihrem Bauch auf den ganzen Körper ausbreitete. Alles war mit einem Mal ruhig und friedlich in ihr.

»Hey«, sagte sie leicht schwankend, »ich dachte, abzuhauen wäre dein Ding?«

»Du wiederholst dich«, sagte er.

»Du dich auch.« Sie machte eine Geste Richtung Tür. »Im Wiederkommen.« Sie lächelte und bemerkte, dass ihr Zungenschlag ziemlich schwer war.

»Touché.« Er nickte lange und blieb einfach mitten im Raum stehen, sein Körper hatte leichte Schlagseite. Nach Halt suchend lehnte er sich unelegant an den Tresen.

»Weißt du ...« Er starrte dumpf geradeaus. Auch seine Aussprache war nicht mehr ganz präzise. »Ich habe ein Talent und darauf habe ich mein gesamtes Leben aufgebaut. Und andere Menschen ihr Leben dann irgendwie auf meinem. Und jetzt bin ich mir nicht mehr sicher, ob ich das alles noch kann und vor allem, wie lange ich das noch kann.« Damit ließ er sich schwerfällig auf einen Barhocker sinken und stützte den Kopf auf die Hände. Müde rieb er sich über das Gesicht.

»Aha.« Katharina wartete, ob da noch etwas kam. Aber Schweigen. Es war nichts zu hören bis auf das leichte Kratzen seines Bartes, durch den er jetzt beständig fuhr. Sie merkte, dass ganz leise ihre Ungeduld wieder zu wachsen begann und sie Lust hatte, ihm die Hände aus dem Gesicht zu ziehen. Oder ihm diesen dummen Hipsterbart abzurasieren.

»Das ist doch alles total unlogisch, was du da von dir gibst. Diese ganze Diskussion von vorhin und jetzt das. Was willst du eigentlich?« Sie fuchtelte mit der Hand durch den Raum, bemüht, dadurch ihre Aggression zu dämpfen. Sie hatte wirklich große Lust, ihn zu rasieren. »Am meisten nerven mich deine kryptischen Andeutungen! Sag einfach, was mit dir los ist! Oder sag gar nichts. Aber so, das ist ja, wie wenn man das Orakel von Delphi datet!«

»Ach«, er hob den Kopf und sah sie belustigt an, »haben wir ein Date?«

»Du meine Güte, auf einmal so spitzfindig mit den Begriffen? Vorher konnte es dem feinen Herrn ja nicht schwammig genug sein! Tu nicht so, du weißt ganz genau, was ich meine.«

»Nö. Erklär's mir!« Er grinste sie betrunken an. »Wie ist das mit dem Date?«

»Jetzt lenk nicht ab, sondern red einfach mal Klartext!« Sie sah ihn wütend an und richtete dann den Strahl einer alten Stehlampe direkt auf ihn. Ari blinzelte kurz betrunken hinein und zog dann mit einem Schrei die Hände vor das Gesicht. »Hey, viel zu grell!«

»Willst du sterben oder nur nicht so weiterleben wie bisher?«, lallte sie mit dramatischer Stimme dazwischen.

»Was?«

Sie begann ihn auszulachen. Lachen half. Gegen die Genervtheit.

Er dagegen blieb jetzt ernst. »Ich finde die Frage gar nicht so schlecht«, lallte er zurück. »Und die Antwort ist«, sagte er gedehnt, »ich möchte wahrscheinlich nicht so weiterleben wie bisher.«

»Wahrscheinlich, wahrscheinlich, lalalala! Jetzt pass mal auf!«, sie schwenkte die Lampe wieder in seine Richtung und blendete ihn erneut. »Da wir jetzt wissen, dass du wahrscheinlich weiterleben willst, was in deinem Leben muss denn dann sterben dafür, damit du der sein kannst, der du sein willst?« Sie schwankte leicht, obwohl sie sich an der Lampe festhielt, der Lichtkegel beleuchtete jetzt seine zu Fäusten geballten Hände. Sie adjustierte die Lampe wieder in Richtung seines Gesichtes. Mit ernster Miene trank sie dann ihr Weinglas in einem Zug aus und blickte ihn forschend an.

Ari schenkte ihnen sofort wieder nach.

»Wow, das ist echte Meisterschaft, diese Frage! Mein Therapeut hätte sie nicht besser stellen können.«

»Du hast einen Therapeuten?«

»Wer hat keinen Therapeuten?«

Ohne ihre Entgegnung abzuwarten, fuhr er fort: »Um deine Frage zu beantworten: Ich weiß es nicht. Weil ich zurzeit genau genommen gar nichts mit Sicherheit weiß. Aber vielleicht finde ich die Antwort ja hier in dieser Stadt, oder im Ruin.« Oder in deiner Nähe, fügte er in Gedanken hinzu.

»Genau!«, rief sie. »Kommen Sie ins Ruin, finden Sie Ihren persönlichen, maßgeschneiderten Sinn des Lebens. Mit dem Spruch stell ich mich heute auf den Markt, damit kriegen wir endgültig die Bude voll!«

Er schüttelte traurig den Kopf. »Weißt du, ich hab das wirklich ernst gemeint. Auch wenn die Antwort deinen schlauen Ansprüchen wohl nicht zu genügen scheint.«

Katharina merkte, wie sich ihre Wut langsam in Scham verwandelte. Still und vor sich hinbrütend tranken sie weiter.

»Entschuldige«, sagte sie schließlich.

»Ja, ja, ironisier nur immer alles, so wie deine hübsche Lebenspartnerin!«

»Wen meinst du, Sabina?«

»Ja klar, wen sonst.«

Katharina lächelte. »Wir sind kein Paar. Und die Entschuldigung war ernst gemeint.«

»Echt nicht? Ich hätte drauf geschworen, also, dass ihr ein Paar seid.«

»Nein.« Katharina schüttelte den Kopf.

Er schaute in sein Glas. »Entschuldigung angenommen. Mir tut's auch leid.«

»Jetzt schau dir das an, schon wieder leer!« Sie hielt sich die Weinflasche ans Auge, wie ein Fernrohr. Leicht schwankend stand sie auf.

»Das Glas ist auch so was von leer«, nickte er.

»Zeit für Heilkräuter und was Gesundes!« Sie schnappte eine Flasche Likör und begann eine Zitrone auszupressen. Er nickte zustimmend und wedelte dann mit der Hand vor ihrem Gesicht herum, damit sie ihm wieder ihre volle Aufmerksamkeit schenkte.

»Aber jetzt sag mir mal, wie du das gemacht hast! Und zwar ernsthaft!«, rief er mit schwerer Zunge.

»Wie ich was gemacht habe?«

»Na, das da, alles halt!« Er zeigte mit großer Geste durch den Raum. »Deinen persönlichen Lebensanker finden eben. Hast du eines Tages einfach beschlossen, ich übernehme ein Lokal? Und es wird funktionieren, weil man darin dank mir den Sinn des Lebens findet! Und wenn es damit nicht klappt, habe ich ja immer noch die schönste Kellnerin der Welt, der alle zu Füßen liegen, als Ass im Ärmel?«

»Ja, genau so war's«, nickte Katharina und goss die Getränke etwas zu schwungvoll mit Mineralwasser auf. »Mit diesem Konzept bin ich zur Bank gegangen und habe sie davon überzeugt, mir einen Kredit zu geben.«

»Von dir bekommt man einfach keine ernsthafte Antwort.« Er wiegte seinen betrunkenen Kopf schwer hin und her.

Katharina ging an ihm vorbei und reichte ihm sein Getränk über die Schulter. Mit ihrem eigenen ließ sie sich müde auf die Couch fallen. Er plumpste neben sie, um mit ihr anstoßen zu können. Dann versanken sie schweigend in ihren Gedanken. Genug zerredet für heute. Sie hatten Angst, sonst ernsthaft etwas kaputt zu machen.

Plötzlich ging draußen irgendwo der Alarm eines Autos los. Irritiert blickte Katharina auf. Sie lag auf dem rosa Couchungetüm in ihrem Lokal, anscheinend hatte sie geschlafen.

»Aha«, stellte sie laut fest, »habe ich es mal wieder nicht bis nach Hause geschafft.«

Die Wanduhr zeigte neun Uhr früh.

Dann erstarrte sie und drehte sich zur Seite. Neben ihrem Kopf lagen zwei Füße. Ihr Blick wanderte weiter rauf, um zu sehen, zu wem die beiden Füße gehörten. Dann korrigierte sie sich in Gedanken. Aha, haben wir es also nicht bis nach Hause geschafft.

»Bist du auch wach?«, flüsterte sie in das Halbdunkel des Raumes.

Als Antwort hörte sie sein Feuerzeug klicken und eine Hand streckte ihr eine Zigarette entgegen. Stumm rauchten sie nebeneinander auf dem Sofa liegend. Mit einem Schlag stoppte der Alarm draußen, und Ari begann wieder regelmäßig zu atmen, seine Gliedmaßen begannen leicht zu zucken.

»Gib die Zigarette her, Ingeborg«, flüsterte sie leise, entzog sie seinen Fingern und dämpfte sie auf dem Boden aus. Dann ließ sie sich mit einem langen Seufzer wieder auf die Couch zurücksinken. Sie merkte, dass sie lächelte. Verrückt, dachte sie, verrückt. Und dann schlief auch sie wieder ein.

Das nächste Mal erwachte sie vom Piepsen ihres Handys. Natürlich hatte sie den Wecker gestellt, so betrunken konnte sie gar nicht sein. Ihren Laden hatte sie immer noch pünktlich geöffnet. Darüber, dass sie im Ruin erwachte, war sie nicht überrascht. Es passierte ihr öfter, dass sie aus Erschöpfung hier übernachtete. Oder weil sie es nach einer langen Schicht nicht mehr nach Hause schaffte durch diese unbarmherzigen Straßen voller trauriger Erinnerungen. Aber in der vergangenen Nacht, das wusste sie, war irgendetwas anders gewesen. Aber was? Sie kramte in ihrer Erinnerung, bis es ihr wieder einfiel. Mist, Ari war hier gewesen, oder hatte sie sich das doch nur eingebildet? Nein, sie war sich ziemlich sicher, Ari hatte diese Nacht sturzbetrunken neben ihr auf dieser Couch verbracht. Und vorher hatten sie sich wegen irgendetwas gestritten, sie versuchte sich im Halbschlaf an die Details zu erinnern.

»Na, auch schon wach?«, Sabinas Stimme ließ sie hochfahren. »Oh, na, da ist ja jemand völlig fertig.«

Katharina blickte in Sabinas amüsiertes Gesicht und versuchte sich zu sammeln. Dabei fühlte sie sich, als wäre sie gerade erst vom Boden eines tiefen dunklen Brunnens zurückgekehrt, wo sie mehr Zeit verbracht hatte, als gut für sie war.

Es musste kurz vor siebzehn Uhr sein, überlegte sie dann, wenn Sabina schon da war und das Handy gepiepst hatte. Ari war offensichtlich verschwunden. Das war schon mal gut. Bald müssten sie aufsperren. Weniger gut. Aber sie würde Zeit haben, nach Hause zu gehen, weil ja Sabina offensichtlich mit der Frühschicht dran war. Sehr gut. Aber, fuhr es ihr jetzt in den Sinn, hatte Sabina Ari noch gesehen? Wusste sie, dass sie hier zusammen übernachtet hatten? Vermutlich nicht, sonst würde sie sich schon längst nach allen Regeln der Kunst darüber lustig machen. Aber die leeren Flaschen, die Gläser? Hier müssten doch noch überall Spuren der gestrigen Verwüstung zu sehen sein. Sie ließ einen hektischen Blick durch den Raum schweifen, aber nichts. Als wären sie niemals hier gewesen, als hätte es den gestrigen Abend nicht gegeben.

»Guten Morgen, Sonnenschein«, trompetete Sabine ihr übermütig entgegen. »Sie haben ein Aspirin bestellt?«

Auf einem silbernen Tablett überreichte sie Katharina ein Dorothy-Parker-Hangover-Breakfast: ein Martiniglas mit Wasser, eine Kopfwehtablette und eine Schale Oliven für die Elektrolyte.

Katharina nickte dankbar und hoffte, dass die Wirkung des Aspirins schnell einsetzte. Dann setzte sie sich selbst in Bewegung. Es half ja nichts.

*

Er hatte geschlafen. Einfach geschlafen. Auf dieser monströsen Couch. Es waren mindestens fünf Stunden gewesen. Am Stück. Durchgehend. Und neben ihm, da hatte Katharina gelegen. Mit ihrer Dornröschen-Power. Ari lachte. Zuerst nur so ein bisschen für sich, und dann lachte er laut auf, die Kapuze tief ins Gesicht gezogen. Aber die Stadt war ohnehin wie ausgestorben. Es war Sonntag, das Wetter schlecht und die Welt kannte gemütlichere Orte. Er dachte wieder an die schlafende Katharina, die er in der sicheren Umlaufbahn des Ruin zurückgelassen hatte. An ihren entspannten Gesichtsausdruck und wie gut sie im Schlaf aufgehoben schien. Dornröschen-Power, dachte er wieder, und daran, dass er diesen Gedanken schon einmal gehabt hatte.

In seiner Wohnung angekommen kochte er Tee, nahm eine Tablette gegen den beginnenden Kater und ließ sich in den gemütlichen Sessel seines Freundes fallen. Dann kramte er nach dem Telefon, ignorierte die zig Anrufe in Abwesenheit und wählte ihre Nummer.

Sie schwiegen lange.

Dann sagte sie: »Zoran, das ist ein Telefon, du musst etwas sagen. Das macht man üblicherweise so, wenn man jemanden anruft.«

Ari schwieg weiter, und plötzlich, mit einer Klarheit, die ihn selbst überraschte, sagte er: »Es tut mir leid.«

»Ich weiß«, sagte sie.

Sie schwiegen wieder.

Mit einem leichten Zögern, so, als würde sie noch im Sprechen abwiegen, ob sie diese Frage stellen sollte, kam: »Wann kommst du wieder?«

Ari lehnte sich mit einem Seufzen zurück und schloss die Augen. »Bald«, sagte er und spürte, dass es stimmte. Danach verfiel er wieder in brütendes Schweigen.

Irgendwann legte sie auf.

Sein Tee war längst kalt geworden, als er schließlich aufstand. Eine unglaubliche Müdigkeit hatte sich seiner bemächtigt, ein Umweg über das Badezimmer schien ihm undenkbar. Mechanisch schleppte sich Ari ins Schlafzimmer und fiel ins Bett. Er war auf der Stelle eingeschlafen, die Mühe, sich zuzudecken, machte er sich erst Stunden später, als er kurz aufwachte. Das Licht ließ er einfach brennen.

Ari verließ das Bett in den nächsten sieben Tagen nur, um kurz zur Toilette zu gehen oder eine Kleinigkeit zu essen. Es war, als hätte er sich komplett heruntergefahren. Endlich schlafen, mehr dachte er nicht.

*

Nach ihrer seltsamen, gemeinsam durchzechten Nacht ließ sich Ari einige Tage nicht im Ruin blicken. Katharina bemerkte, wie sie gegen neunzehn Uhr gewohnheitsmäßig einen Blick in Richtung Tür machte, aber eigentlich wusste sie schon, dass er nicht kommen würde. Sie hätte es an seiner Stelle wohl genauso gemacht.

Sabina vermutete eine Grippe hinter dem Ausbleiben des Neunzehn-Uhr-Mannes und Katharina pflichtete ihr beflissen bei. Sowieso fehlten einige der üblichen Stammgäste gerade, die Luft war kalt, das Wetter schlecht und die Viren spazierten durch die Stadt von einem Wirt zum nächsten.

»Ohne den Neunzehn-Uhr-Mann macht es irgendwie nicht so viel Spaß«, stellte Sabina gerade fest und salzte beherzt ein Schnittlauchbrot. »Ich hab mich voll an den gewöhnt, ich hoffe, er wird bald wieder gesund!«

Katharina nickte. »Stimmt. Vor allem hoffe ich, wir gehen nicht pleite ohne die Einnahmen von seinen Frühstücksexzessen.«

»Du alte Kapitalistin denkst natürlich wieder nur ans Geld.« Sabina schüttelte den Kopf. »Na, wenigstens arbeitet eine hier, die sich noch wirklich um das Wohl ihrer Gäste sorgt.«

»Max!«, rief sie dann mit Blick zu der sich öffnenden Eingangstür, »du hier, schon wieder!«

»Ja, endlich wieder gesund!«, rief er erfreut und ließ sich auf einen Hocker an die Bar plumpsen.

»Du hast mir ja wirklich gar nicht gefehlt«, sagte Sabina ernst zu ihm, »aber ohne dein Trinkgeld war's nicht das Gleiche!«

»He, Sabina!«, Katharina hob mahnend den Zeigefinger.

»Ich passe mich nur deinem kapitalismusverseuchten Wesen an, Chefin.«

»Du meine Güte, ist das schön, wieder hier zu sein!«, rief Max dazwischen.

Sabina klopfte ihm auf die Schulter und servierte ihm sein erstes Bier nach einer Woche Abstinenz.

»Warte«, sagte er, hob langsam das Glas und prostete ihr zu. Und dann setzte er es mit geschlossenen Augen an seine Lippen. »Bist du deppert, ist das herrlich!«, rief er dann aus und trank in kräftigen Zügen.

Sabina lachte und exte ein Stamperl Schnaps: »Na dann, auf deine Gesundheit, Mäxchen!«

Katharina lächelte in Max' Richtung und dachte darüber nach, dass sie in seiner Abwesenheit kein einziges Mal an ihn gedacht hatte. Dazu biss sie verschämt in eine ökologisch unkorrekte Südfrucht, die ihren Körper laut der vor ihr liegenden Zeitschrift zu allem Überfluss auch noch auskühlte. Das war dann wohl die Strafe dafür, dass sie regelmäßig den Versuchungen des Marktes vor der Tür erlag. Sie blätterte weiter. Aus dem Augenwinkel sah sie, wie Max Sabina etwas ins Ohr flüsterte und diese lächelte. Dann verschwand er auf die Toilette. Katharina überflog unkonzentriert den nächsten Artikel. Dieser Max, dachte sie, wäre eigentlich ein perfekter Geheimagent. Man sah ihn an, redete mit ihm, und doch hatte man schon kurz danach sofort wieder vergessen, wie er eigentlich aussah. Max, der Anti-Bond. Dass David da nie draufgekommen war.

»Stehen mir die Schuhe?«, riss sie der große Herr mit den längeren weißen Haaren, der an Aris Nischentisch Platz genommen hatte, unvermittelt aus ihren Beobachtungen. Erstaunt sah Katharina auf seine Füße, die er übermütig in ihre Richtung ausstreckte. Aus den schwarzen Hosenbeinen lugte ein exaltiertes Paar Schuhe.

»Ja«, sagte sie ohne zu zögern und schob sich ein weiteres Stück Obst in den Mund. »Es gibt Ihnen so was Nick-Cave-Haftes.«

»Ist das gut?«, fragte er.

Sie sah ihn ungläubig an.

Er lachte: »War nur ein Witz, ich bin sehr berührt von Ihrem Kompliment.«

»Dann ist ja gut«, sagte Katharina und freute sich, dass Ari einen so guten Ersatzspieler geschickt hatte.

Um sie herum begann sich der Laden zu füllen. Seufzend überließ sie den Mann wieder seinen Schuhen und beeilte sich zu den Tischen. Sie schickte einen um Support flehenden Blick Richtung Sabina, aber der Platz hinter dem Tresen war leer. Schien wohl in der Küche zu sein. Es war eigentlich nicht ihre Art, einfach so sang- und klanglos zu verschwinden, wenn hier gerade die Hölle losbrach, aber im Stress blieb Katharina ohnehin keine Zeit, über Sabinas Aufenthaltsort nachzudenken. Im nächsten Umdrehen war sie dann auch schon wieder da, in Höchstform, strahlend, charmant und die Gäste lagen ihr zu Füßen. Katharina atmete dankbar aus und lächelte in ihre Richtung, aber Sabina schien sie gar nicht zu bemerken.

Der Schuh-Nick-Cave fing ihren Blick auf. »Auf das Mädel da, ihre Kollegin, auf die sollten Sie gut aufpassen.«

Katharina, genervt von diesem übergriffigen Wichtigtuersatz, antwortete widerwillig. Schon sah der Typ gar nicht mehr aus wie Nick Cave, und seine Schuhe hatten etwas Albernes. »Vielen Dank für Ihren Hinweis, aber meine Kollegin passt schon selber auf sich auf.« Dann bemühte sie sich wieder, Schritt zu halten mit dem Tempo dieses Abends, überließ diese Aufgabe aber bald erneut Sabina, legte lieber traurige Musik auf und fuhr sich selbst auf Autopilot hinunter. Körperliche Anwesenheit kostete sie schon Kraft genug, Sabina war ja da.

*

Katharina blickte sich um. Das musste fürs Erste reichen, genug geputzt für heute. Keinen Schritt konnte sie mehr machen. Das Ruin war endlich geschlossen und die müde alte Couch neben dem Tresen sprach wie so oft leise auf sie ein: »Setz dich auf mich, setz dich auf mich!« Sie hörte es ganz deutlich, wie dieses fiese Ding seine gravitätischen Gemütlichkeitsarme nach ihr ausstreckte.

»Okay, du hast gewonnen«, seufzte sie mit einem letzten lächerlichen Aufbäumen und ließ sich auf ihre alte Gefährtin fallen.

»Kommt nicht infrage«, sagte sie zu David. Sie standen im Möbellager der Caritas und schauten sich um. »Das ist ein Ungetüm, ein biedermeierlicher Albtraum in Altrosa!«

»Du hast keine Ahnung.« David blickte sie ernst an. »Setz dich drauf, und dann sag mir noch einmal, dass du sie nicht haben möchtest. Wenn du stark genug bist, ihr zu widerstehen, dann darfst du eine Couch aussuchen. Wenn nicht, dann ist unser Schicksal besiegelt und wir stehen für immer in ihrem Bann.«

Zwei Stunden später stand Biedermaja, wie sie sie jetzt nannten, in dem Lokal, das sie vor ein paar Tagen gekauft hatten und gerade renovierten. Und sie passte so gut, als wäre sie schon immer hier gewesen, dieses alte Trumm, das musste sie David zugestehen.

Mit einem Seufzer stand Katharina schließlich wieder auf, sperrte das Ruin hinter sich zu und machte sich auf den Weg. Draußen nieselte es leicht und es war kühl und klar. Sie fror wie meistens in der Nacht, an strahlenden Tagen konnte sie es sich einfach nicht vorstellen, dass es später oder überhaupt jemals wieder kalt werden würde. David hatte das gewusst und immer einen Extrapulli für Katharina bereitgehalten, den er sich vorsorglich zusammen mit einem karierten Hemd für sich selbst um die Hüften geschlungen hatte. Aber nicht mal der Extrapulli würde heute ausreichend wärmen, es wurde unerbittlich Winter, da half kein Verdrängen mehr.

Katharina hörte ihre schnellen Schritte auf dem Asphalt knirschen, der Duft von Fladenbrot mischte sich in die Frische des langsam beginnenden Tages. Im Gehen wurde ihr wärmer. Irgendwo fiel eine Autotür ins Schloss, dann herrschte wieder Stille. Katharina lief an ihrer Wohnungstür vorbei, als wäre sie noch gar nicht angekommen. Irgendetwas zog sie weiter, die Müdigkeit war mit einem Mal verflogen und einer nervösen Unruhe gewichen. Sie beschloss, hinauf auf den Hügel zu gehen, um dort die Sonne aufgehen zu sehen. Ihr Geist war müde und ungelenk und sie war leer geredet, aber ihr Körper war fast schmerzlich wach.

Ein traumwandlerischer Spaziergang, dachte sie, und dass das vielleicht ein guter Zustand war, um David irgendwo zu treffen, so zwischen den Welten. Man wusste ja nie, vor allem, wenn man an solche Dinge eigentlich nicht glaubte. Denn was hieß das schon, manchmal waren die

Zeichen überall, da konnte man noch so sehr nicht glauben.

Am Hügel, neben der Picknickbank, wo David früher immer auf sie gewartet hatte, stand jemand. Sie erschrak, als ihr klar wurde, dass sie die Person kannte, ohne sie jedoch einordnen zu können. David jedenfalls konnte es ja schon einmal nicht sein. War sie auch wirklich wach? Sie sah auf ihre Hand: alle fünf Finger da, also ja.

Langsam ging sie weiter und kam schließlich neben Ari zu stehen.

»Hey.«

»Hey!«, er stupste sie überrascht an und freute sich. Über Zufälle und die Vertrautheit seiner Gesten ihr gegenüber. Über diese Mühelosigkeit, die zwischen ihnen herrschte.

Sie stupste zurück. »Das ist ja schön, dass du auch hier bist.«

Er lächelte. »Gleich geht die Sonne auf.«

Sie standen still nebeneinander und sahen nach Osten.

Auf der Bank spazierte eine Krähe.

»Das wär was«, lachte David. »Ich kann mir das richtig gut vorstellen, so eine Krähe, die den ganzen Tag auf deiner Schulter sitzt.«

»Aber da sitzt doch schon eine Katze«, meinte sie entrüstet.

»Auf gar keinen Fall!« Er schüttelte den Kopf: »Da sitzt eindeutig eine Krähe.«

»Ach, da sitzt einfach ein Wesen, das immer das ist, was man in ihm sieht«, sagte sie lächelnd.

»Typisch Katha, findet immer eine diplomatische Lösung.« David nahm sie in den Arm. »Und das trifft sich sehr gut, denn ich bin gerade auf der Suche nach einer Lösung diplomatischer Art.«

»Ach. Wie lautet denn die Problemstellung?«, fragte sie.

»Die Problemstellung ist: Wie kann ich an zwei Orten gleichzeitig sein? Ich muss nämlich ein paar Dinge erledigen, die sich

hier nicht regeln lassen. Dazu müsste ich ein bisschen von der Bildfläche verschwinden. So einsamer-Cowboy-mäßig«, murmelte er an ihren Hals.

»Hm.« Sie überlegte. »Aber das ist doch eine ganz gute Gelegenheit.«

»Ach, und wofür?«

»Na ja. Um sich einmal richtig gut zu vermissen.«

Er lächelte. »Ich wusste, du weißt, was zu tun ist.«

»Easy. Und wann müsstest du also von der Bildfläche verschwinden, Cowboy?«

»Ab morgen Abend wär ich weg. Ihr schafft das schon mit dem Laden, du und Sabina.«

»Ich frag nicht, wann du wiederkommst, oder?«, flüsterte Katharina in seine Schulter, ein Stück Wolle klebte an ihrer Lippe.

Er schüttelte den Kopf an ihrem Hals.

»Okay«, sagte sie. »Mache ich mir Sorgen?«

Er schüttelte wieder den Kopf.

Sie nickte und zupfte sich den Wollfaden aus dem Mund. Dann nahm sie nachdenklich ein paar seiner Haarspitzen und drehte sie zu einer Schnecke ein, so lange, bis sie sich um ihre Finger verknotet hatten. Er lachte. »Keine schlechte Idee. So eine Haarlocke als Liebespfand.«

»Na, irgendwas brauch ich schon. So zum konkreten Anschmachten während des ganzen Vermissens.«

Dann schloss sie die Augen und spürte das leichte Kratzen seiner Bartstoppeln an ihrem Handrücken. Und da, ein Stück weiter am Ohr, da war das längst zugewachsene Piercing, das man nur bemerkte, wenn man ganz genau hinfühlte. Sie strich mit ihrem kleinen Finger darüber und ließ dann ihre Hand über den Stoff seines Pullovers gleiten. Berührte Falten, spürte Nähte, streifte, umstreifte, bis es sie fröstelte, und vergrub sich dann noch tiefer in seinem Pulli. Druck und Gegendruck, Geruch, ein unterdrücktes Husten. Und eine plötzlich aufkommende Müdigkeit. Bei dem Gedanken an Zeiten ohne ihn.

Ari löste sich irgendwann aus seiner Starre. Die Sonne war definitiv mehr als aufgegangen.

»Zeit, ins Bett zu gehen.«

»Ja.«

»Komm.«

Er hob sie von der Picknickbank, auf die sie vorher geklettert war, und setzte sie im feuchten Gras ab. Langsam gingen sie den nassen Hügel hinunter in die bereits erwachte Stadt. An der Kreuzung trennten sich ihre Wege, und ihre Spuren verloren sich in der Menge der zur U-Bahn hastenden Leute in entgegengesetzte Richtungen.

*

Der Ausflug auf den Hügel war sein erster Kontakt mit der Außenwelt, nachdem Ari eine Woche durchgeschlafen hatte. Mit einem Mal war er fertig gewesen mit dem Ausruhen, und sein Körper hatte nach Bewegung verlangt. Im Schutz der Dunkelheit hatte er sich auf den Weg Richtung Wienerberg gemacht, wo er um diese Uhrzeit sicher sein konnte, in absolute Ruhe einzutauchen. Hatte man einmal die merkwürdige Brücke, die darunterliegende stark befahrene Straße und die Kleingartensiedlung hinter sich gelassen, dann war man hier in Sicherheit. Langsam konnte man dort den Morgen beim Herangrauen beobachten, genauso wie die ersten Hundehalter, die sich um diese Uhrzeit mehr ziehen ließen als spazierten. Aber das waren Zombies und keine Menschen, also harmlos für Ari. Er hatte ein Ziel. Diese eine spezielle Picknickbank hatte ihn von seinem ersten Spaziergang an sofort in ihren Bann gezogen, ähnlich wie der Nischenplatz im Ruin. Es verwunderte ihn also nicht allzu sehr, dass Katharina nach ihrer Schicht dort neben ihm auftauchte. Es erschien ihm vielmehr ein logisches Naturgesetz zu sein.

Bevor er bei seiner Bank gelandet war, hatte er noch den nahe gelegenen See umrundet. Er fand es schade, dass er ihn erst nach der Badesaison entdeckt hatte, bei Dämmerung hätte er dort bestimmt gut schwimmen können. Immerhin hatte er schon länger eine wirklich stilvolle Hallenbadalternative gefunden. Sonst fehlte ihm das Abtauchen, das Verschwinden unter Wasser, das seine rasenden Gedankenströme gütig in geistlose Fünfzigmeterbahnen lenkte, zu sehr. Auf einem großen Platz nahe dem Ruin thronte ein großes hellgelbes Gebäude mit einer mahnenden Uhr auf dem Dach. Und dieses beeindruckende Bauwerk war ein Schwimmbad, wie er herausgefunden hatte. Verunsichert hatte er es betreten, aber was für eine Welt hatte sich da hinter diesen strengen Mauern aufgetan! Es war eine Zeitkapsel, die ihn mitnahm in eine andere Epoche und Ari mit sofortiger Wirkung zu einem weiteren Opfer seines Wiener-Jugendstil-Charmes machte. Unoriginell, das wusste er, aber es war ihm egal. So kultiviert geschwommen war er noch nie, und er kannte Bäder in vielen Städten. Auch ein Symptom seines alten Lebens. Immer in Form sein zu müssen. Dieser Form zeigte er jetzt erst mal den ausgestreckten Mittelfinger und malte sich, immer noch seine Bahnen ziehend, schon sein nächstes Frühstück im Ruin aus.

Dort servierte Katharina unterdessen gerade Max, der es sich wie allabendlich an der Theke gemütlich gemacht hatte, ein Frühstück. »Und, fehlt dir das Bad?«, fragte Katharina. Sie war heute überraschenderweise in Konversationsstimmung, sogar mit Max. Offensichtlich vermisste sie den Sommer gerade wirklich sehr, eine andere Erklärung konnte es nicht geben. Von Mai bis September nämlich war Max Bademeister im nahe gelegenen öffentlichen Sommerbad. Allerdings saß er dort vor allem im Büro, die coolen Hunde, die auch mal vom Zehnmeterbrett sprangen, das waren seine Kollegen. Katharina fiel auf, dass sie eigentlich gar nicht wusste, in welcher Dienststelle Max die Wintermonate verbrachte, während das Bad geschlossen hatte. So sehr interessierte sie sich also für ihn. Wenn sie nicht so müde wäre, dachte sie, würde sie das eigentlich traurig finden. Aber so war es ihr egal. Ob David gewusst hatte, was Max den Winter über beruflich trieb? Wieder eine Frage, die ohne Jenseitstelefon für immer unbeantwortbar war.

Katharina und Sabina hatten das Sommerbad immer geliebt. Schon zu Schulzeiten hatten sie ihre Ferien auf den warmen Steinplatten neben dem Schwimmerbecken verbracht, auf großen Badetüchern, umringt von Büchern, Sonnencreme und sonstigem Krimskrams. Zwischendurch kreischten sie mit den anderen im Wellenbad, und wenn sie mutig waren, sprangen sie vom Fünfmeterbrett. Also Katharina. Die furchtlose Sabina sprang regelmäßig vom Zehnmeterbrett, angefeuert von der Menge, die unten stand und ihr huldigte. Sie warf dann die Arme in die Höhe und ließ sich feiern, bevor sie sich mit einem eleganten Kopfsprung in den Abgrund stürzte. Keine Frage, sie war der Star des Freibads. Und wenn am Ende der langen Reihenfolge der Springenden alle versammelten Badegäste lauthals: »Bademeister, Bademeister!« schrien, der so Gerufene elegant sein Shirt auszog, es zusammen mit seinem Schlüssel einem untenstehenden Kollegen zuwarf und absprang, dann immer mit einem kurzen Seitenblick auf Sabina, die am Rande des Beckens wartete und lächelte. Die Menge klatschte und johlte dazu, und obwohl die meisten einander nicht persönlich kannten, waren sie an diesen Sommertagen eine verschworene Gemeinschaft, die beschlossen hatte, das Leben in vollsten Zügen zu genießen. Irgendwann war dann auch David Teil der sommerlichen Clique geworden, und manchmal plauderte man auch mit

Max, dem seltsam blassen Bürobademeister, der so überhaupt nicht ins sommerliche Bild passen wollte.

Der saß Jahr für Jahr in seinem Kämmerlein, kam ab und zu vorbei, spendierte manchmal Pommes und Eis und verschwand sofort wieder in der Bedeutungslosigkeit. Niemand jedenfalls hatte ihn jemals von einem Brett springen gesehen, dachte Katharina bei sich, während sie gar nicht zuhörte, was er ihr antwortete. Jetzt blickte sie in sein fragendes Gesicht. »Entschuldige, wie bitte?«

»Na, ob du denn das Schwimmen vermisst, hab ich dich gefragt.«

»Ach so, ja, hm, keine Ahnung. Möglicherweise. Ich glaube, irgendwie schon, jetzt wo wir so darüber reden.« Sie verfiel wieder in Schweigen und wusste dann, was sie zu tun hatte. Sie musste auf dem schnellsten Wege untertauchen.

*

»Sag, verfolgst du mich?« Katharina stellte sich zu Ari an den Beckenrand.

»Nö, du mich?«, er lächelte.

Sie rückte ihre Schwimmbrille zurecht und sprang ins Becken.

Wirklich, sie hatte das alles hier vermisst. Den Moment der Vorfreude, des Luftholens und des Eintauchens, das Sich-Entgrenzen unter Wasser, den Perspektivenwechsel, die gestreckten Arme, die einen mit voller Kraft gegen den Widerstand vorantrieben, während man alles ausatmete, was man noch mit sich herumgetragen hatte. Lasten, Gedanken, alles. Dann kurz zurück in die Welt zum Luftholen, aber nur für einen Moment, bis einen das köstliche Unterwassersein wieder in Empfang nahm, nur noch Bewegung, Rhythmus und Bestandteil eines größeren Ganzen. Jedenfalls so lange, bis man in jemanden hineinschwamm. Dann war kurzes Nachjustieren gefragt in der Überraschung. Katharina tendierte regelmäßig dazu, in ihrer Schwimmtrance zu vergessen, dass da noch andere Leute im Becken waren. Hoppla, öffentliches Bad, dachte sie dann immer und suchte sich eine neue Schneise.

Ari beobachtete sie in ein Handtuch gewickelt vom Beckenrand aus. Es hatte etwas Meditatives, ihr zuzusehen, wie sie ihre Bahnen zog, unverdrossen, selbst wenn sich ihr Hindernisse wie blumig-badebekappte alte Damen in den Weg stellten. Es machte ihm Lust, auch noch einmal einzutauchen, zu verschwinden in dieser Unterwasser-»Fin de Siècle«-Zeitkapsel. Also sprang er ihr hinterher. Mach dich unsichtbar.

»Und jetzt?« Keuchend hingen sie am Beckenrand und beobachteten eine Kraulgruppe beim Üben.

»Pommes natürlich.«

Frisch geduscht und endorphinberauscht ließen sie sich auf die Plastikstühle des Hallenbadrestaurants plumpsen. Vor ihnen ein Haufen in Ketchup ertränkter Pommes, den sie in Windeseile zum Schrumpfen brachten.

»Bist du schon mal nachts in ein Schwimmbad eingebrochen?«, fragte Katharina kauend.

»Und du, hast du schon mal eine Bank überfallen?«

»Nein, hab ich nicht.«

»Na also. Und ich bin noch nie in ein Schwimmbad eingebrochen, weder tagsüber noch nachts. Einfach nie.«

»Wir schon mal. Also Sabina und ich.«

»Ich muss erst einmal drüber wegkommen, dass du überhaupt schwimmen gehst – eine Bar besitzen und Sport machen, das geht für mich schon mal gar nicht zusammen.« Ari schüttelte den Kopf und wischte sich Ketchup aus dem Bart.

»Wir haben Max den Schlüssel geklaut, haben ihn nachmachen lassen, und dann sind wir nach der Arbeit immer direkt ins Bad, solange es noch dunkel war.« Katharina musste bei der Erinnerung unwillkürlich lächeln.

»Moment, Moment, langsam, ich weiß noch nicht mal, von welchem Max du redest.«

»Na, Max halt, unser Max, welcher denn sonst!«

»Unser Max, unser Max«, äffte Ari sie nach, »keine Ahnung, wer das wieder sein soll!« Er zuckte mit den Schultern und sah sie ratlos an. Dann weiteten sich seine Augen. »Sag bloß, Moment mal, du meinst aber nicht den Typen aus dem Ruin, der immer an der Bar rumhängt und deine Kollegin anschmachtet? Hatte ganz vergessen, wie der heißt.«

Katharina nickte und grinste ihn an.

»Und dieser komische Max soll ein Bademeister sein?« Ari schüttelte den Kopf. »Der ist ganz bestimmt vieles, aber sicher kein Bademeister.«

»Wenn ich's dir sage.«

»Niemals. Das ist eine doppelte Lügengeschichte. Denn a) ist der auf gar keinen Fall ein Bademeister. Und b) seid ihr technisch gesehen ja gar nicht mal richtig eingebrochen. Was mich c) dazu führt, dass du hier nur Märchen erzählst. Hier, nimm lieber noch ein paar Pommes.« Er stopfte ihr die letzten in den Mund, und sie verschluckte sich fast an ihrer Antwort, also ließ sie das mit dem Zurückreden fürs Erste einmal bleiben.

Mittlerweile war es draußen dunkel geworden. Die Luft hatte einen alkoholschwangeren Duft, der Glühweinnebel der Vorweihnachtszeit waberte über Favoriten. An den Ecken standen sich Maronibrater die Beine in den Bauch, und jedes Mal, wenn einer nieste, musste Katharina an die Geschichte von der kleinen Hexe denken.

»Kennst du Otfried Preußler?«, fragte sie Ari. Sie blieb vor dem Schaufenster der kleinen Buchhandlung am Eingang der Fußgängerzone stehen. Die Weihnachtauslage glänzte, und wie jedes Jahr drehte darin eine Modelleisenbahn ihre pittoresken Runden.

»Nie gehört«, meinte er und verfolgte gebannt den Weg des Miniaturzuges durch die verschneite Bücherlandschaft.

»Keine kleine Hexe?«, fragte Katharina.

Ari drehte sich zu ihr und musste über den traurigen Unterton in ihrer Frage lächeln. »Bedaure.« Er steckte sich eine Zigarette an.

Katharina schüttelte den Kopf, drehte sich um und betrat den Laden.

Ari beobachtete sie rauchend durch das Schaufenster. Katharina wurde von der Besitzerin mit einer herzlichen Umarmung begrüßt. Er bemerkte, wie ihn das seltsam rührte und ihm einen Stich versetzte. Es musste schön sein, einfach so in ein Geschäft gehen zu können und auf diese Art willkommen zu sein. Irgendwo bekannt zu sein. Aber auf die gute, freundliche Art. Er zog an seiner Zigarette. Die Buchhändlerin war gerade auf eine kleine Trittleiter gestiegen, holte ein Buch aus dem Regal und reichte es Katharina. Die blätterte kurz, nickte, lächelte, hob die Hand zum Gruß und verließ den Laden wieder. Ari dämpfte die Zigarette an einem Mistkübel aus und ging zu Katharina, die ihm strahlend das Buch entgegenstreckte.

»›Die kleine Hexe‹ von Otfried Preußler«, las er.

»Komm«, sagte sie, »wir brauchen jetzt Maroni!«

»Moment!«, rief er. »Hast du das jetzt einfach so mitgenommen?«

»Was meinst du?«

»Na, da aus dem Laden, hast du das Buch einfach so mitgenommen, ohne zu bezahlen?«

»Ja, wieso?« Katharina sah ihn an. »Ich muss dir da kurz was zeigen.«

»Die borgt dir einfach so ihre Bücher? Die du jetzt mit Maronifettfingern angreifst?«

»Klar«, meinte Katharina vergnügt.

»Und dann bringst du das Buch wieder zurück?«

»Ja genau.«

»Und die verkauft das dann noch?«

»Klar, wieso nicht.«

»Äh, weil du das Buch schon benutzt hast?«

»Das macht ja nichts, weil ich das dann nachher kaufe.«

»Du kaufst das dann nachher?«

»Ja.«

»Äh, warum nachher und nicht jetzt gleich?«

»Na, weil das total ineffizient wär.«

»Hä? Versteh ich nicht.«

»Weil ich es doch für dich als Geschenk verpacken lassen würde und wir es dann sofort wieder zum Vorlesen aufmachen müssten.«

Ari sah sie an.

»Deshalb lasse ich es dir erst nachher verpacken. Wenn ich es gekauft habe. Keine Sorge, sie weiß, wie ich heiße und wo das Ruin zu finden ist, ganz ohne Fettfingerabdruckanalyse. Jetzt darfst du mich erst mal auf eine Portion Maroni einladen und dann lese ich dir dazu eine Geschichte aus deinem neuen Buch vor.«

*

Noch mehr als an anderen Tagen im Jahr wussten die Stammgäste das Ruin an Weihnachten zu schätzen. Egal wo sie waren und litten, ob allein oder in ihrer Familie, sie konnten darauf vertrauen, dass es ab siebzehn Uhr einen Ort gab, an dem sie willkommen waren. Vor einigen Jahren hatten sie im Ruin Weihnachtsfilme gespielt und einen eigenen Tisch für ungewollte Geschenke eingerichtet, aber nach Davids Tod hatte Katharina mit dieser Tradition, genauso wie mit vielen anderen, gebrochen. Sabina und die

Stammgäste hatten es kommentarlos zur Kenntnis genommen. Die Hauptsache war für sie, dass das Ruin überhaupt geöffnet blieb und ihnen weiterhin ein temporäres Versteck vor der Welt bot. Der Weihnachtsklimbim und sonstiges Chichi waren da mehr als zweitrangig, das war lediglich die Kür der goldenen Zeiten gewesen. Und die waren jetzt eben vorbei.

»Hey, was machst du da?«, Sabina starrte Katharina entgeistert an.

»Das siehst du doch, ich schiebe den Geschenketisch rüber, hilfst du mir mal?«

»Welchen Geschenketisch?«

»Na, den Tisch für die ungeliebten Geschenke natürlich, so wie immer!«

»Ach so, ja klar.« Sabina nickte, als hätte es die Jahre ohne diesen Tisch nie gegeben.

»Cool, danke, dann hol ich jetzt mal den Beamer raus!«

Bald hing an der Wand die große Leinwand und ein alter Märchenfilm flimmerte im Hintergrund.

Sabina sah Katharina nachdenklich zu, während sie alles für das traditionelle Weihnachtsfrühstück vorzubereiten begann. Sie überraschte Katharina dabei, wie sie leise vor sich hin pfiff. Irgendetwas passierte da gerade. Sie beschloss, ihre Freundin noch genauer im Auge zu behalten. Vielleicht würde ja alles wieder besser werden. Nicht gut. Aber besser.

Ari betrat das Ruin zu seiner üblichen Zeit. Er war heute besonders dankbar, dass er vor Monaten in diesen Laden gestolpert war. Ein angenehmer Schauer lief ihm über den Rücken. Was war bloß los mit ihm? Weihnachtssentimentalität kannte er wirklich nicht an sich. Er legte den Mantel ab. Im Ruin war es angenehm warm und es duftete nach allen Klischees, Reisig, Maroni und Glühwein. Und vor allem: Es war wunderbar dunkel. Bis auf einige gemütlich flackernde Honigkerzen gab es heute anscheinend gar keine Beleuchtung.

Ari setzte sich an seinen Platz und überlegte, was er bestellen könnte. Was aß man so zu Weihnachten in einer Bar? Es lag keine Speisekarte auf dem Tisch, die ihm auf die Sprünge hätte helfen können.

»Hast du Hunger?«, fragte Katharina. »Oder hast du schon was bei der Familie gegessen?«

»Sehr witzig. Ja, großen Hunger, gibt es denn heute gar nichts bei euch? So aus Protest, weil ohnehin alle völlig fertig vom Familienessen sind?«

Sie schüttelte den Kopf. »Heute gibt es das Drei-Haselnüsse-Frühstück, ist doch klar.«

»Das Drei-Haselnüsse-Frühstück? Was soll das denn sein?«

Katharina deutete auf die Leinwand.

Er schaute sie ratlos an.

»Du meinst, du kennst den Film nicht?«

Er schüttelte den Kopf.

Sie nahm ein Glas und klopfte mit einer Gabel dagegen. »Okay, alle mal herhören! Ari hier«, sie deutete auf ihn, »hat den Aschenbrödel-Film noch nie gesehen!«

Gespielte Entrüstung erhob sich im Raum. Ari duckte sich und zog seine Kapuze tiefer in die Stirn.

»Deswegen gibt es eine kleine Programmänderung. Wir schauen den Film mit Ton und lassen ihn nicht nur im Hintergrund laufen. Stille Post spielen wir nachher. Wer was dagegen hat, kann ja wieder zu seiner Familienfeier zurückgehen.«

Sofort bildeten sich Aschenbrödel-Sprechchöre, und Ari, der eigentlich abwehren wollte, fügte sich in die weihnachtliche Übermacht des Ruin. Dann würde er eben mit den anderen Gästen diesen Film anschauen, wenn es notwendig war, Hauptsache er stand nicht länger im Mittelpunkt.

Nachdem Aschenbrödel mit ihrem Prinzen in die verschneiten Weiten des Happy Ends geritten war, herrschte im Ruin eine Art euphorische Glückseligkeit, die durch den literweisen Konsum von Glühwein befeuert worden war. Tiefe Seufzer waren zu hören.

Mitten in diesen Gefühlsrausch hinein krähte Sabina: »Es geht los, es geht los!«

Sie stand jetzt wie eine Zeremonienmeisterin im Raum und legte ihren Zeigefinger an die Lippen. »Bescherung everybody!«, rief sie und strahlte.

Ari bemerkte ehrliche Begeisterung in ihrem Gesicht und fragte sich, ob er Sabina zuvor jemals auch nur ein klein wenig aufgeregt erlebt hatte. Eher nein. Umso charmanter war dieser Moment gerade. Weihnachten, dachte er, schau an, wer hätte das gedacht.

»Wir fangen wie jedes Jahr hier hinten bei der Bar an.« Sabina deutete in Richtung Max.

»Ist das so eine Art Weihnachtsbrauch?«, fragte Ari Katharina, die gerade reihum ging, um Glühwein nachzuschenken. Sie setzte sich neben ihn, das Ruin war mittlerweile bis auf den letzten Platz gefüllt, und nickte.

»Also: war es. Wir haben das ein bisschen schleifen lassen die letzten Jahre. Aber heuer ist es wieder so weit!«

Ari lächelte »Da habe ich mir ja dann das richtige Jahr ausgesucht, um reinzuschauen.«

»Bist halt ein Glückspilz, Odysseus ... Ich erklär's dir. Wir spielen Musik-Stille-Post. Einer fängt an, einen Song zu spielen, der nächste muss darauf antworten, so geht das reihum.«

»Aha. Und was muss ein Antwortsong beinhalten? Oder kann man alles spielen?«

»Nein, es geht darum, mit etwas Passendem zu antworten. Das heißt, du musst etwas finden, das die Songs verwandt macht. Eine Textzeile, eine Anspielung, eine Epoche, eine Stadt, etwaige Kollaborationen der Bandmitglieder, verstehst du?«

»Wie ein Mixtape quasi?«

»Ganz genau.« Sie lächelte. »So machen wir eine jährliche Weihnachts-Compilation. Den Mix brennen wir nachher auf CDs, und allen, die da waren, schenken wir eine. Mal schauen, was dieses Jahr dabei herauskommt!«

»Aber es muss nichts Aktuelles sein?«

»Nein, du kannst alles nehmen – einzige Einschränkung: Wir müssen den Song in unserer Plattensammlung haben. Schließlich ist es ja unser Weihnachtsmix. Wenn du dran bist, hast du den gerade laufenden Song lang Zeit, eine Antwort zu finden.«

Ari bemerkte, dass er nervös wurde.

»Keine Sorge, niemand muss mitmachen, der nicht will«, sagte Katharina, die seinen Blick selbst bei dem gedämpften Licht richtig gedeutet hatte. »Kannst ja mal schauen.«

Er nickte, verkroch sich etwas tiefer in seiner Ecke und hielt seine Tasse Glühwein mit beiden Händen fest. Aus einem Reflex heraus überlegte er zu gehen, aber dann stellte er fest, dass es ihm eigentlich gefiel, hier zu sein. Der Film hatte auch ihn in eine seltsame Stimmung versetzt, und die Vorstellung, einfach hier zu sitzen und Musik zu hören, war ziemlich gut.

Sabina machte den Anfang. Als Intro-Song wählte sie »So weit wie noch nie« von Justus Köhncke. Das Publikum johlte, einige begannen zu tanzen. Das Lied surfte gekonnt die Euphoriewelle, die den Raum wie die Glühweinschwaden durchwaberte. Max sprang auf und suchte in der Kiste. Er hatte eine Steilvorlage zu beantworten. Ari war gespannt, was er machen würde. Weiter auf Euphorie setzen? Oder lieber die Melancholie verstärken? Max setzte auf Tanzen, »My Secret Europe« von Phantom/Ghost. Das Publikum applaudierte.

»Der Zusammenhang ist, dass der Interpret des ersten Songs mal mit dem Sänger dieses Songs kollaboriert hat«, flüsterte Katharina Ari ins Ohr. Sie stand auf und ging selbst zur Vitrine. »O.K., Tomorrow I'll Be Perfect« von Stella erklang.

»Ewig nicht gehört!«, lachte Max. »Großartig!«

Und so ging es weiter, beim nächsten Lied sangen dann überhaupt alle bis auf Ari lauthals mit und lagen sich in den Armen. »Es gibt nur ein Leben und deshalb weigere ich mich aufzugeben!«, dröhnte es durch den Raum und sicher auch noch ein Stück weiter die Straße hinunter. Ari lächelte. Er hatte längst damit aufgehört, über die Zusammenhänge zwischen den Songs nachzudenken, die er ohnehin die meiste Zeit nicht verstanden hätte. Aber es spielte keine Rolle, er genoss einfach zuzuhören und den Ruinern bei der fieberhaften Suche nach dem perfekten Anschlusssong zuzusehen. Er schloss die Augen und ließ sich in die Wolke der Gemütlichkeit fallen, die ihn umgab. Vor ihm erstanden Landschaften seiner Kindheit, die, so wie hier, nach Weihnachten dufteten.

»Ari, aufwachen.« Jemand berührte ihn sanft am Arm.

Er schreckte auf und blickte sich schlaftrunken um. Es roch vertraut, aber er wusste nicht, wo er sich befand. Dann blickte er in ein freundliches Augenpaar. Katharina nahm ihre Hand von seinem Arm und flüsterte noch einmal. »Ari, aufwachen. Es ist ›Stille-Nacht-Zeit‹.«

Langsam wurde ihm wieder klar, wo er sich befand. Aber was war denn nun schon wieder die »Stille-Nacht-Zeit«? Staunend beobachtete er, wie sich plötzlich alle Gäste um ihn geschäftig bewegten und ihre Mäntel anzogen. Die Wanduhr zeigte kurz nach Mitternacht.

»Komm«, sagte Katharina sanft und hielt ihm seinen Wintermantel hin.

Widerstandslos quälte er seinen müden Körper in den Mantel und folgte den anderen hinaus in die Dunkelheit. Einer verrückten Reisegruppe gleich stolperte die Horde weihnachtlich betrunkener Ruin-Geister über die nächtlichen Straßen. Sie trotteten quer über den Platz und versuchten halbwegs nüchtern zu wirken. Vor der Kirche blieben sie stehen.

»Steeple guide me to my heart and home«, sang Katharina leise neben ihm.

Sabina sah auf ihre Uhr und hob die Hand. »Es ist so weit, jetzt!«

Sie gingen zum Hintereingang und schlichen im Gänsemarsch hinein. An der Treppe im Vorraum empfing sie eine ältere Dame, Ari erkannte sie als eine von Katharinas Stammgästen. Mit einem Finger an den Lippen lotste sie die Gruppe die schmale steinerne Treppe zur Orgel hinauf. Wie Perlen fädelten sie sich in die drei offensichtlich für sie reservierten Reihen von Kirchenbänken und setzten sich mit leichtem Poltern, unterdrücktem Kichern und unauffällig-auffälligem Gepsssstte. Die Dame verdrehte gespielt genervt die Augen und setzte sich zurück an die Orgel. Ari warf einen Blick nach unten in das Kirchenschiff, es war gut gefüllt, der Gottesdienst offensichtlich in vollem Gange.

Plötzlich gingen alle Lichter bis auf die Kerzen der zwei großen Tannenbäume am Altar aus. Die Dame an der Orgel begann den ersten Akkord zu spielen, und dann hoben alle an, »Stille Nacht« zu singen. Sie alle, diese Menschen da unten in der Kirche und die verrückte Ruin-Reisegruppe, die ihr Stammlokal zu einer Schicksalsgemeinschaft zusammengeführt hatte. Gemeinsam. Irgendetwas löste sich in Ari, und als er seitlich zu Katharina hinunterblinzelte, sah er, dass sie weinte. Stumm hielt er ihr ein Taschentuch hin.

Sie lächelte und schniefte kurz, dann flüsterte sie ihm ins Ohr: »Dieses Lied knackt mich jedes Mal.«

Und da weinte er auch, weil ... wem wollte er hier eigentlich etwas vormachen?

*

»Wie meinst du das, ihr habt an Silvester geschlossen?«, fragte er.

»Na ja, geschlossen, zu halt«, meinte Katharina.

»Ihr habt nie zu, und dann schließt ihr ausgerechnet an Silvester? Ist das nicht, als würde man eine Spielwarenhandlung am dreiundzwanzigsten Dezember geschlossen lassen? Ich meine: Silvester, das muss doch euer bester Tag des Jahres sein!« Ari schüttelte ungläubig den Kopf.

Katharina zuckte mit den Schultern. »Ist aber so. Wir haben geschlossen.«

»Und was macht ihr stattdessen?«

»Schlafen.«

»Schlafen?«

»Ja, schlafen.«

»Also das erlaube ich nicht.« Ari schüttelte den Kopf. »Man muss doch das neue Jahr begrüßen, Feuerwerk, trinken, tanzen!«

Katharina legte den Kopf schief. »Also, bis auf das Feuerwerk hört sich das für mich nach meiner täglichen Routine an.«

Ari lachte. »Stimmt, da ist was dran.«

»Ari, Silvester ist etwas für Amateure, hat ein kluger Typ mal gesagt, und wir pflichten ihm bei. Ich will meinen Laden nicht voller Amateure. Also lass ich zu, warte vierundzwanzig Stunden, bis der Spuk wieder vorbei ist, und dann geht es weiter, als wäre nichts gewesen. Alles klar?«

»Aber das Feuerwerk!«, rief Ari in gespielter Verzweiflung.

Katharina lachte, schüttelte den Kopf und ging zu anderen Gästen.

»Feuerwerk?«, fragte Ari noch mal mit einem flehentlichen Ausdruck im Gesicht bei seiner Verabschiedung.

Sie schüttelte den Kopf. »Aber ich weiß was, das viel besser ist als Feuerwerk.«

»Na, da bin ich jetzt aber mal gespannt.«

»Komm einfach am Ersten ab elf Uhr ins Ruin. In Abendgarderobe. Und Sportklamotten brauchst du auch. Zum Umziehen. Hochexklusive, geschlossene Gesellschaft.«

»Warte mal. Meinst du elf Uhr am Vormittag?«

Sie nickte.

»Das ist nicht dein Ernst!«

»Doch.«

»Und was hattest du noch gesagt? Abendgarderobe und Sportklamotten?«

Sie nickte wieder, diesmal mit Nachdruck.

»Und, kommt er?« Sabina legte einen Arm um Katharina und stützte ihr Kinn auf deren Schulter ab. Dann sahen sie beide Ari mit hochgezogener Stirn fragend an.

»Ich glaube, er glaubt, ich verarsch ihn«, sagte Katharina zu Sabina.

Ari hob abwehrend die Hände. »Okay, lasst mich nur mal zusammenfassen. Zuerst kein Feuerwerk, dafür aber schlafen. Am Ersten dann in Abendgarderobe und Sportklamotten ab elf Uhr hier.«

Katharina und Sabina nickten unisono.

»Wenn ihr mich tatsächlich verarscht ...«

»Was ist dann?«

»Keine Ahnung. Überleg ich mir noch.«

»Alles klar, sehr schlagfertig. Na dann, bis dann!«, riefen die beiden im Chor und winkten Ari zum Abschied zu.

»War es okay, dass ich ihn eingeladen habe?«, fragte Katharina, nachdem Ari gegangen war. »Irgendwie mag ich ihn. Und ich hab das Gefühl, der ist hier echt ganz allein.«

»Klar«, sagte Sabina. »Aber du bist immer viel zu nett. Der kann schon alleine auf sich aufpassen.«

»Eh. Aber …«

»Kein Aber. Verwende deine Energie lieber dafür, auf dich selbst aufzupassen!«

Katharina küsste Sabina auf die Wange. »Eh. Ohne aber.«

Sabina nickte. »Dann ist ja gut.«

»Easy.« Katharina machte sich los. Erst mal den neuen Kalender aufhängen. Dieses Jahr war definitiv vorbei. Es war immer der gleiche »Augustin«-Kalender, der jeden Dezember auf der Straße verkauft wurde und den sie Jahr für Jahr an denselben Platz hängte. Dabei fragte sie sich, wie viele sie noch aufhängen musste, bis es weniger wehtun würde. Sie musste einfach warten, dass die Jahresringe um sie weiterwuchsen.

*

Der erste Januar war ein kalter, verregneter Tag. Ari schreckte hoch und blickte auf die Uhr. Acht Uhr dreißig. Er überlegte, irgendetwas war heute, das er nicht vergessen durfte. Sein Schädel brummte. Natürlich war er gestern Nacht draußen gewesen, um das Feuerwerk zu sehen. Später hatte er sich auf seinem Balkon durch die Nacht getrunken. Und ein stilles, trauriges Telefonat geführt. Er ließ seinen Kopf wieder zurück auf den Polster sinken. Ein neues Jahr. Es wurde wohl Zeit, eine Entscheidung zu treffen. Das machte man doch so. Mehr Sport, weniger rauchen, oder: nicht mehr vor seinem Leben davonlaufen. Noch dazu vor einem Leben, von dem andere träumten. Er schüttelte den Kopf. Schmerzen. Auch das noch. Ihm stand wohl einer von diesen verfluchten Katertagen bevor. Er tat sich selbst unglaublich leid. Er fühlte sich ausgeliefert. Dem Teil in ihm, der auf der Flucht war, und dem anderen Teil, der zurück und seine Pflicht erfüllen wollte. Hier die Scham, dort die Unfähigkeit, es anders zu machen. Ich und die anderen, dachte er, ich und die anderen. Er hatte sich zu einem Geist gemacht, und in diesem Vakuum saß er jetzt fest. Er schlief wieder ein. Es half ja nichts.

Gegen elf Uhr fuhr er wieder hoch. Im Traum war er einem Bus nachgelaufen. Er durfte ihn keinesfalls versäumen, alle seine Kollegen saßen schon darin. Aber er kam nicht hinterher, so sehr er sich auch bemühte. Er stand auf und machte sich auf den Weg in die Küche. Er brauchte unbedingt Wasser. Und eine Tablette. Oder zwei. Er sah auf die Uhr und starrte vor sich hin. Und dann wusste er es wieder. Das Ruin. Heute ab elf Uhr. Pünktlich würde er es nicht mehr schaffen. Aber es war eine Möglichkeit, sich von seiner Katerstimmung abzulenken. Er ging zum Schrank. Abendgarderobe. Mal schauen, was sein Freund da so zu bieten hatte. Sportklamotten hatte er selbst. Wenn es ihm an etwas in seinem Leben nicht mangelte, dann daran.

Er fand das Ruin verschlossen vor. Stimmt, Katharina hatte etwas von exklusiver, geschlossener Gesellschaft gesagt. Aber er hatte es für einen Witz gehalten, so wie den Dresscode. Und dennoch stand er jetzt hier, im etwas engen Frack seines besten Freundes. Sie hatten ihn offensichtlich doch verarscht. Zumindest war er nicht pünktlich um elf Uhr gekommen, das wäre ja noch peinlicher gewesen. Er schüttelte den Kopf und tat sich ein bisschen leid. Dann klopfte er versuchsweise doch an die Tür.

»Da bist du ja!« Katharina öffnete ihm mit einem Lächeln. »Komm rein und mach's dir gemütlich!« Und schon war sie wieder verschwunden.

Ari folgte ihr ins Lokal. Irgendetwas war anders. Lag es an der beschwingten klassischen Musik, die gerade lief? Vielleicht, Klassik hatte er im Ruin noch nie gehört. Oder lag es an Katharina? Sie trug ein bodenlanges, elegantes Kleid. Er hatte sie noch nie in einem Kleid gesehen. Oder in einem Rock. Oder überhaupt in irgendetwas anderem als in einem Paar Jeans, fiel ihm jetzt auf. Auch der Raum war anders. Größer irgendwie. Die Tische waren zur Seite geschoben und die Couch war umgedreht worden. Der Beamer, mit dem sie vor einer Woche Weihnachtsfilme gesehen hatten, warf die Übertragung eines Konzertes an die Wand. Zwischen der Leinwand und der Couch befand sich eine improvisierte Tanzfläche, auf der sich Sabina mit Max drehte.

»Tanzt ihr da gerade echt Walzer?« Es war surreal. Ari fragte sich, ob er nicht doch noch schlief und sein seltsamer Traum einfach hier weiterspielte. »Wo bin ich hier?«, fragte er Katharina, die sich neben ihn gestellt hatte. »Und was habt ihr mit der Katharina und der Sabina gemacht, die ich kenne?«

»Neujahrskonzert«, meinte Katharina nur, als ob das irgendeine plausible Erklärung wäre. »Komm, setz dich. Buffet gibt's da drüben. Kopfwehtabletten auch, wenn du eine brauchst, Kaffee ist schon da.«

Auf einem Tisch stand eine große silberne Platte, auf der sich Brote mit rotem Aufstrich und weißen Punkten darauf befanden, Marzipanschweine und jede Menge Biskottenfische und Glückskekse. Ari schaufelte sich ein Potpourri Glück auf den Teller und fläzte sich dann zu Katharina auf die Couch. Die Kamera schwenkte gerade durch einen Saal, der förmlich an seinem Blumenschmuck zu ersticken drohte. Dazwischen wurde auf allerhand Personen gezoomt, die vermutlich von einer gewissen behaupteten Wichtigkeit waren.

Dann verließ die Kamera den Saal und es folgte ein Schnitt zu einem märchenhaften Gebäude. Wie von Zauberhand öffneten sich dessen schwere Türen und gaben den Blick auf marmorne Säle mit goldenen Zierleisten und alten Schinken an den Wänden frei. Durch diese Säle liefen zu stark geschminkte Balletttänzerinnen, die sich neckisch gegenseitig verfolgten und dabei affektiert an der Kamera vorbeilächelten. Ari biss krachend in einen Neujahrsfisch und spülte ihn mit einem Schluck Kaffee hinunter. Dabei beobachtete er fasziniert, wie alle Anwesenden gebannt auf die Leinwand starrten. Er verkniff sich einen ironischen Kommentar, denn offensichtlich schien das hier von einer enormen Wichtigkeit zu sein. Eine Wichtigkeit, die sich ihm nicht erschloss, aber er war zu müde und zu verkatert, um subtil investigativ tätig zu werden. Er schnappte sich lieber den nächsten Biskottenfisch. Die hatten was. Irgendwie eklig und trocken, so ganz ohne Tiramisu rundherum, aber man konnte trotzdem nicht damit aufhören, sich einen nach dem anderen hineinzustopfen.

»Nicht!«, rief Katharina. »Bist du wahnsinnig?«

»Wieso, was ist?« Erschrocken ließ er den Fisch wieder fallen.

»Nicht zuerst den Kopf essen! Das bringt Unglück! Niemals!«

»Äh, ich hatte schon einen.«

»Wie, du hattest schon einen?«

»Na, so einen Fisch.«

»Und wie herum hast du ihn gegessen?«

»Puh, keine Ahnung, irgendwie halt.«

»Irgendwie?« Katharina schlug gespielt die Hände über dem Kopf zusammen.

Sabina schüttelte den Kopf.

»Oh Gott, was für ein Amateur. Kein Wunder, dass du hier immer deprimiert in der Ecke hockst. Das Glück kann dich ja nicht finden, wenn du es so provozierst!«

Alle lachten. Ari spürte, dass er wütend wurde. Was war das nur für eine merkwürdige Veranstaltung? Es schien ein subtiles Regelwerk am Laufen zu sein und sie hatten vergessen, ihm die Spielregeln zu erklären. Plötzlich wurde er ganz traurig. Hier war also auch kein Ort für ihn. Nicht einmal hier. Der einzige Platz, dem er in letzter Zeit noch vertraut hatte. Die einzigen Personen, denen er in letzter Zeit noch vertraut hatte. Oder vielmehr, die eine Person, der er noch vertraut hatte, wenn er ganz ehrlich war. Alles Einbildung. Er fühlte sich verraten. Er stand auf.

»Okay, sorry Leute, ich wollte eure kleine Party nicht stören, aber offensichtlich bin ich hier fehl am Platz«, murmelte er beleidigt und wandte sich zum Gehen, die Kapuze seiner Jacke schon über den Kopf gezogen.

»Okay, ciao!«, rief Sabina, winkte und ließ sich auf die Couch fallen. »Nicht auszuhalten, dieses Katerselbstmitleid bei diesen Gelegenheitstrinkern. Wer's nicht kann, der sollte es halt einfach bleiben lassen.«

Ari war schon bei der Tür, als er eine Hand an seinem Arm spürte.

»Ari«, sagte Katharina sanft, »du kannst doch jetzt nicht gehen.«

»Klar kann ich gehen, schau genau hin!«

Katharina schüttelte den Kopf. »Jetzt kommt doch der Donauwalzer.«

»Hä?«

Ari stand entgeistert da und schaute auf Katharinas ausgestreckte Hand.

»Darf ich bitten?«

Da alle Blicke auf ihn gerichtet waren, nahm er Katharinas immer noch wartende Hand.

»Und jetzt?«

»Jetzt ziehst du mal wieder diese Jacke aus. Und dann ...« Sie deutete mit einem Nicken in Richtung improvisierter Tanzfläche, wo sich Sabina und Max wieder drehten.

Er hatte nicht gewusst, was klassische Musik mit einem machen konnte. Und dass es in dieser seltsamen Stadt Tradition war, an Neujahr zu diesem Walzer zu tanzen. Dass es sonst gar kein Neujahr war. Und dass dieses Konzert, das da im Hintergrund lief, weltberühmt war. All das würde er erst später herausfinden. Aber jetzt gerade schwebte er durch diesen Raum mit geschlossenen Augen, und obwohl er keine Ahnung davon hatte, tanzte er Walzer.

»So, und jetzt alle umziehen!«, rief Sabina plötzlich. Wie am Weihnachtsabend hatte sie die Rolle der Zeremonienmeisterin übernommen. Der im Hintergrund stampfende Radetzkymarsch verlieh ihr zusätzliche Autorität. Auf ihr Kommando sprangen alle Anwesenden aus ihren edlen Klamotten und tauschten sie gegen Trainingsanzüge, Schweißbänder und seltsame Mützen aus längst vergangenen Zeiten. So kostümiert quetschten sie sich alle zusammen auf die Couch und wechselten den Sender.

»Was kommt denn jetzt?«, fragte Ari, der immer noch den Frack anhatte.

Sabina schüttelte entsetzt den Kopf und Katharina lachte. »Na, das Neujahrsspringen!«

Und dann sagte keiner mehr was und alle sahen wie gebannt auf die Leinwand. Ari hatte aufgehört, sich zu wundern und tauschte erfreut den etwas zu kleinen Smoking gegen seinen Trainingsanzug.

»Steht dir«, meinte Katharina.

»Ah ja, arg, besser als der Smoking!«, lachte Sabina. »Das ist das erste Mal, dass ich so was zu wem sage. Ich seh das ja eher so wie Karl Lagerfeld ...«

Ari sagte gar nichts und setzte sich seufzend auf die Couch. Wahrscheinlich konnte man sich selbst niemals entkommen. Nicht einmal hier im Ruin.

*

»Mir reicht's«, meinte Katharina. »Ich hab jetzt genug vom Winter.«

»Dabei ist wahrscheinlich gerade erst einmal Halbzeit.« Ari sah skeptisch durch das Fenster in das leichte Schneegrieseln, das gerade wieder begonnen hatte.

»Du musst durchhalten.«

»Nö, leiden an den Umständen ist nicht meine Sache, morgen ist Sommer, ganz einfach.«

»Morgen ist Sommer?«

»Ja!« Sie nickte, während sie auch aus dem Fenster sah. Ihr verschwommenes Spiegelbild stand jetzt mitten im Schneefall.

»Aha.« Als er keine Antwort bekam, fragte er weiter. »Fährst du weg? Wie soll sich das denn ausgehen mit dem Ruin? Der Sommer ist definitiv weiter als einen Tagesausflug von hier entfernt.«

»Nein, verreisen ist viel zu anstrengend, der Sommer kommt zu mir. Easy.« Sie sah ihn an. »Kannst mich gern begleiten, durch den Sommertag!«

Er überlegte. »Ich weiß nicht, ich bin ja eher nachtaktiv.«

»Dein Pech.« Sie zuckte mit den Schultern und servierte ein Tablett mit Getränken an einen anderen Tisch.

»Ich glaub, du bist doch ein Vampir«, stellte sie fest, als sie sich wieder neben Ari in die Nische fallen ließ. »Oder wirklich auf der Flucht.«

Er lachte. »Alles möglich. Auch alles zusammen.«

»Ich hab dich tatsächlich noch nie im Tageslicht gesehen, wenn ich es mir genau überlege.«

Er schüttelte den Kopf. »Ich glaub nicht.«

»Aber du hast ein Spiegelbild. Sie deutete an die Wand. Und du hast hier definitiv schon Knoblauch gegessen.«

»Dann kannst du die Vampirtheorie wohl doch ad acta legen«, meinte er und biss in sein Marmeladebrot. Heute gab es das Pearl-Jam-Frühstück.

»Also, wie funktioniert das mit dem Sommer genau?«, wechselte er das Thema.

»Geht dich nichts an, wenn du nicht mitkommst.«

»Okay«, sagte er schulterzuckend, »fair enough.«

Katharina ging zurück hinter den Tresen, wo eine müde Sabina lehnte.

»Ich weiß auch nicht, aber heute ist es echt schwer.«

Katharina nickte. »Zeit, dass der Sommer kommt.«

Sabinas Gesicht erhellte sich. »Machen wir denn einen Sommerausflug?«

Katharina nickte.

»Wirklich?«

»Klar, haben wir doch früher auch immer gemacht!«

»Ja schon. Aber in letzter Zeit ...«

Katharina machte eine wegwerfende Handbewegung. Anstatt einer Antwort legte sie eine neue Platte auf. »The Times They are a-Changin'« klang es durch den Raum.

Sabina nickte. »Na dann.«

Ari hörte, wie sich die beiden für den nächsten Tag verabredeten.

Er erwachte früh. Viel zu früh. Und keine Chance, wieder einzuschlafen. Sein Körper hatte einfach Lust, mit dem bisschen Helligkeit, das der Winter bot, aufzustehen. Er seufzte. Ein sehr langer Tag lag vor ihm, für den er keinerlei Ideen hatte. Obwohl. Eigentlich war es doch möglich, dass er ... Aber nein, das konnte er nicht. Andererseits war er neugierig, was sie ... Und vor allem: Was war die Alternative? »Ulysses« grinste ihn vom Sessel aus an. Ertappt wandte er schnell den Blick ab. Du meine Güte, jetzt ließ er sich schon von einem Buch unter Druck setzen. Er überlegte weiter. Mit einer Kapuze konnte er vielleicht auch bei Tageslicht ... Ja, man könnte es probieren. Langeweile und Neugierde, dachte er, eine ziemlich fatale Kombination. Dann machte er sich pfeifend auf den Weg. Er kam sich ein wenig schäbig vor, als er sich im Windfang der U-Bahn-

Station versteckte, um Katharinas und Sabinas Treffpunkt beobachten zu können.

Sie trafen sich vor dem U-Bahn-Rondo und machten sich gemeinsam auf den Weg. Er blieb einige Meter hinter ihnen und amüsierte sich über ihr Outfit. Sie trugen beide riesige Sonnenbrillen, dazu Hüte, groß wie Sombreros, und hatten jeweils eine Badematte unterm Arm.

Sie schlenderten ein Stück und blieben dann bei einem Straßenmusikanten stehen, der seinem Akkordeon Melodien gegen die Kälte abzutrotzen versuchte. Ari sah, wie sie sich mit ihm unterhielten, und plötzlich ertönte statt den bisherigen Walzermelodien eine schiefe, aber erkennbare Version von »The Girl From Ipanema«. Er pfiff mit und warf dem Musiker ein paar Münzen in den Hut, als er ihn schließlich nach den beiden passierte. Katharina und Sabina verschwanden in einem grellbunten Hauseingang, über dessen Tür groß »Sonnenbarke« stand.

Mist, was jetzt?, dachte er. Und dann, dass Solarium und Infrarotkabine eigentlich ziemlich großartig wären. Er schlich hinterher. Es würde schon klappen. Die Tresenkraft blickte nicht einmal von ihrem Handy auf, als er seine Portion Sonnenschein orderte, und so legte er sich entspannt ein paar Türen weiter in seinen eigenen Sommer. Er hatte keinen Stress, die beiden zu verlieren, denn er war sich ziemlich sicher, dass sie im Anschluss in der hauseigenen Cocktailbar einen Schirmchendrink nehmen würden. Und so war es dann auch. Er ging hinter einer Plastikpalme in Deckung und steckte seine Füße in den warmen Sand, den sie hier aufgeschüttet hatten. Wie Katharina und Sabina hatte er eine große Sonnenbrille aufgesetzt und orderte einen bunten Cocktail. Die beiden waren in ihr Gespräch vertieft. Er wunderte sich, was sie einander noch zu sagen hatten. Schließlich sahen sie sich täglich viele Stunden im Ruin. Er selbst wusste oft schon nach fünf Minuten kaum mehr, was er mit seinen Kollegen noch plaudern sollte, wenn sie das Fachliche abgehakt hatten. Langsam begann er in der angenehmen Wärme vor sich hin zu dämmern, in seinem Kopf spazierte immer noch eine windschiefe Version des hübschen Girl from Ipanema.

Als Ari die Augen wieder öffnete, fiel gerade die Tür ins Schloss. Mist, Mist, Mist, er hatte ihren Abgang verdöst. Er legte Geld auf den Tisch, beim Versuch sich überhastet die Schuhe anzuziehen, landete eine Ladung Sand in seinen Socken. Fluchend putzte er alles ab und stolperte dann aus dem Laden. Zwischen seinen Zehen bröselte es. Na, wenigstens wusste er wieder, was er am Sommer so nervig fand.

Er sah sich um. Links und rechts nichts zu sehen. Vor ihm eine breite graue Straße mit tosendem Verkehr. Jetzt wollte er doch wieder zurück in den Sommer. Was waren schon sandige Füße gegen diese Bundesstraße, die direkt aus der Hölle zu kommen schien. Aber da sah er die beiden wieder. Sie standen bei einem Würstelstand jenseits des Highway from hell und zogen ein Eis aus der Verpackung. Wenn er sich beeilte, konnte er sie leicht einholen, sie waren ja erst mal damit beschäftigt, das Eis in zwei Teile zu brechen. Fluchend kämpfte er sich also über die mehrspurige Straße, keine Zeit, den Zebrastreifen zu finden, dann vorbei am Akkordeonspieler. »Bella ciao, bella ciao, bella ciao, ciao, ciao« tönte es jetzt, während er versuchte, die beiden an der langen schmutzig gelben Hausmauer wieder einzuholen. Dann bogen sie auch noch durch ein hohes dunkles Gartentor nach links ab. Ari folgte ihnen mittlerweile im Laufschritt und blieb schließlich erstaunt stehen.

Vor ihm lag eine endlose breite Allee. Er sah sich fasziniert um, man konnte tatsächlich kein Ende erkennen. Wer hätte hier damit gerechnet? Gerade war er noch auf dieser schlimmen Autobahn gewesen und ein paar Meter weiter lag ein geheimer Garten. Wobei Garten eine maßlose Untertreibung war. Er fragte sich, ob es am ungewohnten Tageslicht lag, dass ihm alles so prächtig erschien, oder ob es tatsächlich dieser monumentale Park war, der so beeindruckte. Unter seinen Füßen knirschte der Kies, in seinen Socken nach wie vor der Sand, als er Katharina und Sabina weiter folgte. Sie hielten mittlerweile auf ein riesiges Gebäude zu. Es sah aus wie ein sehr altes, prachtvolles Gewächshaus. Kurz bevor sie es erreichten, betraten sie zu seiner Enttäuschung allerdings das unscheinbarere Gebäude gegenüber. Vor dem Eingang befand sich ein Kaktus aus Plastik. Er grinste. Da war er ja wieder, dieser verflixte Sommer.

Durch einen Perlenvorhang trat er ebenfalls ein. Vor ihm lag eine Welt aus Teppich, Wärme und lehmigem Sandboden. Na, das passte ja, er überlegte sofort, die Schuhe auszuziehen. Es roch nach hoher Luftfeuchtigkeit, irgendwo zwitscherten Vögel. Er blickte sich um. Katharina und Sabina verschwanden in diesem Moment hinter einem Plastikvorhang, in einer dunklen, feuchtwarmen Welt aus Palmen und Wüstensand. An der Kasse hatte sich eine kleine Menschentraube gebildet.

Er nickte den beiden unmerklich hinterher, betrachtete noch eine Art Gecko in einem Terrarium und machte sich dann aus dem Staub. Der Sommer war ihm hier gerade etwas zu hell und zu voll. Sein Handtuch hatte auf diesem Strand keinen Platz mehr. Aber was er da draußen gesehen hatte, das reizte ihn dafür umso mehr.

Er zog sich die Kapuze tief ins Gesicht und bahnte sich seinen Weg, weg von den Touristenströmen, in denen er kurzzeitig gelandet war. Zu merkwürdigen Kugeln und Konen geschnittene Bäume säumten den Pfad, den er eingeschlagen hatte. Es wirkte, als hätte ein Riesenkind sie mit seinen Sandförmchen ausgestochen. Obenauf saß den Baumkreationen jeweils eine Haube mit Schnee, an den

Springbrunnen hingen lange Eiszapfen. Irgendwie hatte er schon auch was, dieser Winter, vor allem hier, im geheimen Garten. Weiter hinten im Park begann es zunehmend einsamer zu werden. Nur noch ein paar vereinzelte Jogger quälten sich durch ihre Runden und versuchten, nicht allzu oft mit ihren teuren Schuhen in eine der leidlich zugefrorenen, eiskalten Lacken zu treten.

Wie gut, dachte er, dass er erst mal nicht joggen gehen musste. Außer er hatte Lust dazu. Und wie gut, dass das gerade für alles in seinem Leben galt, nicht nur für das Joggen. Und obwohl der echte Sommer noch so weit entfernt war, konnte er ihn gerade ein bisschen fühlen, während er sich durch die kahlen Alleen treiben ließ und warme Wolken ausatmete.

Es würde früher wieder Sommer als Winter sein. Wäre ihm in diesem Moment jemand entgegengekommen, hätte er ihn über diese Gewissheit lächeln gesehen.

»Ihr habt Farbe bekommen«, meinte er später zur Begrüßung im Ruin. »Wie war's denn im Sommer?«

»Ach, viel zu heiß. Bin ich froh, dass eigentlich Winter ist.«

»Ja, total, viel besser so. Komplett überschätzt, so ein Sommer«, nickte Sabina, und im Hintergrund sang eine traurige Stimme leise von der Summertime Sadness.

*

»Was machst du eigentlich an diesem mysteriösen freien Tag?«, fragte Ari, nachdem er herausgefunden hatte, dass Katharina immer genau einmal im Monat nicht da war. Was seinen Berechnungen nach am nächsten Tag wieder sein würde. Der Gedanke daran gefiel ihm nicht.

»Einen Ausflug«, sagte sie.

»Jedes Mal?«

»Jedes Mal.«

»Und wohin geht's da so?«

»Immer an dasselbe Ziel.«

»Immer dasselbe Ziel?«

»Immer.«

»Und das wird nicht langweilig?«

»Nein.«

»Und du hast nie daran gedacht, einmal woanders hinzufahren?«

Sie schüttelte den Kopf.

»Oder mal nicht zu fahren?«

Sie schüttelte wieder den Kopf.

»Und diesen Ausflug unternimmst du immer alleine?«

Sie nickte. »Bis jetzt schon.«

»Aber das könnte sich ändern?«

Sie sah ihn nachdenklich an. Schließlich sagte sie: »Mein Ausflug beginnt immer um zehn Uhr bei der 6er-Station am Reumannplatz.«

Er ging zur Tür, und sie nickte nur, als er fragte: »Richtung stadtauswärts?«

Das Windspiel mit dem kleinen silbernen Anker neben der Tür bimmelte und Sabina kam herein.

»Hey!« Fast wäre sie mit Ari zusammengestoßen.

Sie lächelte ihn an und stellte sich ihm immer genau so in den Weg, dass er nicht an ihr vorbeikonnte, wenn er versuchte, ihr höflich auszuweichen.

Katharina lachte, und dann rief sie: »Hey, jetzt lass ihn vorbei, den Armen.«

Sabina feixte und Ari verdrehte genervt die Augen.

»Tschüss, bis morgen«, winkte Sabina zuckersüß hinterher, als sie ihn endlich vorbeiließ.

»Was ist eigentlich mit dem los?« Sabina schüttelte den Kopf. »Seit Monaten sitzt er da, bläst Trübsal und redet kaum was.«

Katharina zuckte mit den Schultern. »Geht uns nichts an.«

»Ja, aber bist du nicht neugierig? Ich meine, auf seine Rolle müsste er ja jetzt langsam vorbereitet sein.«

»Vielleicht stimmt meine Serienkillertheorie doch«, erwiderte Katharina, »und er ist hier noch nicht fertig.«

Sabina lachte. »Genau, und weil hier in Favoriten ja jeden Tag mindestens zehn Leute umgebracht werden, ist es bis jetzt einfach noch niemandem aufgefallen.«

»Sehr schlau eigentlich. Wenn Mordserie, dann hier.« Sie lachten und freuten sich über den schlechten Ruf ihrer Gegend.

»Und, wie war's bis jetzt?«

»Stressig irgendwie. Der Tag hat's in sich. Die Leute sind komisch heute.«

»Vollmond«, nickte Sabina.

»Zu einfache Erklärung.«

»Winter. Weltschmerz. Solche Sachen.«

»Ja eh. Aber das ist da draußen. Und hier ist drinnen.« Katharina wischte über die Theke.

»Trotzdem, das dauert schon zu lange. Und sitzt den Leuten einfach zu fest im Genick. Da sind selbst deine klarsten Getränke zu schwach, um runterzukommen. Die bräuchten auch mal alle einen Sommertag, so wie wir.«

Katharina nickte gedankenverloren.

»Vielleicht liegt's ja auch an mir und gar nicht an den Leuten?«

Sabina sah ihr direkt ins Gesicht. »Ganz ehrlich? Nein.« Dann lachte sie und nahm Katharina in den Arm. »Es liegt immer an denen, niemals an uns, das weißt du doch. Die sind die Verrückten.«

Katharina flüsterte jetzt in Sabinas Rücken: »Du, manchmal glaub ich, ich schaff das nicht mehr. All diese Leute und all das, was die da geschultert mit reinbringen und uns an der Bar servieren. Wie konnte uns dieses Arschloch nur so alleine lassen? Ha? Wie sollen wir das nur ohne ihn schaffen?«

Sabina hielt sie weiter im Arm.

»Ich weiß. Aber schau dich um. Wir kriegen es doch hin, irgendwie. Und du musst langsam damit aufhören, ihm das vorzuwerfen. Überleg dir lieber, ob du das hier weitermachen willst. Oder lass es ganz bleiben. Aber so wie jetzt, Katha, das ist doch kein Zustand.«

Katharina schüttelte unwillig den Kopf, und obwohl sie wusste, wie bedachtsam Sabina ihre Worte gewählt hatte, machte sie sich los und fing trotzig wieder damit an, die Theke zu putzen. Wenn sie so weitermachte, würde sie bald die sauberste in ganz Favoriten sein.

»Entschuldige.« Sabina machte eine hilflose Geste. »Ich wollte dir nicht zu nahe treten. Ich mach mir doch nur Sorgen um dich. Das kann doch nicht für immer so weitergehen.«

»Ich weiß. Und er ist ja nicht freiwillig ...«, Katharina brach ab. »Und ich kann nicht ewig ... ich weiß. Aber ich ... Ich glaube, wahrscheinlich ist es grad nur, weil alle so fertig sind.« Sie ließ den Putzlappen sinken.

»Kannst du dich noch erinnern, als er damals plötzlich wiederaufgetaucht ist?«

»Klar.« Sabina nickte. »Da war es auch eiskalt. Ich hab ihn zuerst fast gar nicht erkannt. Der Anfang vom Ende.«

»Einmal ...«, sagte Katharina.

»Hm?«

»Einmal mag ich noch kurz traurig sein heute.«

»Ja, ich auch«, nickte Sabina. »Zeit für Smashing Pumpkins.« Sie ging zur Musikvitrine. »Wir stellen den Kragen auf und trotzen der Kälte.«

Die beiden blinzelten einander verschwörerisch zu und beobachteten, wie das Lied allen Anwesenden gutzutun schien.

Music ist wirklich the healing force of the universe, dachte Katharina. Nein, sie durfte nicht zu streng sein mit den Menschen in diesen Tagen. Sie marschierten gerade alle durch ihren ganz eigenen endlosen Winter. Jetzt war die Zeit, in der es ans Eingemachte ging. Nicht mehr nur um die erste graue Suppe, die man sich mit Lichterketten verzaubern und mit Turbopunsch schön trinken konnte. Der man mit neuen Mänteln und Wintersportvorfreuden in verschneiten Landschaften trotzen konnte. Nein, jetzt war die Zeit, in der sich die Kälte in die Gesichter verbiss, die genauso fahl und grau waren wie die Landschaft, in die sie blickten. Die Zeit, in der die Leute geduckt gingen, von U-Bahn-Untergrund zu Hauseingang huschten und echtes Mitleid empfanden, wenn sie eine obdachlose Person sahen. Da draußen herrschte eine Unerbittlichkeit. Und selbst wenn man es an einen sicheren Ort wie das Ruin geschafft hatte, brauchte man geraume Zeit, um wieder aufzutauen. Vor allem innerlich. Katharina atmete tief durch und bemühte sich um Contenance. Es war einfach ihre Wirtinnenpflicht, die eisigen Splitter aus den Herzen ihrer Gäste zu ziehen, auch wenn es zurzeit über ihre Kräfte ging. Denn »das da draußen«, wie die Leute die derzeitigen Zustände nur nannten, würde noch etwas länger andauern. Diese ersten vereinzelten Sonnenstrahlen hier und da waren nur eine ironische Spitze der Natur. Katharina ließ sich davon nicht an der Nase herumführen.

Sie seufzte und begann eine neue Runde aufzunehmen. Sie würde den Menschen ihre Art von Trost spenden. Schließlich war das Lokal gut gefüllt, es gab also einige Splitter zu entfernen. Um ihren eigenen würde sie sich dann später kümmern.

»Ich habe David in der U-Bahn getroffen«, sagte Sabina, als sie das Ruin betrat. »Er scheint gerade wieder angekommen zu sein.«

Katharina schlichtete Getränke in den Kühlschrank. Sie zögerte keinen Moment in ihrer Arbeit, aber sie spürte, wie das Adrenalin durch ihren Körper zu rauschen begann.

Sabina sprach weiter: »Er will sich mit dir treffen, hat er gesagt, aber nicht hier. Und er lädt uns zum Smashing-Pumpkins-Konzert ein. Er hat gemeint, zur Feier seiner Heimkehr spendiert er einen Trip in die Vergangenheit. Lustigerweise spielen sie heute im Gasometer. So apropos Trip in die Vergangenheit und so.«

»Das ist nicht sein Ernst, oder?«, fragte Katharina ehrlich verwundert. »Von denen ist doch nur noch der Sänger übrig, und der ist doch nur noch deprimiert, weil er keinen Hit mehr schreiben kann. Und noch dazu im Gasometer. Traurige Halbband in schlechter Sound-Location, das halt ich nicht aus, glaub ich.«

»Hast du sie denn jemals live gesehen? Das war doch immer euer großes Trauma, dass ihr bei dem einen legendären Wien-Konzert in den Neunzigern nicht dabei wart! Komm, wir holen das jetzt einfach nach, sei nicht so streng.«

Katharina schüttelte den Kopf.

»Triff dich mit David«, sagte Sabina, »und zwar dort. Es ist einfach perfekt für euer Wiedersehen!«

»Was ist denn mit dir los?« Katharina sah entsetzt zu Sabina, und dann lachte sie. »Dir ist gerade ein pathetischer Satz passiert!«

Sabina blieb seltsam ernst.

»Hey, was ist mit dir los? Sabina!«

»Geh einfach mit auf das Konzert, Katharina. Okay?«

»Okay.« Katharina blickte Sabina forschend an. »Du bist seltsam.« Nach einer weiteren Pause. »Na gut, was soll's, ich komm mit. Aber nur unter einer Bedingung!«

»Ach, und die wäre?«

»Wir tun so, als wären die Neunziger.«

»Was meinst du?«

»Na, kein Handy, dafür jede Menge Cola-Rot. Und wir gehen in Trainingsjacken. Und rauchen Smart.«

»Ich hab aber Nil geraucht damals. Die gibt's gar nicht mehr.«

»Stimmt, das ist blöd. Aber du darfst dir eine Smart bei mir schnorren.«

»Okay, dann geh ich mal meine alten Trainingsjacken suchen! Martens hab ich ja noch.«

»Zeitlos«, nickte Katharina.

»Wer sucht seine Trainingsjacken?«, fragte Max, der gerade das Lokal betreten hatte, in die Runde.

»Niemand, Max.«

»Geht ihr jetzt trainieren oder was? Muss ich mir Sorgen machen?«

»Ja, Sabina und ich machen beim Frauenlauf mit.«

»Genau, dort bekommt man angeblich gratis Schminke, und deshalb haben wir uns gedacht, nix wie hin.«

»Ist nicht euer Ernst!«

»Doch, Max.«

»Wann ist denn der? Ihr seid doch gar nicht im Training! So was muss man vorbereiten!«

»Ach, wir schaffen das schon so. Heute Abend geht's los.«

»Ja, die Strecke geht von hier bis zum Gasometer.«

Max schaute sie forschend an. »Das ist wieder einer eurer seltsamen Witze, oder? Was soll das für ein Lauf sein?«

»Der Smashing-Pumpkins-Gedächtnislauf! Zum Eingrooven misch ich schon mal ein Cola-Rot für dich!«

»Ich versteh kein Wort.« Statt einer Antwort stellte ihm Sabina unsanft ein volles Glas vor die Nase.

»Ich muss jetzt sofort Starla hören!«, krähte Katharina dazwischen und begann im verstaubten Kassettenstapel in der Vitrine zu wühlen. »Das muss doch da irgendwo drauf sein, mit Glück ist es eine Radioaufnahme, in die der Blumenau reinquatscht!«

»Oh, das wäre perfekt, Frau Kollegin, hau rein!«

David hatte ihnen die Karten an der Abendkassa hinterlegen lassen. Es tue ihm leid, aber er würde sich verspäten. Sabina und

Katharina standen also zu zweit in der Warteschlange vor dem Einlass und tranken aus mitgebrachten Pappbechern Cola-Rot gegen die Kälte.

»Ein Sommer wie damals!«, riefen sie, ihr Atem stieß dabei kleine Rauchwölkchen aus. Sie erhoben ihre Becher und leerten ihre Getränke. Bis sie bei den Türstehern waren, müssten diese ohnehin vernichtet sein.

»Echt schade, dass David noch nicht hier ist. Ist das physikalisch überhaupt möglich, ohne ihn in der Warteschlange zu den Smashing Pumpkins zu stehen?«

»Kannst dich noch erinnern, dieses schöne Vintage-Blockmalz-Shirt, das er damals immer bei Konzerten anhatte? Ich hab ihn total beneidet!«

»Klar, ich auch.«

»Dafür hattest du aber die bessere Trainingsjacke.«

»Hab ich noch!«

»Ist nicht dein Ernst, zeig!«

Katharina knöpfte ihren Mantel auf und gestattete ihrer Freundin einen Blick. Dann zog sie ihn fröstelnd wieder zu. Sabina zog an- und wiedererkennend die Augenbrauen hoch.

»Was trinkt ihr denn da Widerliches?« Der Typ in der Warteschlange vor ihnen nippte an einem Bier, und sein leicht bekiffter Blick blieb kurz an Sabina hängen.

»Das, was wir getrunken hätten, wenn wir auf dem Pumpkins-Konzert in den Neunzigern gewesen wären!«

»Wo wir streng genommen auch sind«, rief Katharina.

»Stimmt, entschuldige!«

»Versucht sich da jemand den Abend schön zu trinken?«, fragte der Typ und lächelte in Richtung Sabina. »Find ich eine gute Strategie. Wir wissen doch alle jetzt schon, dass wir es bereuen werden.«

»Und dennoch sind wir alle hier. Ist doch schön, findest du nicht? Wir sind eben treu.«

»Oder dumm und haben zu viel Geld.«

»Geh weg, du bist zu realistisch für uns.«

»Du meine Güte, ihr meint das echt ernst, oder?«

»Ach, geh einfach Bier trinken!«, schnauzte Katharina und schenkte sich und Sabina nach.

»Ich hasse das Gasometer.« Sabina und Katharina standen wieder in einer Schlange, diesmal für die Garderobe.

»Und jetzt kann man nicht mal mehr Cola-Rot trinken in diesem Konsum-Konzert-Kaufhaus. KKK – da weiß man ja schon Bescheid«.

»Halt mich zurück, wenn ich mir hier einen Spritzer kaufen will.«

»Klar, hier wird nix konsumiert.«

»Wir protestieren!«

»Außerdem, denk dran, in den Neunzigern hätten wir uns die Getränke hier gar nicht leisten können.«

»Aber was, wenn's wirklich schlimm wird?«

»Hm. Okay. Ein Notgetränk zum Fliehen ist erlaubt, wenn's wirklich schlimm wird. Ansonsten: niente.«

»Deal.«

»Hallo, ihr seid dran! Könnt ihr mal weitergehen?«, keifte es hinter ihnen.

»Siehst du, das ist der Spirit hier. Alle sind so unentspannt. Und grantig. Obwohl sie andächtig sein sollten, so kurz vor dem Treffen mit dem heiligen Billy. Der Laden hier hat einfach mieses Karma, der macht das mit den Leuten.« Katharina sah sich um.

»Klar, denn sonst, außerhalb vom Gasometer, sind diese Menschen alle total sympathisch und aufmerksam. Alle.«

»Ich glaube, es liegt an der Zeit«, sprach Katharina weiter, ohne auf Sabina einzugehen. »Weißt du, was ich meine? Das Gasometer gehört einfach zu den beginnenden Neunzehnneunzigerjahren. So wie das U4 in die Neunzehnachtziger. Man kann auch heute noch hingehen. Aber der Ort ist nur noch ein Ort mit einer Geschichte und hat längst seine Seele verloren.«

»Vielleicht ist die Seele gar nicht verloren, sondern einfach nur weitergewandert? Zu einer anderen Location. Du weißt schon, weiter ins Flex, dann ins Fluc, und immer so weiter halt.«

»Mag ich, deine Theorie.«

Katharina und Sabina waren nach einer weiteren Kontrolle endlich im großen Saal angekommen. Die Einlasserin hatte gewirkt, als wäre ihr die nochmalige Ticketkontrolle selbst peinlich. Sabina hatte einen flehenden Ausdruck im Gesicht, aber Katharina sagte »Nein« und zog sie an der Bar vorbei.

Auftritt Vorband. Ihre Mitglieder waren eine illustre Mischung aus Harry-Rowohlt-, Billy-Corgan- und Peter-Maffay-Klonen mit Hang zur Epik.

»Ich wünschte, sie wären eine Punkband«, meinte Sabina, »dann wären die Songs wenigstens nur zwei Minuten lang.«

Katharina lachte. »Ja, aber dann würden sie auch mindestens zwanzig spielen, das ist hier so eine Henne-und-Ei-Sache, die in keinem Fall gut enden wird. Man kann hier noch so sehr Rock 'n' Roll brüllen wie dieser Typ da auf der Bühne, dieser Saal ist und bleibt eine Mehrzweckhalle und ist nicht für Rock 'n' Roll gemacht.«

Als das, was von den Smashing Pumpkins noch übrig war, schließlich die Bühne betrat, ging eine kurze Welle des Enthusiasmus durch den Raum. Auch Katharina und Sabina hatte mit einem Mal eine nervöse Vorfreude erfasst. Aber dieser Moment wich ziemlich bald einer gewissen Ernüchterung und mündete schließlich in echter Langeweile.

»So, und wo ist er jetzt?«, fragte Katharina in eine der Pausen zwischen den Songs hinein. Das Konzert bot ihr keine Ablenkung mehr, sie büßte zunehmend ihre coole Fassade ein. Das Wiedersehen mit David machte sie nervös und sie fand es schön, dass es nach all den Jahren immer noch so war.

»Vielleicht hätten wir doch unsere Handys mitnehmen sollen?«

»Ach, der wird uns schon finden, ich geh mal aufs Klo.«

»Okay, dann werde ich jetzt den SOS-Spritzer ordern. Es ist so weit, ich kann nicht mehr. Die Nüchternheit holt mich ein.«

»Alles klar, bis gleich.«

Katharina stellte sich in die Schlange und schloss die Augen, um noch einmal über das gerade Erlebte nachzudenken. Eigentlich war es ein Jammer. Und sie verspürte so etwas wie Mitleid.

»Wieder ein Konzert, von dem nichts bleibt«, sagte plötzlich eine Stimme neben ihr.

Katharina wurde schlecht. Und glücklich. Sie konnte ihren Blick nicht heben und ließ die Augen geschlossen. Sie lächelte. Wusste ganz genau, wer da neben ihr stand. Dann streckte sie die Hand neben sich aus und suchte nach seiner. Er nahm sie und drückte sie fest.

Dann standen sie da, Hand in Hand. Rundherum rauschte und brüllte es, die Musik spielte, irgendwo wurde heimlich geraucht.

Die Barfrau rief: »Bitte?!« Und noch einmal: »Bitte?«

»Äh, einen Spritzer, bitte«, sagte David.

Katharina wühlte mit der Linken zehn Euro aus ihrer Hosentasche, ohne dabei seine Hand loszulassen. Mit dem Spritzer in der einen und ihm an der anderen Hand trat sie dann den Rückzug durch die Dunkelheit an.

Sie trank, schaute immer noch nicht zu ihm auf, sondern geradeaus, Richtung Bühne.

»Billy Corgan zu sein stell ich mir nicht leicht vor«, sagte sie dann.

»Nein«, erwiderte er und nahm sie in den Arm.

Lange standen sie so da, stumm und überwältigt, mitten im breiigen Soundgewitter des Gasometer. Dünn war er geworden, Katharina spürte viel zu viele Knochen in seiner Umarmung.

»Ich muss dich sehen«, murmelte er ihr ins Ohr. »Ohne Billy. Ohne Sabina. Und ohne Ruin.«

»Okay. Dann komm doch zu mir. Jederzeit. Oder hast du den Schlüssel verloren?«

»Besser draußen, auf unserer Bank. Samstag, so gegen drei?«, fragte er in ihre Schulter.

»Okay.«

Er ließ sie los, drehte sich um und ging.

Katharina blickte ihm nach. Ja, das war er, kein Zweifel. Sein Gang war der gleiche, sein Geruch war ihr schmerzlich vertraut, aber trotzdem hatte irgendeine Verschiebung stattgefunden. Als hätte ihn jemand in seiner Abwesenheit einmal auseinandergenommen und dann falsch wieder zusammengebaut.

»Na«, rief Sabina und klopfte ihr auf die Schulter, »hab ich was verpasst?«

»Nein«, sagte Katharina und lächelte.

»Warte.« Sabina sah ihr prüfend ins Gesicht. »Du hast ihn gesehen, stimmt's?

»Na ja, gesehen ist übertrieben hier.« Sie deutete in die Dunkelheit. »Ich hab ihn vor allem gespürt, sagen wir mal so. Er ist schon wieder abgehauen, glaub ich.«

»Na dann«, sagte Sabina mit einem seltsamen Ausdruck im Gesicht, der Katharina neu war, »gehen wir jetzt trinken, um zu vergessen, würde ich vorschlagen.«

War das Sorge, die da kurz im Gesicht ihrer Freundin aufgeblitzt war? Unmöglich.

Billy stand immer noch auf der Bühne und sang sich die Seele aus dem Leib. Wobei, dachte Katharina jetzt, das Wort Seele hierfür wahrscheinlich das unpassendste Wort überhaupt war.

*

»Da ich nicht wusste, wo es hingeht, habe ich alles Mögliche mitgebracht«, meinte Ari und deutete auf seinen Rucksack. Er trug seinen unförmigen Wintermantel und hatte wie immer eine Kapuze tief ins Gesicht gezogen. Er schien für alles gerüstet.

»Es wird kein lustiger Ausflug, oder?«

Katharina sah ihn an, dann wieder aus dem Fenster und zuckte mit den Schultern. »Kann man nie wissen.«

Schweigsam ließen sie sich von der quietschenden Straßenbahn aus Favoriten hinaus in Richtung Simmering schaukeln. Kurz hatte sie darüber nachgedacht, ob es komisch war, hier, so außerhalb des Ruin, neben ihm zu sitzen. Aber es war ganz einfach. Gerade so, als ob sie seit Jahren nichts anderes gemacht hätten, als gemeinsam Straßenbahn zu fahren.

Er begann in seinem Rucksack zu kramen und streckte ihr dann ein Sackerl mit bunt verpackten Früchtekaramellbonbons entgegen. »Auf Schulausflügen konnte ich mir den Proviant nie aufheben. Ich habe immer auf der Hinreise schon alles aufgegessen und dann war mir den Rest des Tages schlecht.«

Sie lachte. »Mir war sowieso immer schlecht, wenn wir mit dem Bus irgendwo hingefahren sind. Legendär, wie ich mich einmal fünf Minuten vor Carnuntum angespieben habe, weil ich es nicht mehr ausgehalten habe. So kurz vor dem Ziel, aber es ging nicht mehr.«

»Ich weiß zwar nicht, was Carnuntum ist, aber ich schätze, da fahren wir heute eh nicht hin. Außerdem sind wir ja in der Straßenbahn, außerhalb der Bus-Gefahrenzone. Also hau rein!«

Sie nickte. »Die Gefahr ist tatsächlich gebannt. Die Reisekrankheit hat sich freundlicherweise gleichzeitig mit meiner Kindheit von mir verabschiedet.«

»Apropos Kindheit, schmeckt noch wie damals.« Er kaute glücklich vor sich hin. Erstaunlich, wie dieses Zeug immer mehr wurde, sobald es im Mund war, er hatte das ganz vergessen.

»Ja, total gut«, sagte sie. »Bei uns waren damals eher Gummifrösche und Mannerschnitten Standardausflugsproviant.«

Er nickte versonnen und steckte noch ein Karamell zu den anderen halb zerkauten Bonbons in den Mund. Und dann gleich noch eines. Katharina tat es ihm nach. Dann hatten sie erst einmal minutenlang Schwierigkeiten, ihren Speichelfluss unter Kontrolle zu behalten.

»Mmhh«, schmatzte sie, und dann mit einem erschrockenen Blick aus dem Fenster: »Schnell, pack ein, wir steigen gleich aus.«

»Hier?« Er kaute immer noch heftig, die Packung war fast leer.

»Ja, hier, komm!«

»Aber hier ist nichts.« Er sah sich um, während die Straßenbahn in einer leichten Kurve quietschte. »Also, außer einem Friedhof.«

»Das ist nicht nichts.«

»Na ja, das Nichts und der Tod«, er machte eine ausladende Geste und schmatzte, »das ist schon ein weites Feld, das Sie da eröffnen, Frau Kollegin. Ich bin mir unsicher, ob wir das auf die Schnelle erörtern können. Bonbon?«

»Besser nicht.« Sie lächelte. Es war kein Irrtum gewesen, ihn mitzunehmen.

»Dann aber ein Sandkeks? Quasi unser Äquivalent zu euren Schnitten, musst du probieren, sonst ist es kein Ausflug!«

Sie schüttelte belustigt den Kopf. »Du forderst es wirklich heraus, dass sich gewisse Unpässlichkeiten wiederholen!«

Wie zur Bestätigung hielt die Straßenbahn mit einer scharfen Bremsung ein paar Meter vor der Haltestelle und fuhr dann wieder rumpelnd an.

»Ich? Niemals!« Er schüttelte entrüstet den Kopf und steckte sich gleich zwei der Kekse in den Mund. Dann stopfte er die restliche Packung ungeschickt in den Rucksack zurück und folgte ihr durch die geöffnete Tür nach draußen.

Hinter ihnen tönte es laut. »Liebe Fahrgäste, Sie verzögern die Abfahrt. Bitte halten Sie den Türbereich frei.«

»Halt doch die Klappe!«, schimpfte Katharina mit erhobener Faust der mittlerweile geschlossenen Straßenbahntür entgegen.

»Was ist los? Was hat die denn?«

Katharina schüttelte den Kopf. »Sei froh, dass du nicht zugehört hast. Überall muss man sich ständig zurechtweisen lassen. Entschuldigung, dass ich existiere!«, rief sie der Bim hinterher. »Ich sag schon nicht mehr Hallo, sondern immer erst Entschuldigung«, hiphopte es dazu in ihrem Kopf.

Sie schloss wieder zu ihm auf. Er stand bereits vor dem Kiosk am Friedhofseingang und studierte das Angebot.

»Sind wir auf Besuch hier?«

Sie nickte.

»Hm, was bringe ich denn mit, so als Gastgeschenk?«

»Also ich nehme eine Kerze.«

»Keine Blume?«

»Kannst du nehmen, wenn du magst.«

Er nickte und sah sich um, was es so gab. »Na, dann nehme ich mal eine von denen da, die leuchten so schön.«

»Einen Märzenbecher, gerne«, sagte die Verkäuferin mit einem etwas scharfen Unterton. Ob er sich auf die geringe Einkaufsmenge oder auf Aris Blumenunkenntnis bezog, war nicht herauszuhören.

»Ganz schön streng alles hier«, meinte Ari, »die Straßenbahnen und die Friedhofskioskverkäuferinnen.«

»Wien ist halt ein hartes Pflaster«, nickte Katharina, während sie durch das Eingangstor spazierten. »Aber jetzt haben wir es geschafft.« Sie deutete auf das vor ihnen liegende Areal.

»Ja, sieht so aus, als wäre man hier in Sicherheit.«

Sie schlenderten die Allee entlang, hohe Bäume säumten ihren Weg, hin und wieder fuhr ein Auto an ihnen vorbei. Dazwischen herrschte Stille. Irgendwo in der Ferne hörte man einen Zug rauschen. Dann näherte sich das Getrappel von Hufen auf dem Asphalt. Ari schüttelte den Kopf. Das musste wohl ein Irrtum sein. Fasziniert drehte er sich um. In diesem Moment wurden sie von einem Fiaker überholt. Bis an den Rand vollgefüllt mit fotografierenden Touristen. Katharina grinste ihn an.

»Das habe ich geträumt, oder?«

Sie grinste noch mehr. »Nö.«

»Fürwahr, ein hartes Pflaster dieses Wien. Vor allem auch für Pferde.«

»Komm, wir müssen hier weiter!« Sie zog ihn nach rechts durch ein Dickicht auf einen schmalen Weg, der sie direkt in ein kleines Waldstück führte.

Bis auf ein paar »Achtung, Schnecke!«-Rufe gingen sie schweigend hintereinander her, trotzdem hörten sie es viel zu oft unter ihren Füßen knacken, und sie hatten beide ein schlechtes Gewissen deswegen.

Unter einem imposanten Baum blieb Katharina stehen. Sie legte einen Arm um den Stamm und senkte den Blick. Seitlich blitzten ein paar winterliche Sonnenstrahlen durch das kahle Geäst. Katharinas Miene war im Gegenlicht nicht erkennbar. Ari blickte ebenfalls auf den Boden. Dort lag, gut versteckt unter einem dicken Teppich aus Geäst und vertrocknetem Immergrün, ein kleiner Stein, auf dem »Du fehlst« stand. Offenbar waren sie angekommen. Da Katharina nichts sagte, begann er wieder in seinem Rucksack zu kramen. Diesmal zog er eine Thermoskanne hervor. Er reichte ihr einen dickwandigen Plastikbecher, wie man ihn auf Konzerten bekam, und schenkte ein. Dann holte er eine kleine Decke aus dem Rucksack und entrollte sie unter dem Baum. Sie setzen sich. Er legte den Märzenbecher auf das Geäst am Boden neben den Stein.

Schweigend nippten sie an einem bitteren Espresso. Aus einem Flachmann goss Ari noch eine geheime Zutat in ihre Becher, die ihre Kehlen hinunterbrannte und ihren Körper wärmte. Dann und wann hörte man das Knistern ihrer Zigaretten.

Über ihnen erhob sich jetzt ein Schwarm Krähen und entfernte sich mit einem beeindruckenden Krächzen. Ari wusste nicht so recht, wo er hinschauen sollte. Also konzentrierte er sich darauf, eine Schnecke bei ihrem langsamen Vorwärtskommen zu beobachten. Dann blickte er wieder in seinen Becher. Katharina schien seine Anwesenheit vergessen zu haben. Sie wirkte vertieft. In ein Anderswo. Dort bemerkte sie gerade eine Seltsamkeit. Langsam hatte sie sich angeschlichen. Kein Zweifel. Auf eine leise Art war sie gerade glücklich. Sie lächelte, stand auf, half Ari, alles einzupacken, und dann machten sie sich gemeinsam auf den Weg zurück durch das Dickicht. Sie folgten einem weiteren schmalen Weg, der sie zu einer Art Eingangsbereich des Waldstückes führte. Dort entzündete Katharina ihre mitgebrachte Kerze und stellte sie auf einen Stein, der einen Vornamen und zwei Jahreszahlen eingraviert hatte. Dann gab sie ihm Feuer. David, las er in Gedanken. Er überschlug die Zahlen im Kopf. Dreiunddreißig wäre der heute. So alt wie Katharina. So alt wie er. Das war also der Typ auf dem Foto im Ruin. Unter dem immer eine Kerze brannte. Und er nie gewagt hatte, nachzufragen.

Er streckte ihr die Zigarette hin. Sie nahm einen tiefen Zug und atmete den Rauch langsam aus. Anscheinend sah er sie fragend an.

Denn sie sagte: »Lungenkrebs.« Und nickte in Richtung des Steines, dann gab sie ihm die Zigarette zurück. Er merkte, wie ihn eine Adrenalinwelle durchfuhr. Er verfluchte sich, dass er sich genau jetzt eine hatte anstecken müssen und wusste nicht wohin mit der Kippe. Mit einer lahmen

Geste versuchte er die Zigarettenhand an seinen Körper zu drücken, vielleicht würde sie ja wie durch ein Wunder verschwinden. Oder er könnte sie fallen lassen und dann unauffällig draufsteigen. Er musste dieses Ding loswerden.

»Ist nicht dein Ernst«, rutschte es ihm stattdessen heraus.

Ihre Mundwinkel zuckten. Er war unsicher, was jetzt kommen würde.

»Doch«, sagte sie. Und dann lachte sie ein langes, befreites Lachen, nahm ihm seine Schameszigarette aus der Hand, rauchte sie zu Ende und schnippte sie dann mit einer routinierten Geste zur Seite.

»David«, sagte er mit einem Nicken und hob seinen Flachmann, den er in einer Verlegenheitsgeste aus dem Rucksack gezupft hatte, »I salute you!« Sie teilten sich die letzten Schlucke seines Zaubertranks. Ari sah Katharina an. Zum ersten Mal, seit sie am Friedhof waren, direkt ins Gesicht. Sie sah forschend zurück.

»Tu das nicht«, sagte sie dann mit einer plötzlichen Schärfe, die er nicht erwartet hatte.

»Was nicht?«

»Mach mich nicht zum Mitleidsobjekt.«

»Mach ich nicht.«

»Doch, jetzt gerade.«

»Aber ich mach ja gar nichts.«

»Doch, du schaust.«

»Ja, natürlich schau ich, aber einfach so halt.«

Sie schüttelte den Kopf. »Mit diesem Blick da gerade hast du mich zur Witwe gemacht.«

»Das stimmt überhaupt nicht.«

»Doch, ich sehe diesen Moment immer ganz genau. In dem ich in den Augen der anderen von einem ganz normalen Menschen zum bemitleidenswerten Geschöpf gemacht werde.«

»Na gut, vielleicht habe ich mit meinem Blick versucht, dir mein Beileid auszudrücken, könnte sein. Das musst du den Leuten schon zugestehen, dass sie dir ihr Mitgefühl ausdrücken dürfen. Auch nonverbal.«

»Ja, von mir aus. Aber das, das ist kein beileidiger Blick, sondern ein mitleidiger – und das erlaube ich nicht. Niemandem. Ich weigere mich, diese Witwe-von-Rolle anzunehmen. Das bin ich nicht nur mir, sondern auch ihm schuldig.«

»Was hat das denn mit ihm zu tun, wenn dir die Leute ihr Beileid ausdrücken wollen?«

»Er kann nicht mehr leben. Also bin ich angetreten, es für uns beide zu tun. Aber das kann ich nicht, wenn mich die Menschen gleich mitbegraben, mit diesem Blick. Alle reden immer darüber, ob sie an ein Leben nach dem Tod glauben. Dabei ist die eigentliche Frage, ob sie an das Weiterleben der Angehörigen glauben. ›Glaubst du an ein Leben nach dem Tod eines geliebten Menschen?‹ Das ist die eigentliche Frage, die gestellt werden müsste. Und ja, ich glaube daran. Aber es fällt schwer, das umzusetzen, wenn einem dieses Weiterleben nicht gestattet wird. Es liegt doch so schon alles bleiern vor einem. Und man schafft es nur, indem man nicht innehält, indem man rücksichtslos weitermacht. Aber alles, was die Menschen rundherum einem anzubieten haben, ist in Watte gepackte Beileidspower. Danke, ich verzichte.«

Sie schwieg, auf ihrem Gesicht lag ein trotziger Ausdruck.

Er lachte. »Verstehe. Dann nehme ich meinen Blick zurück. Auch wenn ich gar nicht geschaut habe.«

»Du hast geschaut.« Sie versuchte noch böse zu sein, aber es gelang ihr nicht mehr richtig.

Von einem plötzlichen Windstoß abgelenkt, blickten sie in die schwankenden kahlen Bäume über ihnen, ein weiterer Vogelschwarm stob auf. Unweit von ihnen knackte es.

Sie drehten die Köpfe und sahen direkt in ein aufmerksames Rehgesicht. Starr stand das Tier da, mitten auf dem Weg, den Blick auf sie gerichtet. Einen Moment lang spürte Katharina Aris Hand auf ihrer Schulter. So, als wollte er sie mit Gewicht beschweren, damit sie nicht auseinanderfiel. Nach einem Moment, der auch eine Viertelstunde gedauert haben könnte, drehte sich das Reh um und lief davon. Katharina bemerkte, wie sich auf einmal etwas in ihr löste.

Später, als sie dann unter dem zweifelhaften Schutz von Jesus' weit ausgebreiteten Armen nahe dem prasselnden Ofen im Kaffeehaus saßen, breitete sich eine unglaubliche Ruhe in Katharina aus. Es war einer dieser raren Momente, in denen alles stimmte, alles die richtige Temperatur hatte, alles im Einklang war, in ihr drinnen und in der Außenwelt auch.

»Ich weiß noch genau, wann ich ihn das erste Mal gesehen habe«, hob sie plötzlich an. »An einem echt kalten Märztag im Jahr neunzehnhundertsiebenundneunzig.«

Dann schwieg sie wieder.

Ari nickte und hoffte, dass noch etwas mehr kam von ihr. Es klang wie der Beginn eines Märchens, das er gerne hören würde, über eine sagenumwobene Gestalt namens David.

»Der Winter hat damals schon so lange gedauert, man hat sich gar nicht mehr erinnern können, wie sich ein Sommer eigentlich so anfühlt. Die Tage sind gleichförmig finster dahingezogen und alles war anstrengend. Aufstehen, in die Schule schleppen, Hausübungen machen. Und wenn du aus den verschmierten Scheiben unseres Schulhauses geschaut hast, sind da permanent so fette Caspar-David-Friedrich-Wolken am Himmel gehangen. Aber ein Blick aufs Meer mit so einem pittoresken Segelschiff im Hintergrund, der hat sich natürlich nicht aufgetan. Weit und breit nur graue Wiener Stadt. Vor dem Gebäude hat sich zusätzlich noch alle paar Minuten quietschend eine Bim vorbeigeschoben, quasi als Soundtrack zu unserer Erschöpfung.

Und dann ist er auf einmal vor uns im Klassenzimmer gestanden, mit souveräner Lässigkeit und ausdruckslosem Blick. Eine schwarze Haarsträhne ist ihm seitlich ins Gesicht gehangen und hat einen leichten Schatten auf seine Augen geworfen, während ihn der Lehrer vorgestellt hat. David hat keinen von uns angesehen. Aber nicht auf so eine betont desinteressiert-coole Weise, sondern du hast gemerkt, dem war das wirklich scheißegal. Und das hat ihn in diesem Schulkontext total unabhängig und erwachsen erscheinen lassen. Sein Äußeres war auch so, du weißt schon, völlig unbeeindruckt von irgendwelchen Moden. Ich weiß noch, dass er sich dann von allen möglichen Sitznachbarn ausgerechnet Tom ausgesucht hat. Neben dem wollte ja nie jemand sitzen.«

Ari nickte. »So einen Tom gibt es in jeder Klasse auf der ganzen Welt, glaub ich.«

»Ja, oder? Es hat echt keinen rationalen Grund gegeben, warum der Platz neben dem immer frei geblieben ist, aber es war so seit Schulbeginn und hat sich dann nicht mehr geändert. Na ja, bis zu dem Tag, an dem sich David dann dort hingesetzt hat. Das allgemeine Interesse an ihm ist damit auch sofort wieder abgeflaut. David ist nicht weiter aufgefallen. Er ist pünktlich gekommen und gegangen, hat das Nötigste gesagt und mittelmäßige Noten gehabt. Und obwohl er sich nach mehreren Monaten weder einer bestimmten Clique angeschlossen noch sich sonst irgendwie hervorgetan hatte, ist er von den üblichen Quälereien, die die Toms dieser Welt halt so treffen, verschont geblieben.« Katharina dachte nach. »Ich glaub, es war, weil er diese eigenartige Autorität ausgestrahlt hat, er war einfach unabhängig von irgendwelchen Meinungen, Rädelsführern und so. Er war für niemanden greifbar.

Insgeheim habe ich begonnen, ihn zu beobachten. Ich war fasziniert von seiner Art. Denn ich selbst war das genaue Gegenteil. Tagtäglich quasi nur damit beschäftigt, mir einen Platz im Schlachtfeld Schule zu erkämpfen. Menschen haben mir Angst gemacht, vor allem junge, ihre Reaktionen, ihre Urteile. Wirklich wohlgefühlt habe ich mich damals nur, wenn es dunkel war. Und zu leben begonnen habe ich erst in dem Moment, wenn ich beim Fortgehen einen Club oder eine Bar betreten hab. Das hat sich richtig angefühlt. Du weißt schon, die Dunkelheit, die Musik, der Rauch, die Lichter, das war für mich maximale Geborgenheit, das beste Angebot überhaupt, nämlich die sein zu können, die ich sein wollte, frei und unabhängig. Jedenfalls so lange, bis ich wieder auf die Straße gespuckt wurde, denn Aschenputtel und ich, wir mussten ja immer vor Mitternacht zu Hause sein. Ziele hatte ich damals keine, aber einen festen Vorsatz für mein Leben: Ich wollte niemals das Tamburinmädchen sein.«

»Das Tamburinmädchen?« Ari hatte bis jetzt geschwiegen, aber nun hakte er nach.

»Ja klar, das Tamburinmädchen! Das sind die bemitleidenswerten Geschöpfe, die allein wegen ihres Aussehens Teil einer Band sein dürfen. Und denen niemand irgendetwas zutraut, als hin und wieder alibihalber auf das Tamburin zu klopfen.«

»Verstehe«, sagte Ari, »darüber habe ich noch nie nachgedacht. Also über die Tamburinmädchen. Wahrscheinlich, weil die Jungs immer die Gitarren hatten.«

Sie nickte. »Das Privileg der männlichen Geburt. Über so etwas nicht nachdenken zu müssen.«

Ari zuckte entschuldigend mit den Schultern und bemerkte gleichzeitig seine Neugierde. Er fragte sich, wie diese Geschichte weiterging. Er mochte Berichte über die Jugend anderer Leute. Vielleicht weil er selbst keine vorzuweisen hatte. Also keine klassische zumindest.

»Das war jedenfalls mein Zustand, als David in mein Leben getreten ist. Ich war komplett planlos, aber ich wusste immerhin, wer ich nicht sein wollte.«

Ari lachte. »Mehr als manch anderer in diesem Alter von sich behaupten kann. Und wie habt ihr euch dann kennengelernt? Also so richtig?«

»Im Zeichenunterricht.«

»Im Zeichenunterricht?« Ari war enttäuscht. Er hätte sich jetzt mehr so eine mystische nächtliche Begegnung vorgestellt.

»Yep. Wir sind in Gruppen rund um riesige Holztische gesessen und haben so halbherzig an irgendwelchen Linolschnittarbeiten herumgeschabt. David ist schräg neben mir gesessen. Und wie wir da gerade so lustlos herumgefuhrwerkt haben, hat sich David mit diesem Schaber direkt in den Finger geschnitten, so richtig. Ich weiß noch, wie ich ›oh scheiße‹ gerufen habe und ohne nachzudenken einem wahnsinnigen Impuls gefolgt bin, der mich in diesem Moment überkommen hat. Ich bin zu ihm hin und hab seinen Finger in den Mund genommen, um die Blutung zu stillen. Einfach so.«

Ari lachte auf. »Ist nicht dein Ernst!«

»Doch!« Katharina lachte auch. »Ich konnte nicht anders.« Sie merkte, dass ihr heiß wurde. Anscheinend war es ihr immer noch peinlich, diese Episode zu erzählen. »Während ich so dastand, wurde mir klar, wie unmöglich diese Aktion ist. Dass ich gerade vor versammelter Klasse den Finger unseres distanziertesten Mitschülers in den Mund genommen hatte, um seine Wunde auf äußerst fragwürdige Art zu lindern, oder eher zu verschlimmern.« Katharina lachte weiter. »David hat während der ganzen Aktion mit keiner Wimper gezuckt. Ich hatte den metallischen Geschmack seines Blutes im Mund und habe nebenbei in meinem Federpennal nach einem Pflaster gekramt. Das habe ich ihm dann schließlich auf die Wunde geklebt. All das ist innerhalb von ein, zwei Minuten passiert.«

»Und er?«, fragte Ari. »Hat er dann reagiert?«

»Er hat mich angeschaut und ›Danke‹ gesagt. Dann hat er sich abgewendet und ist mit seiner blutigen Vorlage zum Tisch mit den Druckwalzen gegangen.«

»Das war alles?«

»Das war alles. Gleich danach haben wir wieder seelenruhig an unseren Linolschnitten weitergearbeitet. Sabina ist neben mir gesessen, ich kenn sie auch schon seit der Schulzeit, und ich weiß noch, wie sie zu mir gesagt hat: ›Das ist jetzt gerade nicht wirklich passiert, oder?‹ Und ich hab sie angesehen und geantwortet: ›Ich fürchte schon.‹ Vorher hab ich ja aus lauter Scham nicht einmal gewagt, meinen Kopf zu heben. ›Du bist ein Freak‹, hat Sabina dann nur lapidar mit einem Lächeln zu mir gesagt. Das hat bestimmt ironisch wirken sollen, aber ihre leichte Angewidertheit hat sie nicht gut verbergen können. ›Ich weiß‹, hab ich nur geantwortet und weitergearbeitet. Aber im Augenwinkel habe ich gesehen, dass David gelächelt hat. Der Vorfall hat natürlich schnell die Runde gemacht, und so war ich in der Schule bis zu meinem Abschluss nur noch als Carmilla die Vampirin bekannt.«

Ari lachte und nahm einen Schluck Kaffee. »Dann bist also doch du der Vampir von uns beiden.«

»Sieht fast so aus. Jedenfalls gab es von da an ein unsichtbares Band zwischen David und mir. Irgendwie hatten wir was Großes besiegelt und wir haben es beide von diesem Moment an gewusst. Es war so ein Gefühl von: Was auch weiter geschehen wird, wir beide würden nie wieder alleine sein. Weil wir uns jetzt gefunden hatten.«

Katharina schwieg. Ari betrachtete ihren Gesichtsausdruck, den kannte er schon aus dem Ruin. Alles an ihr war weit weg.

»Bevor ich David kannte, war ich ständig außer mir. Du weißt schon, ich habe mich permanent beobachtet, von außen betrachtet und so eine Art Imitation einer Vorstellung, die die anderen von mir hatten, gelebt. Unglaublich anstrengend war das. Deshalb war ich immer am liebsten alleine, glaube ich, um mich zu erholen. David hat mir dann irgendwie geholfen. Also, bei mir zu bleiben. Er hat ja immer in sich geruht, selbstbewusst und unbeteiligt. Und ich eben – das komplette Gegenteil. Das ist eingerastet wie ein Puzzleteil zwischen uns. Wir haben uns mit großen Augen bestaunt und aneinander geforscht. Wie man leben kann.«

Katharina blickte Ari an und sah mit einem Mal unglaublich müde aus. Sie summte: »I am tired, I am weary. I could sleep for a thousand years.«

»Komm«, sagte er.

Sie bezahlten ihren Kaffee und ein paar Minuten später saßen sie in einem Taxi.

»Das hab ich schon ewig nicht mehr gemacht.«

»Was denn?«

»Taxi fahren«, Katharina lächelte kurz in die vorbeiziehende Landschaft. »Schön ist das.«

Und dann nickte sie an Aris Schulter ein. Er legte vorsichtig einen Arm um sie, nur um ihn dann gleich wieder wegzuziehen. Starrte hinaus. Und bemerkte, dass sie recht hatte. Er war in seinem Leben einfach so viel Taxi gefahren, dass es ihm gar nicht mehr auffiel. Ja, er war bis jetzt überhaupt nicht auf die Idee gekommen darüber nachzudenken, dass Taxifahren etwas Schönes sein könnte. Wann er bei so einer Fahrt das letzte Mal aus dem Fenster gesehen hatte, konnte er ohnehin nicht sagen. Vermutlich musste es irgendwann gewesen sein, bevor er sein erstes Handy hatte.

*

»Was ist das eigentlich für ein Buch neben dem Wurlitzer, in das ihr so mysteriöses Zeug schreibt?«, fragte Ari.

Er beobachtete Max, der gerade eifrig etwas darin eintrug.

Sabina sah Ari an und stellte ein Glas mit Schichtkaffee vor ihn. »Okay, was weißt du?«

»Wie meinst du das, was ich weiß?«

»Über den Laden hier und mit wem Katharina den mal geführt hat, solche Sachen.«

»Meinst du David mit ›solche Sachen‹?«, fragte Ari.

Sabina nickte. »Ja, mit ›solche Sachen‹ meine ich David.«

»Dann weiß ich ein bisschen Bescheid, glaube ich.«

Sabina nickte ernst. »Okay, also das Buch ist das Buch der verpassten Songs.«

Ari schwieg und wartete, dass Sabina weitererzählte.

»Katharina hat es nach Davids Tod traurig gemacht, dass er so viele Lieder verpassen wird, weil sie erst danach entstanden sind. Also hat sie begonnen, in diesem Buch Musik zu sammeln, die David nicht mehr kennenlernen kann, die uns aber auf diese gewisse David-Art berühren. Songs, die auf jeden Fall hier gelaufen wären, die das gewisse Etwas haben. Jeder, der über dieses Buch Bescheid weiß, darf etwas hineinschreiben, wenn er wirklich das Gefühl hat, es passt. Und daraus macht Katharina dann die Mixtapes, die hier immer im Hintergrund laufen.« Sabina schwieg und blickte wie Ari in Richtung Anlage.

»Ihr scheint echt für die Musik zu leben.« Ari hatte plötzlich das Gefühl, sehr lange etwas sehr Wichtiges verpasst zu haben.

Sabina zuckte mit den Schultern. »Für Katharina und David stimmt das wahrscheinlich. Für mich ist sie vor allem ein guter Grund, einander zu treffen. Du weißt schon, auf Konzerte gehen, zusammen Musikfernsehen schauen. Musik ist für mich dazu da, sie mit Menschen zu teilen, die ich mag, zu feiern, sich zu berauschen. Katharina und David haben sich zuallererst an der Musik berauscht.« Sie lächelte.

Während sie sprach, hatte Ari Sabina betrachtet. Aus der Nähe war sie fast noch schöner. Ihre blassgrauen Augen fixierten ihn beim Sprechen, so als ob sie ihn prüfen würde. Sie standen vielleicht einen Tick zu weit auseinander, was ihr Gesicht aber höchstens noch interessanter machte. Das blonde Haar war schulterlang, ein Sidecut brach den klassischen Schnitt und gab ihr etwas leicht Gefährliches. Sie hatte die Angewohnheit, sich über das Grübchen in ihrem Kinn zu streichen, wenn sie sprach.

»Also lebe ich wohl eher für den Rausch als für die Musik«, sagte sie nachdenklich. »Das kann man sehen, wie man will, aber ich habe mich dafür entschieden. Der einzige Kompromiss, den ich noch eingehe, ist, so weit klar zu bleiben, dass ich auf Katharina aufpassen kann. So lange sie mich braucht.«

Ari schwieg.

»Und wofür lebst du so, Stranger?«

Er überlegte, dann meinte er zögerlich: »Ich habe bis vor Kurzem für eine Sache gelebt, die mir abhandengekommen ist. Und jetzt lebe ich dafür, dass sie zu mir zurückkehrt.«

»Und da hast du dich einfach hierhergesetzt und wartest jetzt so lange, bis diese Sache zu dir zurückkommt?«, fragte Sabina.

»Genau. Ich sitze hier und warte so lange, bis die Sache zu mir zurückkommt. Oder ich aus anderen Gründen einfach gehen kann. Ich denke, ich werde es wissen, wenn es so weit ist. Und so lange bleibe ich eben hier.«

»Oje, noch so einer von diesen Suchenden, von denen haben wir hier viele. Du versteckst dich hier im Ruin und möchtest zu irgendeiner Entscheidung über dein Leben gelangen. Hab ich recht?«

Ari sah sie ungerührt an. Es half nichts, er mochte sie nicht. Gleichzeitig bewunderte er sie für ihre direkte Art. »Du hältst dich wohl für sehr schlau.«

»Ich bin sehr schlau. Magst du dir das Buch anschauen?«, fragte sie.

Ari nickte, und sie hielt ihm das nachtblaue Notizbuch mit eingeprägten Sternen hin. Es war liniert, lag gut in der Hand und war zu einem Drittel gefüllt.

»Den ersten Song haben wir schon eine Woche nach seinem Tod eingetragen«, meinte Sabina.

Ari blätterte. »Deshalb ist Katharina jeden Monat am Zwanzigsten nicht da, sondern am Friedhof, es ist sein Todestag, stimmt's?« Ari wurde einiges klar.

Sabina nickte.

»Ich war diesmal mit ihr am Friedhof«, meinte er dann. »Wir haben ein Reh gesehen.«

»Aha. Wie nett.« Sabina beugte sich vor und fixierte ihn, dabei sog sie den Rauch ihrer Zigarette scharf ein. Irgendetwas in ihrem Gesicht hatte sich verändert. Erstaunt stellte er fest, dass es ihr Ausdruck nonchalanter Coolness war, der da mit einem Mal Platz gemacht hatte für etwas Echtes, Gefühliges.

»Ich sag das jetzt nur einmal, also hör mir gut zu.«

Ari war gespannt, was jetzt kam. Fast musste er lächeln ob des Dramas in ihrem Ausdruck. Irgendetwas stimmte auch mit ihren Pupillen nicht, so aus nächster

Nähe betrachtet. Er riss sich zusammen und befahl sich zuzuhören.

»Ich weiß nicht, was das ist zwischen euch beiden und es geht mich auch nichts an.« Sie blies eine Rauchwolke knapp an seinem Kopf vorbei: »Ich weiß nur, dass du hier immer hereingeschneit kommst und diese Mysterious-Stranger-Nummer abziehst, und das scheint sie irgendwie zu beeindrucken. Wie auch immer ...« Sie drückte die Zigarette mit einem routinierten Griff aus. »Alles, was ich sagen will ist: Lass sie lieber in Ruhe. Wenn du ihr auf irgendeine Art wehtust, dann suchst du den scheiß Sinn deines Lebens sicher nicht mehr hier drinnen, dafür sorge ich persönlich.« Sie stellte sich wieder gerade hin, lächelte und fuhr energisch über ihr Grübchen.

»Und jetzt genieß weiter deinen Kaffee, Stranger, das Buch kannst du nachher einfach wieder dort hinlegen. Darfst ruhig auch was hineinschreiben, falls dir ein passender Song einfällt. Wenn Katharina ihn scheiße findet, wird sie es dich wissen lassen.«

Ari war überrascht, über den eiskalten Wind, der ihm da auf einmal entgegenschlug. Darauf war er nicht gefasst gewesen. Im Gegenteil, er befand sich immer noch im ironischen Geplänkelmodus, den er und Sabina üblicherweise miteinander pflegten. Diesen Schlag hatte er nicht kommen sehen. Und die Verletzung über ihre unangemessene Schärfe ließ ihn aufstehen und sich nun in ihre Richtung beugen. Er hatte keine Lust, dem Ganzen hier mit höflicher Ironie zu begegnen. Das alles erzwang jetzt mal eine deutlichere Reaktion. Diese seltsame Theateraufführung, die Sabina da veranstaltete. Lächerlich.

»Mach dich hier nicht so wichtig.« Er schwieg vielleicht ein wenig zu dramatisch, aber in diesem Moment empfand er es genau so, und wenn sie hier schon Theater spielten, dann konnte er ja auch einmal dick auftragen.

»Du hältst dich ja für wahnsinnig schlau, Sabina, hast aber in Wahrheit auch keine Ahnung. Katharina braucht niemanden, der auf sie aufpasst, die kann das ganz gut alleine. Konnte sie schon vor David. Und vor dir. Und vor mir sowieso. Ich spiele hier nur eine Statistenrolle, also komm wieder runter. Kannst damit aufhören, mir zu drohen und Katharina zu unterschätzen. Geh dich lieber berauschen und stoß die Leute vor den Kopf mit deiner Ironie. Das steht dir besser, als hier so eine seltsame Löwenmutter zu spielen.«

Nun war es an ihm, sich eine Zigarette anzuzünden. Er zügelte sein Bedürfnis, ihr den Rauch direkt ins Gesicht zu blasen.

Sabina nickte, dann hob sie beschwichtigend die Hände und sagte: »Okay.«

Okay? Mehr kam da nicht? Er hatte mit einer heftigeren Reaktion gerechnet. Wo sollte er denn jetzt hin mit seiner Wut? Aber Sabina drehte sich nur um und mixte sich hinter der Bar stoisch ein Getränk. Von da aus prostete sie ihm dann gut sichtbar zu. »Cheers, Mister!«, rief sie etwas zu laut durch den Laden. Die anderen Gäste prosteten ihr zu und feuerten sie an, als sie das Glas exte.

Ari setzte sich auf den Hocker zurück und zählte die Sterne auf Davids Songbuchrücken, um sich wieder zu beruhigen. Es waren genau zwanzig. Irgendwie war er enttäuscht über die gerade Anzahl. Dann seufzte er und blätterte durch den Soundtrack von Davids Abwesenheit. Er überlegte, welche neuen Songs ihm einfielen, seit er hier angekommen war. Aber sein Kopf war leer.

*

David bei Tageslicht wiederzusehen, war zuallererst: Glück. Gefolgt von einer Verstörung.

Denn da saß er zwar, auf ihrer Bank, beschienen von der Wintersonne, aber immer noch in dieser falsch zusammengesetzten, dürren Version. Weder Gesichtsfarbe noch Proportionen stimmten mit dem David überein, den Katharina kannte. Und da war eine deutlich sichtbare Narbe, die am Hals begann und deren Ende nicht abzusehen war. Als er sie näherkommen sah, klappte er das Buch zu, in dem er gerade las.

James Joyce: »Ulysses«.

Er lächelte sie an. Und wusste, dass sie in dem Moment Bescheid wusste, als sie das Buchcover gesehen hatte.

»Wieso liest du das?«, frage sie statt einer Begrüßung. »Hast du dich im Regal vergriffen?«

Er schüttelte den Kopf.

»Uwe Johnson ... ich mein, der ist circa genauso ... und steht daneb...«

Sie kickte gegen einen Stein. Verfehlte ihn. Kickte noch mal. Unterdrückte einen Impuls, laut aufzulachen. Immer musste sie lachen. In den inadäquatesten Momenten. Was war das eigentlich für eine Seltsamkeit? Und warum dachte sie jetzt über so etwas nach? Warum dachte sie gerade überhaupt an sich?

»Katha. Die ›Jahrestage‹ kenn ich doch schon.«

»Ich weiß.«

Sie setzte sich neben ihn. Auf den Sprießel. Nach vorne gebeugt, Kopf in die Hände gestützt. »Du könntest die ›Jahrestage‹ noch einmal lesen. Und dann erst den ›Ulysses‹. Das wären dann an die dreitausend Seiten.«

»Ich glaube, dafür lese ich zu langsam.« Er strich ihr über den Rücken.

»Das macht doch nichts. Ist doch schön. Langsam zu lesen.«

Sie lehnte sich zurück.

»Vielleicht muss ich diesmal ein bisschen mehr Tempo machen. Also, könnte sein.«

Sie nickte. »Wie schnell müsstest du denn lesen?«

»Kann ich nicht genau sagen. Eher schnell. So in deinem Tempo vielleicht?«

Sie nahm das Buch in die Hand, blätterte. Checkte die Seitenanzahl.

»Hey, schau nicht so. Es könnte auch ›Dubliner‹ sein.«

»Du hast definitives Shortstory-Verbot!«

David musste lachen.

Sie schaute auf seine Narbe.

Er zuckte mit den Schultern. »Schaut cool aus, oder? Hat aber leider nichts gebracht.«

»Ich wünschte, du hättest etwas gesagt.«

»Ich sag's ja jetzt. Ich finde, 987 Seiten vorher ist früh genug.«

»Ja, das findest du. Aber was ist mit mir, mit den anderen?«

»Ich weiß. Es tut mir leid. Aber. Ich mach das ja auch zum ersten Mal. Ich muss erst herausfinden, wie das alles geht.« Er lächelte schief.

»Vielleicht kann ich dich ja unterstützen. Also beim Herausfinden.« Sie wickelte sich fester in ihren Mantel. »Ich glaube, so was macht man besser nicht alleine.«

Neben ihnen testete ein Hundehalter, ob ihn der leicht zugefrorene See vielleicht schon trug. Es knackte leise.

*

»Bist du betrunken?« Katharina betrat ihren Laden und sah belustigt, wie Ari leicht schwankend in seiner Ecke saß.

»Könnte sein. Frag sie.« Er deutete auf Sabina.

Die nickte. »Eindeutig.«

»Ach.« Katharina blickte zwischen den beiden hin und her. »Habt ihr Brüderschaft getrunken?«

»Eher das Gegenteil. Was ist das eigentlich? Das Gegenteil von Brüderschaft?«

»Was weiß ich.« Sabina wedelte mit der Hand. »Der geht mir auf die Nerven da in der Ecke. Was macht der da eigentlich immer? Hat der nichts zu tun?«

»Hey, ich kann dich hören!«, rief Ari.

Katharina schloss die Augen. »Du meine Güte. Da hab ich ja gleich wieder Lust zu gehen.«

»Ja, geh ruhig, ist eh nichts los heute. Die sind alle drüben auf dem Hügel. Und den kannst du gleich mitnehmen. Der will eh immer da sein, wo du bist. Da freut er sich.« Sabina bellte und ließ hechelnd die Zunge heraushängen.

»Oh bitte.«

»Was ist denn jetzt das Gegenteil von Brüderschaft?«, rief Max in die Runde.

»Schwesternschaft, Max«, knurrte Sabina.

Ari und Katharina grinsten verstohlen in Richtung Fenster.

»Ja, also dann geh ich wirklich wieder«, sagte Katharina und knöpfte ihren Mantel zu.

»Echt jetzt?«, fragte Ari.

»Echt im Leben.«

»Klar«, sagte Sabina.

»Was machst du?«, fragte Ari.

»Eislaufen. Der See oben ist zugefroren. Ich würde dich ja fragen, ob du mitkommen willst, aber ...«

Ari nickte, bellte und streckte hechelnd die Zunge heraus.

»Du kannst dich ja selbst im Sitzen kaum gerade halten.«

»Umso schöner meine Rittberger!«

Sie zuckte mit den Schultern. »Janne Ahonen hatte angeblich auch mindestens acht Bier intus, bevor er gesprungen ist, warum also nicht.«

Katharina winkte zur Bar, aber Sabina hatte sich schon umgedreht. Kurz nagte das schlechte Gewissen an ihr, ihre Freundin mal wieder alleine in der Arbeit zurückzulassen.

Aber Sabina hatte so frisch und gelöst gewirkt, das ging bestimmt in Ordnung. Vor allem hatte sie es ja sogar selbst vorgeschlagen. Na also. War doch okay.

Sie wankten den Hügel hinauf. Das heißt, Ari wankte und Katharina versuchte, sein betrunkenes Ausufern in Grenzen zu halten. Der Weg war ihr noch nie so lange vorgekommen.

Am See hatte jemand Fackeln aufgestellt und ein Lagerfeuer entzündet, um das eine kleine Menschentraube versammelt war. Katharina zog ein Paar Eislaufschuhe aus ihrem großen Rucksack.

»Ach, du hast das ernst gemeint mit dem Eislaufen?«

Sie nickte und zog die Schuhe an, die sie aus der Abstellkammer im Ruin mitgebracht hatte. »Warum denn nicht? Muss man ausnützen, wenn der See mal zufriert.«

»Ich weiß nicht, du scheinst mir generell nicht so der Eislauftyp zu sein.«

»Ach. Und was für ein Typ bin ich deiner Meinung nach?«

Er sah sie an. »Eher Skispringen.«

Sie lachte und begann vergnügt, ein paar Runden auf dem Eis zu drehen. Ari rutschte neben ihr her. Die Kälte machte ihn langsam nüchterner. Das Feuer flackerte, am Horizont sah man die Skyline von Favoriten leuchten. Er konnte sich nicht helfen, als das alles hier in seiner Gesamtkomposition wunderschön zu finden.

»Ich werde dann langsam doch wieder ins Ruin zurückgehen, Sabina ablösen.« Katharina bremste mit einem Schwung neben ihm ab, sodass das Eis spritzte, ihre Wangen waren gerötet und ihre Augen strahlten. »Kommst du alleine klar, Odysseus?«

Er nickte. »Komme klar, keine Sirenen weit und breit.«

Sie sah sich um und nickte. »Die Luft ist rein.«

»Hey, Katharina?«

»Ja?«, sie drehte sich im Wegfahren noch einmal um.

»Kennst du ein Buch, das ›Ulysses‹ heißt?«

»Wie bitte?« Sie machte kehrt und fuhr wieder näher an Ari heran.

»Ich lese gerade so ein Buch, das ›Ulysses‹ heißt. Kennst du das?« Es entging ihm nicht, wie etwas in ihrem Gesicht entgleiste. »Katharina, alles okay bei dir?«

»Ja, ja. Passt schon, entschuldige.«

»Und?«

»Hm?«

»Kennst du das Buch?«

Sie schüttelte den Kopf. »Nein, nie gehört.«

Er nickte. »Dann sei froh. Ich versuche das gerade zu lesen. Aber ich verstehe irgendwie überhaupt nichts.«

Sie nickte. »Na gut, ich muss dann mal los!«

»Als würde mich das Buch nicht hineinlassen wollen, so kommt es mir vor.«

Aber da war sie schon weggefahren.

*

Katharina hatte die Stunde vor dem Aufsperren mit Nachbestellungen der Getränke verbracht und war dabei immer müder und konfuser geworden. Sie fühlte sich nicht besonders gut.

Das Halsweh hatte sie dann beim Begrüßen der ersten Gäste bemerkt. Aber noch konnte sie es ignorieren. Obwohl. Andererseits. Vielleicht war es doch ein Irrtum? Sie schluckte. Noch da. Sie schluckte noch einmal. Jetzt nicht. Oder? Sie schluckte wieder. Doch, da war es. Seufzend nahm sie eine Lutschtablette. Eine von denen, die alles abtöten. Besser. Lieber noch eine? Sie setzte sich. Der Kaffee schmeckte scheußlich. Die Tabletten verdarben wirklich jeden Geschmack. Das Ruin begann sich langsam zu füllen. Sie blickte um sich. All diese Menschen an den Tischen. Die wollten alle etwas von ihr. Ihr Lokal kam ihr heute unverhältnismäßig groß vor. Es war auch kälter als sonst. Aber die Heizung hatte sie eingeschaltet. Das wusste sie bestimmt. Sie nahm eine Brausetablette gegen alle Scheußlichkeiten und begann sich dann von Tisch zu Tisch zu schleppen. Es war, als hätten alle in ihr noch verfügbaren Batterien beschlossen, in einer konzertierten Aktion den Geist aufzugeben. Die guten Gäste waren heute die, die bloß ein Getränk wollten. Ein kaltes. Aus einer Flasche. Das sie sich selbst einschenkten. Die bösen wollten frühstücken. Wenn sie nicht so fertig gewesen wäre, hätte sie sie mit Leidenschaft zu hassen begonnen. So fügte sie sich. Denn minütlich wurde alles an ihr schlapper. Jede Bewegung kostete sie unglaubliche Kraft, einen Kaffee zu kochen war mittlerweile eine fast unbewältigbare Aufgabe. Sie setzte sich wieder, irgendwas schwankte hier heute. Sie fühlte sich benommen. Zeitnahe Reaktionen auf egal was erschienen ihr unmöglich. Was konnte sie noch einnehmen? Sie durchforstete ihre Medikamentenschublade, die dank Sabinas pharmakologischer Interessen immer gut gefüllt war.

»So«, sagte Sabina.

»Hm?«, sie blickte müde auf. Alles schwankte mehr denn je.

»Du gehst jetzt sofort nach Hause und ins Bett!«

Katharina schüttelte den Kopf. Dabei kippte sie leicht mit dem Hocker. Keine gute Bewegung, dieses Kopfschütteln. Es tat auch so weh. Aber unter keinen Umständen konnte sie Sabina jetzt alleine lassen. Es war zu früh, um die Schicht alleine zu stemmen.

»Sofort!«, sagte Sabina scharf.

Katharina starrte wieder trüb in die Schublade.

»Du!« Sabina schnipste dabei in Richtung Nische. »Mach dich mal nützlich!«

Ari kam zur Bar und warf einen besorgten Seitenblick auf Katharina. Dann lehnte er sich in Sabinas Richtung und schaute sie direkt an: »Schnips mich nie wieder an, okay. Nie wieder!«

»Ja, ja, ist schon gut«, Sabina wedelte mit der Hand durch die Luft. »Ihr beide«, sie deutete auf Max und Ari, »ihr passt jetzt mal kurz auf das Ruin auf, bis ich Katha nach Hause gebracht habe, der geht's nicht gut. Das schafft ihr. In dreißig Minuten bin ich wieder da.«

»Und du trägst sie jetzt bis zu ihr, oder was?«, fragte Ari. »Das schaffst du niemals. Oder schnipst du sie schnell mal rüber?«

»Du meine Güte«, Sabina schüttelte den Kopf, »um dein gekränktes Ego kümmern wir uns später, jetzt gibt's erst mal Wichtigeres zu tun!« Sie deutete auf Katharina, die mittlerweile dabei war, sich mühevoll in ihre Jacke zu wickeln. Seit wann war diese verdammte Jacke überhaupt so schwer?

»Kommt nicht infrage, du bleibst hier und ich bring sie.«

»Du stalkst sicher nicht meine Chefin bis nach Hause!« Sabina redete sich in Rage, während Ari stocksteif und mit verschränkten Armen dastand. Die beiden lieferten sich ein böses Wortgefecht.

»Hey. Hey!« Max versuchte sich irgendwann in das Gespräch einzuschalten.

»WAS?«, Ari und Sabina sahen ihn genervt an.

Max deutete nur stumm auf den Platz, wo Katharina zuletzt gelehnt hatte.

Er war leer. Sabina und Ari liefen zur Tür. Aber Katharina war längst um die Ecke verschwunden. Sie hatte es immer noch alleine nach Hause geschafft. Irgendwie.

»Schnell«, rief David, als sie von der Toilette kam, »ab ins Restaurant hinunter und mittagessen! Spätestens in zwei Stunden schmeckt es nicht mehr.«

Er saß schon zwischen den hässlichen Gummibäumen und wartete auf sie. Sie hingen jetzt auf der onkologischen Tagesklinik herum wie früher im Flex, nur dass seine Drogen härter waren und er sie legal verschrieben bekam. Zuerst nahmen sie es mit Humor und beobachteten interessiert, wie die Pillen aus David langsam einen Verrückten machten. Vor allem nachts tat er Dinge, die sie sich nicht erklären konnten. Mit seinem zunehmenden Konsum steigerte sich allerdings ihre Besorgnis darüber, was er in diesen entgrenzten Zuständen machte. Sie zog bei ihm ein und begann über ihn zu wachen. Damit katapultierte sie sich zunehmend in einen zermürbenden, tranceähnlichen Zustand, gespeist aus allerlei kaputten Ingredienzen wie Schlafentzug, stundenlangem Warten, zu viel Arbeit und Sorge.

Seine Wohnung war von einer Komplizin zu einer uferlosen Übermacht geworden. Kaum war ein Handgriff erledigt, rückte etwas nach, das nach Aufmerksamkeit zu schreien schien. Inmitten dieses bitteren Reiches thronte David. Angekettet an ein Sauerstoffgerät, das ihm wie ein Mühlstein um den Hals lag. Wie ein Ertrinkender hing er daran, irrlichterte damit von Zimmer zu Zimmer, um irgendwo einen Platz zu finden, an dem er es aushalten konnte. Doch der Schmerz war da, wo er war. Auf der Couch, im Bett, am Sessel. Zusammen mit der Atemnot. Katharina war der Kreisel, der sich hinter all dem herdrehte und versuchte, diese Zustände normal wirken zu lassen. Sie war die, die den Trost aus vollen Fässern zapfte. Es kam ihr so vor, als wäre all seine Stärke von früher auf sie übergegangen. Als würde sie ihm ein Darlehen zurückbezahlen, das er ihr vor Jahren gewährt hatte. Er hatte ihr damals zu leben geholfen und sie half ihm jetzt zu sterben.

Katharina schreckte hoch. Sie wusste nicht, wie lange sie geschlafen hatte. Mühevoll drehte sie sich ein wenig zur Seite. Auf ihrem Nachtkästchen türmten sich Medikamentenschachteln, daneben lag ein Zettel. »Gemüsesuppe im

Topf am Herd, Kühlschrank voll, Wasserflasche direkt neben dir, Ruin betreut, Telefonnummer kennst du ja, drog dich zu und get well soon, Sabina«. Katharina schaffte es nicht einmal zu lächeln, so kaputt war sie. Mühevoll versuchte sie sich aufzusetzen, um sich auf die Toilette zu kämpfen. Langsam schob sie sich von Möbelstück zu Möbelstück vorwärts. Es dauerte gefühlte Stunden, bis sie ankam. Wie sturzbetrunken ließ sie sich auf die Kloschüssel fallen und blieb viel länger als nötig dort sitzen. Ihre Wohnung schwankte, oder war sie es selbst? Ängstlich griff sie zum Waschbecken, um sich daran festzuklammern, aber das Schwanken wurde nicht besser. Ihr wurde übel. Ihr war so heiß. Ein Schauer ließ sie frösteln. War ihr doch kalt? Verdammt, sie wusste es nicht. Sie musste sofort zurück zu diesen Medikamenten, aber wie sollte sie das anstellen? Sie übergab sich ins Waschbecken. Alles an ihr zitterte und die Beine knickten ihr weg. Wimmernd lag sie am Badezimmerboden.

Irgendwann krabbelte sie aus dem schwankenden Bad. Der Teppich im Vorzimmer sah gemütlich aus. Da konnte man vorerst bleiben. Katharina lag schwitzend und fröstelnd am Boden und schlief ein. Als sie wieder aufschreckte, hatte sie das Gefühl, ihr Kopf würde platzen. Einfach alles tat ihr weh. Vom Hinterkopf abwärts, jeder Muskel, jede Faser schrie aus Leibeskräften. Sie versuchte zu summen, Summen half ihr meistens. Mit Summen könnte sie es wieder zum Bett schaffen, ja, sie konnte das. Katharina kroch vorwärts. Dann blieb sie erschöpft an eine Wand gelehnt sitzen. Sie kam nicht voran. Es war so weit, so unglaublich weit. Sie schmeckte salzige Tränen und tat sich leid. Dann wurde sie wütend. Los jetzt! Zumindest bis zu dieser nächsten Ecke. Von dort aus würde sie ihr Bett und die Medikamente schon sehen können. Und dann war es doch wirklich nicht mehr weit. Sie befahl ihrem Körper, sich wieder in Bewegung zu setzen. Würde das alles jemals wieder aufhören? Und was, wenn nicht? Wie war es möglich, so weiterzuleben? Und das vielleicht noch sechzig Jahre? In so einer Verfassung? Aber da, da war ja schon die Ecke und dort war das Bett und da war ihr Kopf. Den betastete sie jetzt. Sie summte, der Kopf dröhnte, und nicht mehr weit weg stand die Flasche, und in der Flasche war Wasser, und da waren auch die Medikamente, und die würden es besser machen, ja, ganz bestimmt, die würden es besser machen, die kamen von Sabina, und Sabina kannte sich aus mit Medikamenten, die wusste, was man nehmen musste, damit es wieder gut wurde. Damit alles wieder gut wurde, denn nichts war gut, es war ihr alles entglitten und sie wusste nicht mehr, wo sie anfing und wo sie aufhörte und was an ihr noch sie selbst war und was davon er und was das alles überhaupt noch für einen Sinn hatte, wenn man gar nicht da war, weil man ja auch gar nicht wusste, wer man noch war und wer man nicht war oder nicht mehr. Und auf einmal war sie beim Nachtkästchen, und da waren die Schmerzmittel, und die würde sie jetzt nehmen, und dann würde man weitersehen, denn jetzt war ohnehin erst mal alles egal.

Irgendwann war es dann vorbei. Katharina setzte sich auf. Sie wusste nicht, wie viel Zeit vergangen war. Es konnten Tage sein oder doch nur ein paar Stunden? Sie saß da und spürte in sich hinein. Erstaunlich. Es ging ihr gut. Sie probierte es mit Stehen. Sie schwankte ein wenig, aber auch das ging. Eine Welle der Erleichterung und der Dankbarkeit packte sie am Schlafittchen.

Von draußen strahlte die Wintersonne herein. Ziemlich kräftig für die Jahreszeit.

Katharina setzte sich still in ihren Schaukelstuhl und betrachtete Davids Truhe, die am anderen Ende des Zimmers stand. Sie dachte darüber nach, was anders war, seit sie heute Morgen aufgewacht war. Es fühlte sich an, als wäre sie von irgendwo weit weg zurückgekehrt, befreit von einem eigenartigen Gewicht auf ihren Schultern. Die Truhe glotzte sie vorwurfsvoll an.

*

Aris erster Blick fiel neuerdings immer sofort hinter den Tresen, wenn er das Ruin betrat. Früher hatte er automatisch zur Nische geblickt, ob »sein« Platz auch frei war. Aber seit Katharina krank war, checkte er immer zuerst »ihren« Ort. Ihre Abwesenheit war atmosphärisch greifbar. Und ja, er machte sich Sorgen. Es war bereits über eine Woche her, dass sie sich nach Hause geschleppt hatte.

Von Sabina bekam er nur kryptische Informationshappen. Die ließ ihn in seiner Sorge verhungern. Er riss sich mühevoll zusammen, damit er sie nicht anschrie oder ihr irgendeine Neuigkeit aus dem Leib schüttelte. Da sie aber seine einzige Informationsquelle war, musste er gezwungenermaßen auf ihre lächerlichen Spielchen einsteigen. Täglich begrüßte er sie mit seinem üblichen »Gibt es was Neues?« und Sabina antwortete mit ihrem üblichen Schulterzucken. Innerlich kochte er vor Wut.

Im Hintergrund sah er Max zunehmend beschwichtigendere Gesten machen. »Let it be«, flüsterte er in seine Richtung, »let it be«.

Heute machte Max sogar Anstalten, sich zu ihm zu setzen. »Darf ich?«, fragte er mit seinem Bier in der Hand.

Ari deutete ihm mit einer Handbewegung, Platz zu nehmen.

»Nimm es nicht persönlich«, meinte Max, während er sich in die Nische plumpsen ließ. »Du kennst sie ja mittlerweile schon ein bisschen.«

Ari atmete hörbar verärgert aus. »Ja, na und? Trotzdem muss man sich nicht so lächerlich aufführen. Sie kann mir doch kurz sagen, wie es Katharina geht!«

»Sie beschützt sie, okay?«

Ari schnaubte jetzt. »Als ob Katharina schutzbedürftig wäre. Die schafft doch alles alleine.«

Max wiegte den Kopf. »Ach, was weißt du schon.«

»Du meine Güte.« Ari schnalzte mit der Zunge. »Seid ihr in so einer Art Geheimbund? Dauernd geht es darum, was ich weiß und was ich nicht weiß, und alle machen ein Riesentheater. Dabei ist einfach nur wer gestorben und ihr trauert halt. Na und? Passiert jeden Tag, überall auf der Welt. Ist auch überall gleich scheiße und gleich hart für alle Betroffenen. Aber hier bei euch wird das zu so einem riesigen Fetisch aufgeblasen. Und im Zentrum des Ganzen habt ihr Katharina auf eine Art unberührbares Podest gestellt. Umgeben von einem seltsamen Schutzwall oder so, was weiß denn ich, was ihr da um sie aufgebaut habt. Oder warte, wie in diesem Märchen mit der Hecke. Genau! Ihr habt so eine komische Dornenhecke gepflanzt. Und da drinnen haltet ihr sie jetzt gefangen und glaubt, dass ihr sie damit beschützt! Aber wovor? Vor der Verletzung, vor dem Schmerz? Den spürt sie doch trotzdem. Davor kann man niemanden beschützen. Ihr habt sie in Wahrheit doch nur ausgesperrt. Aus dem Leben ausgesperrt. Und ihr tut auch noch alles dafür, dass sie nicht mehr zurückkommen kann!«

Max' Gesichtsausdruck hatte sich in den letzten Minuten verändert. Die Augen waren jetzt schmale Schlitze. Er schäumte!

Schau an, dachte Ari, der kann ja auch wütend werden, wer hätte das gedacht? Er überlegte, was genau er Max gerade an den Kopf geworfen hatte. Und über wen er da so groß geredet hatte. Ging es hier tatsächlich nur um Katharina? Oder hatte er nicht vielleicht auch ein bisschen von sich selbst gesprochen? Irgendetwas war da dran. Er versuchte den Gedanken festzuhalten, damit er ihm nicht davonlief. Sich aus dem Leben aussperren. Genau da musste er weiterdenken.

Er wurde unruhig. Dabei sah er die ganze Zeit Max an, der unaufhörlich auf ihn einredete. Sein Mund klappte auf und zu und, oha, jetzt war er sogar aufgestanden.

»Entschuldige«, sagte Ari und erhob sich mit einer abrupten Geste, »merk dir alles, was du gerade gesagt hast und erzähl es mir später noch mal, okay, aber ich muss jetzt dringend gehen!« Dann lief er aus dem Ruin, um seinen Gedanken nachzujagen. Er rannte, gehen reichte ihm gerade nicht aus. Schnell verfiel er dabei in sein gewohntes Lauftempo. Sein gewohntes Lauftempo von früher. Im Takt. Ein. Aus.

Er streifte die Kapuze ab. Sein Körper straffte sich. Merkwürdig, wie gebückt er immer unterwegs gewesen sein musste, in der letzten Zeit. Jetzt, wo er hier mit erhobenem Haupt die Straße entlanglief, fühlte er sich, als wäre er um mindestens einen Kopf gewachsen. Er war nicht mehr unsichtbar. Und er hoffte, dass es nicht zu spät war, wieder umzukehren. Ein paar gute Jahre hatte er noch vor sich. Sein Ruf war ihm egal, auch was von ihm bleiben würde, interessierte ihn nicht mehr. Das Verblassen war doch ein Teil des ganzen Spiels. Es passierte allen. Und wenn es so weit war, würde er sich einfach etwas Neues einfallen lassen. Er dachte an Katharina. Und dass es in Wahrheit doch ganz einfach war. Dass man, wenn man keinen Ort mehr hatte, sich einen neuen schaffen musste. Er könnte sich jederzeit sein Ruin schaffen. Und dort würde er dann bleiben und mit ihm alle, die das auch so wollten.

Was schlug ihm da aus der Manteltasche eigentlich dauernd so nervig in die Hüfte, während er rannte? Er wühlte im Laufen in seiner Tasche und zog an dem Ding, aber es hatte sich im Futter verkeilt. Mit einem Ratsch riss er es unsanft heraus. Diese verfluchte Schwarte! Er legte sie aufs nächste Fensterbrett. Scheiß auf Odysseus, ich kreiere mir meinen eigenen Mythos, dachte er und fühlte sich um ungefähr tausend Seiten leichter.

*

Katharina machte sich auf den Weg ins Ruin, nach über einer Woche Grippe-Abstinenz. Sie fühlte sich zurück an der Oberfläche. Als Ganzes. Auch das Wetter hatte sich verändert. Schneeschmelze, dachte sie, Frühling.

Der Kebab-Verkäufer grüßte fröhlich zu ihr herüber und wünschte ihr wie immer einen guten Abend. Sie winkte zurück, genauso wie an jedem anderen Tag auch. Denn alles war doch so wie immer, oder? Sie grinste. Ob es ihm aufgefallen war? Dass sie heute eine andere war in dieser immer gleichen Szene? Vermutlich nicht.

Während Katharina weiter durch die finsteren Straßen spazierte, stellte sie sich vor, wie ihr das Ruin gleich hinter der nächsten Ecke entgegenleuchten würde. Wie es all das ausstrahlen würde, was sie sich von einem Lokal wünschte – Gemütlichkeit, Geborgenheit und eine geheimnisvolle Kraft, die einen mit Nachdruck einlud, hineinzugehen und zu verweilen.

Kurz davor blieb sie in einem dunklen Hauseingang stehen und sah einfach geradeaus, dachte: Da, gleich da hinten ist er. Dieser zufällige Ort, der ihr Leben so nachhaltig geprägt hatte. Sie stellte sich vor, wie der Vorhang des Erkerfensters von Ari leicht zur Seite geschoben worden war. Wie Sabina sie gleich durch das Fenster bemerken, wie sie die Hand zum Gruß heben und ihr dann die Zunge zeigen würde, auf die unnachahmliche Sabina-Art. Langsam ging

Katharina um die Ecke, auf ihr Lokal, auf ihr Leben zu. Es fühlte sich an wie ein Ende. Oder wie ein neuer Anfang. Sie war sich noch nicht ganz sicher. Aber sie war genau da, wo sie sein wollte.

Doch dann blieb sie abrupt stehen. Denn das Ruin lag stockdunkel und verschlossen in der Gasse. Und da war keine Sabina weit und breit, die ihr die Zunge zeigte und sie willkommen hieß.

*

Er lag im Bett und döste. Vorher, beim Betreten des Spitals und beim Anblick einer Dame im Aufenthaltsbereich, waren Katharina die Tränen gekommen. Wimmernd saß sie immer da, die Alte, besudelt vom Nachmittagsprogramm eines deutschen Privatsenders. Aber in den entscheidenden Momenten, also mit David zusammen, war es ihr unmöglich, ihre Gefühle zu zeigen. Obwohl Katharina wusste, dass er sich das wünschte. Denn damit hätte er besser umgehen können als mit diesem seltsamen Pragmatismus, den sie an den Tag legte. Sie kam sich deswegen schäbig vor. Weil es ihr nicht gelang. Diesen Fluch zu bannen. Diesen Fluch, dem Menschen, den man liebte, seine Gefühle nicht zeigen zu können. Aber wer schaffte es schon, sich selbst und seine Schutzmechanismen auszutricksen? Sie zuckte hilflos mit den Schultern. Es war nicht zu ändern. Und mit Auflösungszauberei kannte sie sich nicht aus.

David lächelte sie an. »Komm, wir gehen spazieren.«

Katharina streifte ihm die Hausschuhe über und er hängte sich umständlich bei ihr ein. Dann kämpften sie sich Schritt für Schritt im Zeitlupentempo voran. Hinter ihnen rollte wie immer treuherzig das Sauerstoffgerät. Mittlerweile hatten sie fast vergessen, dass sie irgendwann einmal ohne diesen Begleiter unterwegs gewesen waren. Manchmal drehten sie sich blitzschnell um, um das Gerät dabei zu ertappen, wie es mit dem

Schwanz wedelte. Aber bisher: nichts. In den Gängen war alles mit Schlangen und Lampions dekoriert, am nächsten Tag war Faschingsdienstag. Die Welt hier drinnen war krampfhaft um Normalität bemüht. Langsam kamen sie hinüber in die andere Abteilung, zum unausgesprochenen Ziel ihrer Reise, dem Kaffeeautomaten.

»Wie kannst du das trinken?«, fragte er sie dann wie jedes Mal genau an dieser Stelle am Gang.

Sie wusste es nicht. Aber sie wusste, wenn sie diesen Kaffee nicht genau in diesem Moment bekam, würde sie auseinanderfallen. Das alles hier ging nur in Etappen. Und der Kaffee war eine davon.

»Wie kannst du Früchtetee trinken?«, fragte sie zurück.

»Das ist ein total schiefer Vergleich! Wir reden hier ja nicht von einer grundsätzlichen Geschmacksfrage, sondern ganz konkret darüber, wie du dieses Etwas, das da aus diesem Automaten kommt, das da«, er wedelte schwach, aber bestimmt mit seinen dünnen Armen in der Luft herum, »das behauptet, Kaffee zu sein, trinken kannst?«

Sie lächelte, warf eine Münze ein, drückte einen Knopf, und der Apparat begann zu brummen.

»Du hast eine Bar, verdammt, deren zentrales Element ein Kaffeemaschinenferrari ist! Und dann so was?« David zog an ihrem Ärmel, um eine Reaktion hervorzurufen.

Katharina schüttelte den Kopf und entnahm den heißen Becher. »Vielleicht musst du dich einfach von der Bezeichnung Kaffee lösen?« Sie nahm einen vorsichtigen Schluck, schloss die Augen dabei. »Du musst dieses Gebräu als ein eigenständiges Getränk begreifen«, sagte sie mehr zu sich als zu ihm. Und dachte, dass es Medizin war. Ihre Medizin, die ihr half, das hier zu ertragen. Alles zu ertragen. Und plapperte weiter: »Sie nennen es Kaffee, obwohl es in Wahrheit eine Flüssigkeit ist, die nur in Krankenhäusern und auf Ämtern zu finden ist. Es wird wie Grundwasser gewonnen und dann direkt in die jeweiligen Ge-

bäude gepumpt. Und nach dem ersten Probieren wird man sofort abhängig. So wie ich.« Gierig nahm Katharina jetzt einen großen Schluck. »Damit wird man immun, gegen Warteschlangen auf Ambulanzen zum Beispiel.«

Er lachte und fing an zu husten. Katharina führte ihn zu einem Tisch, damit er sich bei dem, was jetzt folgte, festhalten konnte. Diese Anfälle dauerten immer ein paar Minuten. Sie selbst war dazu verdammt, an der Seitenlinie zu stehen und zuzusehen, wie es ihn förmlich zerriss, im Kampf mit den verbleibenden Resten seiner Lunge.

»Jetzt ein Schluck?«, fragte sie, nachdem er sich wieder beruhigt hatte, und hielt ihm den Becher aus dem Kaffeeautomaten hin.

Er lachte und machte einen angewiderten Gesichtsausdruck. »Eher sterbe ich!«

»Sehr witzig.« Sie nahm den letzten Schluck, und dann machten sie sich in Zeitlupe auf den Weg zurück in sein Zimmer. An ihrem Gaumen klebte eine breiige, zuckrige Schicht.

»Katha?«

»Hm?«, murmelte sie im Halbschlaf und versuchte nicht aus dem engen Krankenhausbett zu fallen. Erschöpft waren sie kurz nebeneinander eingenickt.

»Kannst du meinen Pudding essen?«

Sie öffnete fragend die Augen. »Jetzt?«

»Und das Brot auch?«

»Wieso? Lass einfach stehen. Für später.« Sie schloss wieder die Augen.

»Ja eh.« Und nach einer Pause: »Aber.«

»Hm?«

»Ich will nicht, dass die merken, dass ich nichts gegessen hab. Und die kommen gleich abservieren.«

»Wieso? Hast du denn gar nichts gegessen davon?«

Sie war mit einem Mal sehr munter und setzte sich auf. Ein Schwall Adrenalin pumpte durch ihren Körper und sie sah ihn prüfend an.

»Katha, hör auf, wenigstens du, lass mich in Ruh damit.«

»Moment. Was ist denn mit den Sachen im Kühlschrank? Die aus dem Ruin. Hast du wenigstens die gegessen?«

David schüttelte den Kopf.

»David, ich versteh ja, dass du den Fraß da nicht magst. Aber die Sachen von Sabina sind super, das weißt du doch! Magst nicht wenigstens mal probieren, ihr zuliebe?«

Sie riss die Tür vom Kühlschrank auf. Alles lag so da, wie sie es eingeräumt hatte.

Er sah an die Decke. »Also, würdest du den Pudding für mich essen? Ich mag ihn nicht wegschmeißen.«

»David«, sie merkte wie ihre Stimme ins leicht Hysterische kippte, und es gefiel ihr nicht. »Hör auf, mich mit diesem Scheiß zu deiner Komplizin zu machen! Du musst irgendetwas essen!«

»Oder was ist sonst, hm?«

Sie sah ihn einfach nur lange an und sagte kein Wort. »David, ich bitte dich.«

Er wandte sich ab. Sie wusste, was das bedeutete: Themenwechsel. Er würde nichts mehr zu dieser Angelegenheit sagen.

Resigniert nahm sie das abgegriffene Suhrkamp-Taschenbuch vom Nachtkästchen. Dann ließ sie sich auf den Sessel neben seinem Bett fallen und las an der markierten Stelle weiter vor.

»Schau mal dort rüber, Katha!« Er unterbrach sie mitten im Satz und deutete aus dem Fenster.

Sie drehte sich um. »Hm?«

»Siehst du die Pflanze da am Fenster gegenüber, auf der anderen Seite vom Hof?«

Katharina nickte.

»In der Nacht steht dort der Tod. Also die Pflanze verwandelt sich in den Tod, ich hab ihn dort gesehen.«

»Wirklich?«, fragte sie, um eine neutrale Tonlage bemüht. Sie rang mit ihrer Fassung. Da war sie plötzlich wieder, diese bedrückende Klarheit, die von ihr Besitz ergriff. Sie hoffte, dass man ihr das Entsetzen nicht ansah.

»Arg, das ist ja fast wie bei ›Krabat‹«, antwortete sie dann.

»Ja, aber es ist okay.« Er schloss wieder die Augen. »Dass er da ist, meine ich.«

Sie starrte aus dem Fenster. »Rage, rage«, bäumte sich da kurz etwas auf in ihr. Doch David wechselte schon das Thema. »Und, was machst du heute noch?«

Sie seufzte, zuckte mit den Schultern. »Na ja, ins Ruin fahren. Ich sollte noch so Anti-Krapfen backen, du weißt schon, für morgen.«

Er nickte. »Wie viel Zeit haben wir denn noch bis zur Sperrstunde hier?«

Sie warf einen Blick auf ihr Handy. »Gleich neunzehn Uhr. Aber du bist eh gerade alleine im Zimmer, da kann ich sicher noch ein paar Minuten länger bleiben.«

Sie setzte sich zu ihm aufs Bett.

»Kommst du morgen wieder?«, begann David ihren rituellen Abschiedsdialog.

»Na klar, sobald sie mich hier reinlassen«, antwortete sie wie immer.

Er lächelte. »Sag, haben wir heute schon getanzt?«

Sie schüttelte den Kopf, während er langsam aufstand und ihr das Buch wegnahm.

Er zog sie zu sich und Katharina legte ihren Kopf an seine Krankenhausnachthemdschulter. Langsam schaukelten sie durch den Raum, wie ein morsches, altes Schiff, das verlassen Wind und Wetter trotzt. Wer sich an wem festhielt, war schwer zu sagen.

»Katha?«

»Hm?«

»Versprich mir, dass du der Welt nicht abhandenkommst, okay.«

»Okay«, murmelte sie in seine Schulter.

Erdbeerpudding, sie schüttelte den Kopf, wer denkt sich so etwas nur aus?

Und sie war heilfroh, dass er nicht zugelassen hatte, dass das seine letzte Mahlzeit geworden war.

Das Buch hingegen lag am nächsten Morgen ausgelesen auf seinem Nachtkästchen.

*

Katharinas Herz begann zu rasen und ihr Mund wurde ganz trocken. Mit schnellen Schritten lief sie auf das geschlossene Ruin zu. Sie kramte in ihren Manteltaschen nach dem Schlüssel und fluchte, als er ihr durch die zittrigen Finger zu Boden fiel. Als es ihr endlich gelungen war, aufzuschließen, stürmte sie in ihr Lokal. Insgeheim hatte sie gehofft, dass jetzt alle hinter den Tischen hervorspringen würden, um »Überraschung!« zu rufen und ihr Wiedersehen zu feiern, aber da sprang niemand. Alles war still. Woher sollten sie auch wissen, dass sie gerade heute wiederkam. Katharina hatte niemandem Bescheid gegeben, auch war irgendwann im Laufe der letzten Woche der Akku ihres Handys ausgegangen, und sie war zu erschöpft gewesen, es wieder aufzuladen. Hektisch suchte sie in einer Box unter dem Tresen, die randvoll mit obskuren, über die Jahre vergessenen und gesammelten Gegenständen war, nach einem Ladekabel. Warum hatte diesen verdammten Blödsinn nicht schon längst jemand mal ausgemistet? Endlich fand sie das Kabel, riss es hektisch an einem Ende raus und beförderte gleichzeitig noch jede Menge anderen Krimskrams auf den Boden. Sie nahm keine Notiz davon, versuchte fahrig, das Handy anzustecken, natürlich zuerst verkehrt herum, war ja klar, dieser mistige kleine Stecker. Viel zu filigran für ihre Ungeduld. Während das Handy endlich zu laden und provokant langsam hochzufahren begann, inspizierte Katharina den Raum. Auf den Tischen standen leere Gläser. Müde, nicht bewältigte Essensreste klebten eingetrocknet auf Tellern. Es wirkte, als wären alle Gäste mit einem Mal verschwunden und nur ihr Geschirr zeugte noch von ihrer einstmaligen Anwesenheit. Katharinas Handy bimmelte jetzt vor eintrudelnden Nachrichten. Unzählige Anrufe in Abwesenheit. Diverse Sprachnachrichten. Von Max und von unbekannten Nummern. Nichts von Sabina. Katharina rief sie an und kam gleich zur Mailbox. Sie ließ sich auf einen Barhocker fallen, um die Nachrichten abzuhören. Dann fiel ihr Blick auf die Kasse. Da, wo normalerweise Geld, Notgeld und die aktuelle Abschöpfung lagen, war nichts mehr. Im Tresor? Gähnende Leere. Ansonsten schien alles unberührt. Geisterhand, Zauberland. Katharina drückte auf ihr Handy. »Sie haben vierzehn neue Nachrichten«, informierte sie die sonore Stimme. Katharina seufzte und drückte die Wiedergabetaste. Besorgte Stammgäste. Genervte Stammgäste. Noch mehr besorgte Stammgäste. Ansonsten keinerlei Hinweise, außer dass ihr Laden offensichtlich während der regulären Öffnungszeiten geschlossen gewesen war. Nun, so viel hatte sie auch schon selbst herausgefunden.

Entnervt hörte sie sich die letzte Nachricht an. »Hey, Katharina.« Kurzes Zögern. »Hier spricht Max. Ich wollte nur sagen, dass es mir leidtut.« Jetzt war ein Räuspern zu hören. »Ich hab Angst, dass das alles irgendwie wegen mir ist. Es war echt nicht absichtlich. Es war gut gemeint, du weißt schon.« Wieder eine Pause. »Aber du. Ich meine, du warst ja zu nichts mehr zu gebrauchen und du brauchst dich ...« Wieder eine Pause. »... echt nicht wundern. Ich meine, ... Sabina hat ja wirklich alles allein machen müssen und da hab ich mir halt gedacht, na ja, ich helf ihr aus. Auf meine Art eben. Anders wäre es auch nicht gegangen. Kennst sie ja. Aber ...« Max sprach immer schneller. »Ich hab einfach nicht mehr zuschauen können. Wie sie da alleine. Tagein, tagaus. Dass das solche Ausmaße annehmen würde, hab ich mir auch nicht gedacht. Ich kenn sie ja lange genug. Die hat doch ihre Exzesse immer im Griff gehabt. Ich hab ihr da vertraut. Dass sie auch so eine Menge handhaben kann. Sie ist ja erfahren in diesen Dingen ... Aber ich hätte halt auch nicht gedacht, dass du sie so hängen lässt.« Er schwieg wieder. »Also, ich wollt damit eigentlich nur sagen, es tut mir leid.« Dann wieder Schweigen. Dann ein Tüten. Dann: »Sie haben keine neuen Nachrichten. Um alte Nachrichten anzuhören, drücken Sie die Eins.«

Katharina ließ sich auf die Couch fallen und den Blick durch den Raum schweifen. Sie verstand einfach nicht, was hier los war. Konnte nicht begreifen, warum hier nicht alles seinen gewohnten Gang hatte. So wie sonst immer. Sie war doch nur eine Woche krank gewesen. Das kam doch manchmal vor? Wenn man sich auf den funktionierenden Kreislauf des Ruins nicht mehr verlassen konnte, worauf denn dann? Daran hatten sie sich doch alle immer festgeklammert?

Katharina versuchte es wieder auf Sabinas Handy. Ausgeschaltet. Verzweiflung machte sich in ihr breit. Dann versuchte sie es bei Max. Das Freizeichen schrie sie an.

Also schrieb sie: »Hey. Hilf mir. Was ist passiert?«

Er zurück: »Hilf dir lieber selbst.« Gefolgt von: »Zeit wär's ja.« Und dann: »Oder lass dir endlich helfen. Von einem Profi.«

Katharina spürte den Zorn in sich aufsteigen. Was erlaubte sich dieses Großmaul? Zuerst auf der Mailbox um Entschuldigung winseln und jetzt gute Ratschläge in ihre Richtung verteilen?

»Sag mir einfach, was hier passiert ist!!«, tippte sie zurück. Mit zwei Ausrufezeichen. Obwohl sie das hasste. Das war ihr noch mehr zuwider als jegliches Zwinkersmiley. Aber jetzt gerade konnte sie nicht anders. Und weiter: »Anstatt hier ungebetene Ratschläge zu verteilen. Steht dir nämlich nicht zu.«

»Oho, wie sophisticated! Aber ich glaube nicht, dass du hier in der Position bist klugzuscheißen«, kam es prompt zurück. »Wenn ich es richtig verstanden habe, dann bist du diejenige, die hier gerade etwas will. Von mir.«

Katharina fluchte. Was für ein Arsch. Der war nicht nur lästig, wie sie immer gedacht hatte, der war auch gemein. Der genoss das richtig, dass er mal Oberwasser hatte.

»Außerdem, wenn du echt nicht checkst, was gerade los ist, dann kann dir eh keiner mehr helfen. Aber dazu steht dir wohl dein Riesenego zu sehr im Weg herum. Hier kriegst du meinen Tipp: Hör mal auf, um dich selbst zu kreisen.«

»WOVON sprichst du?« Katharina war ehrlich fassungslos. Wer hatte die gute alte Trantüte Max in dieses Monster verwandelt? Und das zum denkbar ungünstigsten Zeitpunkt?

Ratlosigkeit machte sich in ihr breit. Sie verstand das alles einfach nicht. Sie war doch nur krank gewesen, was konnte sie dafür? Warum machten ihr alle einen Vorwurf daraus? Sie hörte sich noch einmal Max' Nachricht auf der Mailbox an, vielleicht hatte sie im Stress etwas überhört? »Solche Ausmaße annehmen. Exzesse im Griff haben. Menge. Erfahrung. Helfen. Auf meine Art.« In Katharina begann es zu arbeiten. Ein Gedanke machte sich breit und breiter. Etwas, das auf der Hand lag. Und gleichzeitig total absurd war. Weil es nicht ins Bild passte. In ihr Bild von Max. Aber gerade deswegen war es so perfekt. Max in seiner Durchschnittlichkeit, mit seinem Allerweltsgesicht. Der Typ, den man sofort wieder vergaß. Im Film wäre er der perfekte Geheimagent. Und im echten Leben? Der perfekte Dealer. Der bleiche Bademeister, der komische Typ an der Bar, an ihrer Bar, hatte sich über die Jahre ebendort eine goldene Nase verdient. An ihren Gästen. An ihrer Mitarbeiterin und besten Freundin. Die sie, und das wurde ihr jetzt schlagartig und schmerzlich bewusst, nicht nur alleine gelassen hatte, nein, von deren Seelenzuständen sie schlichtweg nichts mehr wusste.

Von Max kam nichts mehr, und es war ihr auch egal, bahnbrechende Erkenntnisse waren von dieser Seite ohnehin nicht zu erwarten. Also legte Katharina traurig ihr Handy zur Seite und begann das Ruin nach Hinweisen abzusuchen.

Als erstes fand sie Sabinas ausgeschaltetes Telefon achtlos zwischen einem Stapel CDs herumliegen. Gierig stürzte sie sich darauf, obwohl ihr eigentlich klar war, dass es ihr nicht weiterhelfen würde. Nicht auf dieses Art. Denn der Fund sagte ihr nur, dass es Sabina gerade herzlich egal war, ob sie erreichbar war oder nicht. Außerdem kannte Katharina die PIN nicht, hier kam sie also auch nicht weiter. Was war nur passiert? Und wie lange lief das schon so?

Was Katharina jetzt brauchte, war Musik zum Nachdenken. Sie drückte auf Play. Sie würde sich erst mal die CD anhören, die Sabina mutmaßlich gespielt hatte, bevor sie abgehauen war. »Mehr Sommer« stand auf der Hülle. Und schon ging es los mit diesem von ihnen heißgeliebten Refrain: »... 'cause we believe in love, we say it loud, it makes us happy, strong and proud.« Katharina sang leise mit, unwillkürlich musste sie lächeln. Ihr Blick fiel auf die Fotos an der Wand neben der Anlage. In der Mitte hing ihr Lieblingsbild. Sabina, David und sie lachend und übereinandergestapelt in einem Autodrom im Böhmischen Prater. Katharina nahm es von der Wand. Es war einer dieser Tage gewesen, an denen es immer Sommer ist. Als sie noch dachten, dass alles gut ausgehen würde. Ja, an diesem Tag waren sie in Sicherheit gewesen. Beschützt in einer paradiesischen Zwischenwelt namens Böhmischer Prater.

*

Katharina schnappte ihre Tasche und winkte dem nächsten Taxi. Jetzt, wie sie es unter normalen Umständen machen würde, auf die Straßenbahn zu warten, war unmöglich. Diese Übung in Zen hätte nicht einmal Buddha bestanden. Sie ließ sich direkt vor den Eingang des Vergnügungsparks fahren, wie eine der faulen Sonntagsausflüglerinnen, die Sabina und sie leidenschaftlich verachteten. Aber jetzt zählte jede Sekunde. Das bildete sie sich jedenfalls gerade ein. Konkret hatte sie ja eigentlich immer noch keine Ahnung, nur eine vage Vermutung. Hastig um sich blickend lief sie also die breite Straße entlang, mitten hinein ins Herz des Böhmischen Praters. Beim Autodrom war tatsächlich auch nur ein einziger Wagen in Betrieb. Kaum war eine Runde zu Ende, warf der Fahrer sofort wieder einen neuen Jeton ein, um gleich wieder loslegen zu können. Katharina stieg langsam die Stufen in Richtung des blinkenden Kassenhäuschens hinauf. Sie lehnte sich an einen der Airhockeytische und beobachtete Sabina, wie sie mit dem Autodrom herumkurvte. Fünfzehn Minuten. Zwanzig Minuten. Sabina schien unendliche Chips-Vorräte bei sich zu haben. Tief über das Lenkrad gebeugt, ihre langen Beine grotesk auf die Seite gedreht, fuhr ihre Freundin wie ein Affe am Schleifstein sitzend Runde um Runde. Immer zog sie dieselbe Bahn, ohne von ihrem Kurs abzuweichen. Selbst wenn zwischendurch andere Gäste für eine Fahrt dabei waren, ging sie auf deren Attacken nicht ein, sondern blieb mit einer stoischen Aggressivität weiter auf ihrem Weg. Katharina war komisch zumute. Auf Sabinas Gesicht lag ein merkwürdiger Ausdruck, außerdem schien sie unentwegt mit sich selbst zu sprechen, es war, als murmelte sie verbissen Verschwörungsformeln, während sie den Blick starr geradeaus hielt. Sie hatte wieder Max' Worte im Ohr: »Solche Ausmaße annehmen. Exzesse im Griff haben. Menge. Erfahrung. Helfen. Auf meine Art.«

Katharina verließ ihren Beobachtungspunkt und ging auf den Besitzer des Fahrgeschäftes zu. »Ein Glück, dass du da bist!«, rief dieser erleichtert aus, als er sie sah. Dabei war er wirklich nicht der Typ, von dem man dachte, dass er mit irgendeiner Situation nicht fertigwerden könnte. Groß, trainiert, tätowiert und mit einer beängstigend selbstbewussten Ausstrahlung ausgestattet. »Sie macht das jetzt schon mindestens eine Stunde. Ich meine, ist irgendwie eh gut für mein Geschäft, wenn da was los ist. Aber andererseits, schau sie dir an. Sag, was ist denn mit der? Was hat die sich denn bitte alles reingestellt, bevor sie hierhergekommen ist?«

Katharina zuckte mit den Schultern. »Ich habe keine Ahnung. Ein paar Getränke zu viel vielleicht?«

»Naaa«, er schüttelte vehement den Kopf, »bist du verrückt? Oder naiv? Alk ist noch das Harmloseste, das die intus hat. Hast du ihren Blick nicht gesehen? Also vorher, beim Zahlen, so aus der Nähe, war das ganz schön scary.«

Katharina nickte und kaufte ihm einige Jetons ab. Dann schnappte sie sich einen freien Wagen. Mit dem Beginn der nächsten Runde nahm sie die Verfolgung auf.

*

Zuerst versuchte sie hinter Sabina herzufahren. Dann sie seitlich zu überholen. Irgendwann ging sie dazu über, ihre Freundin direkt zu rammen. Diese schien davon überhaupt keine Notiz zu nehmen. Unablässig vor sich hin murmelnd hielt sie krampfhaft das Lenkrad in der Hand und versuchte ihre Runden trotz der Störungen weiter durchzuziehen. Katharina hatte keine Chance.

Schließlich schaffte sie es, Sabinas Autodrom seitlich zwischen ihrem und einem geparkten Fahrzeug einzukeilen. Ohne lange zu fackeln, nutzte sie die Gelegenheit, stand auf und kletterte blitzschnell in Sabinas Wagen. Sie zwängte sich neben ihre Freundin auf den Sitz. Sabina fing jetzt noch lauter an zu murmeln und überließ die Lenkung vollständig dem Zufall. Ihre Taktik, so schien es, war, durch ihre ruppige Fahrweise die Freundin wie einen lästigen Käfer wieder abzuschütteln. Katharina hielt sich krampfhaft fest und versuchte zu verstehen, was Sabina da so unablässig vor sich hin murmelte: »Geh weg! Geh weg! Geh weg!« Das war es, was sie da beständig zischte, und damit brach sie Katharina das Herz.

Eine verzweifelte Traurigkeit stieg in Katharina auf und begann alles in ihr zu überschatten. Sabina hatte schon viel zu ihr gesagt im Laufe ihrer jahrelangen Freundschaft, aber ein »Geh weg!« war nie dabei gewesen. Katharina blieb stumm sitzen. Vor allem auch deshalb, weil ihr gar nichts anderes übrig blieb. Es war einfach zu eng in diesem kleinen Fahrzeug, und sie steckten wie aneinandergekettet fest. Wie symbolisch. Katharina wurde schlecht. Sabina schien das alles nicht zu interessieren. Sie blieb ihrer Abschüttelungstaktik treu. Und dann stand sie unvermittelt mit einem brutalen Ruck auf, sprang aus dem um sich selbst rotierenden Autodrom und stolperte quer über die Fahrbahn davon. Fluchend versuchten die anderen Fahrgäste ihr auszuweichen, und der Kassierer lief nervös aus seinem Häuschen, um einzugreifen. Aber da war Sabina schon längst aus ihrer aller Blickfeld verschwunden.

Katharina lenkte den Wagen hilflos, aber dafür mit viel Karacho in einen bunten Haufen anderer geparkter Autodrome am Rand und wollte Sabina hinterherstürzen. Aber sie hatte die Rechnung ohne den Sicherheitsgurt gemacht, der sich in der allgemeinen Hektik um ihr Bein gewurschtelt hatte. Fluchend befreite sie sich von der lästigen Falle und stolperte zurück auf den Hauptweg. Dort drehte sie sich, wie zuvor im führerlosen Autodrom, ungelenk im

Kreis – wohin nur war Sabina gelaufen? So weit weg konnte die in ihrem Zustand doch gar nicht gekommen sein. Sie lief ein paar Schritte nach links. Dann doch wieder nach rechts. Und dann sah sie ihre Freundin, wie sie gerade in einer Ecke mit einem beeindruckenden Schwall ihren Mageninhalt los wurde.

Katharina versetzte es einen Stich. Eigentlich müsste sie jetzt da drüben stehen. Sabina die Haare beim Kotzen aus dem Gesicht halten und ihr dann ein Taschentuch reichen. Und stattdessen? Max' Worte spazierten ihr schon wieder durch den Kopf. Das schlechte Gewissen begann wieder ungebeten an ihr zu nagen. Sie lief los, hatte aber nicht mit der plötzlichen Geschwindigkeit ihrer Freundin gerechnet. Die war schon längst wieder unterwegs und zwar auf direktem Weg in Richtung Panorama-Rad. Verflucht, sie durfte ihr nicht dort hinauf entkommen. Unter gar keinen Umständen. Katharina rannte jetzt. Sabina betrat bereits mit einem nonchalanten Winken in Richtung des Personals eine der Gondeln. Vornehm ausgedrückt. Vielmehr überließ sie ihren Körper einfach der Schwerkraft und plumpste in eines der offenen Abteile. Katharina kam schimpfend hinterher. Sie lief zu einem der Mitarbeiter und signalisierte ihm, dass sie unbedingt zu ihrer Freundin in die Gondel musste. Da sie hier aber nicht so bekannt war wie Sabina, musste sie in ihren Taschen erst einmal mühsam Geld für das Ticket suchen, bevor sie das Rad überhaupt betreten durfte. Sabina herrschte in der Zwischenzeit das Personal an, endlich loszufahren. Im letzten Moment und unter Geschrei der Riesenradmitarbeiter, enterte Katharina dann doch noch die Gondel ihrer Freundin. Bevor die sie brüllend rauswerfen konnte, schloss sich der Sicherheitsmechanismus und das Panorama-Rad setzte sich in Bewegung. Der Wind pfiff kalt, und Sabina begann langsam damit, die ohnehin schon schwankende Gondel noch zusätzlich anzuschaukeln. »Hör auf, bist du verrückt? Willst du uns umbringen?«

»Geh weg, geh weg!«, kam es darauf nur einem Mantra gleich und im Takt des Schaukelns aus dem Mund ihrer Freundin.

»Sabina!« Katharina hielt sich mit aller Kraft in der schwankenden Gondel fest, während sich das Rad immer höher und höher drehte. »Hör auf!« Nackte Panik schwang in Katharinas Stimme mit. Wer war diese wahnsinnige Person, die da mit ihr in diesem verdammten Rad saß und was hatte sie mit ihrer Freundin gemacht?,

»Also willst du doch nicht sterben, hm!«

»Wieso sollte ich sterben wollen, Sabina?«

»Jaha, immer so depressiv tun, aber jetzt, wenn es ernst wird, kneifen. Typisch Katharina-Style.«

»Wie bitte?«

»Na, spring doch, wenn er dir so fehlt. Hau ab, geh weg, aber lass uns endlich in Ruhe!«

»Wie bitte?«

»Du denkst ja immer nur an dich. Und wie arm du bist. Dass die anderen vielleicht auch wen verloren haben, ist dir ja noch nie eingefallen.«

»Aber das stimmt doch gar nicht.« Noch während sie es aussprach, merkte Katharina, wie lahm sie klang.

»Geh, schleich dich doch endlich.«

Sabina begann wieder mit dem Schaukeln. Katharina hielt sich verbissen fest. Entschlossen, alle vorhandenen Wangen hinzuhalten. Weil sie insgeheim wusste, dass sie das alles hier, Sabinas Zorn, verdient hatte. Und dass alles stimmte, was sie ihr gerade an den Kopf geworfen hatte.

Von einer Sekunde auf die andere kauerte sich Sabina auf den Boden ihres schwankenden Abteils und begann zu wimmern. »Mach, dass das aufhört, bitte mach, dass das aufhört. Katha, bitte!«

Katharina kroch zu ihrer Freundin. Durch die Gondel zischte der Wind. Das Rad hatte aufgehört sich zu drehen. Offensichtlich stieg unten gerade jemand ein. Sabina sprang auf.

»Ich will, dass das aufhört. Ich muss jetzt aussteigen!« Sie versuchte über das silberne Geländer zu klettern.

»Sabina!«, schrie Katharina mit einer Stimme, die sie erst einmal im Leben an sich gehört hatte. Und da war Davids Leiche mit im Raum gewesen.

Sie versuchte mit aller Kraft, ihre Freundin daran zu hindern, aus dieser verfluchten Gondel, die mittlerweile in einer Höhe von zwanzig Metern baumelte, auszusteigen. Katharina ermahnte sich um einen sachlichen Tonfall, während sie sich verzweifelt an Sabina festkrallte. So entfuhr ihr ein: »Liebes, du kannst hier nicht aussteigen, bitte warte noch ein bisschen, wir haben es gleich geschafft.« In einem anderen Moment hätte Sabina sie jetzt ziemlich schlimm ausgelacht. Und Katharina sich schlimm geschämt. Dass sich ein Vokabel wie »Liebes«, noch dazu im Zusammenhang mit Sabina, in ihrem Repertoire befand, war ihr nicht bewusst gewesen.

Doch Sabina war es ohnehin entgangen, sie murmelte weiter mit gehetztem Blick: »Nein, nein, ich kann nicht warten. Los, aussteigen! Ich muss weg hier, hier stimmt doch was nicht.« Sabina starrte sie an: »Wir müssen verschwinden, Katha, komm jetzt, das hört sonst nicht auf, mit meinem Kopf stimmt hier was nicht, da ist alles falsch, komm, Katha, du musst mir vertrauen, raus, raus!«

Ohne darüber nachzudenken, schlug Katharina zu. Dann bugsierte sie Sabina in eine Ecke. Ihre Freundin hatte die Augen weit aufgerissen, ihr Puls raste. Katharina murmelte beruhigend auf sie ein.

»Wann hört das auf, Katha, mach, dass das aufhört!«, flehte Sabina weiter, aber sie war ruhiger und ließ sich nach ein paar Mal halbherzigem Aufbäumen endlich fest umarmen und in den Sitz drücken.

Erleichtert stellte Katharina fest, dass sie die Runde fast geschafft hatten. Wo sie sonst immer traurig war, weil dieses Riesenradfahren immer ein viel zu kurzes Vergnügen war, schickte sie jetzt ein Stoßgebet der Dankbarkeit los. Wohin auch immer.

»Du hast es geschafft. Schau, du hast es geschafft!« Katharina wusste nicht, zu wem sie diesen Satz eigentlich sagte, zu ihnen beiden wahrscheinlich. Unter den bösen Blicken des Personals stiegen sie langsam aus der Gondel aus. Hier sollten sie sich wohl nicht so bald wieder blicken lassen. Es konnte ihr gerade egaler nicht sein. Katharina hakte ihre Freundin unter und versuchte sie so unauffällig wie möglich in Richtung des Amphitheaters zu manövrieren.

Auf dieser gelben Tribüne hatten sie sich früher immer versteckt, wenn sie ihre Ruhe vom Trubel in der Hauptstraße haben wollten. Vielleicht würde das ja auch heute helfen. Katharina bugsierte Sabina auf eine der leeren Sitzflächen. Da saßen sie dann, schwiegen und froren.

»Weißt du noch, damals nach der Schule immer«, murmelte Sabina irgendwann, »wie glücklich wir hier waren?«

»Ja, autodromglücklich.«

»Riesenradglücklich.«

»Raupen-Hexenschussglücklich.«

»Langos-Überdosisglücklich.«

»Und was machen wir jetzt?«

»Na, weiter durchbrechen, was sonst«, sagten sie gleichzeitig nach einer kurzen Pause. Sie lächelten sich an und riefen: »Chipsy!«

Katharina legte einen Arm um Sabina. »Vielleicht sollten wir mal reden?«

»Ja, vielleicht«, antwortete die. »Aber nicht jetzt.«

Dann übergab sie sich noch einmal, und jetzt hielt Katharina ihre Haare fest und reichte ihr ein Taschentuch, so wie sich das für eine beste Freundin gehörte.

*

Nachdem sie Sabina nach Hause ins Bett gebracht hatte, schlich sich Katharina beschämt zurück ins Ruin. Fast war sie dankbar für das Chaos, das sie dort erwartete. So gab es wenigstens etwas zu tun, während sie sich für ihren Egoismus selbst zerfleischte. Immer wieder dachte sie an das kurze Gespräch, das sie mit Sabina geführt hatte, bevor diese eingeschlafen war.

»Gibst du mir eine von denen dort?«, Sabina deutete auf ihr Nachtkästchen. »Ohne die schaffe ich es nicht. Also das Einschlafen.«

Katharina nickte stumm. »Max hat mich angerufen, nachdem du verschwunden warst«, sagte sie dann leise. »Um sich zu entschuldigen. Oder irgendwas in der Art halt.«

Sabina nickte. »Jetzt weißt du wenigstens, warum Max immer da ist. Es liegt leider nicht an deinem guten Frühstück.«

»Ich dachte immer, er steht einfach auf dich.«

Sabina lachte auf. »Ich fürchte, er versorgt mich mit Lebensenergie.« Dann summte sie ein wenig: »Er schafft die bunten Pillen ran.«

Katharina summte mit. Bis sie die Tränen in Sabinas Augen sah. Sie erschrak. »Hey! Meine Sabina weint doch nicht!«, entfuhr es ihr.

»Doch«, sagte die, »genau das ist das Problem. Du musst es endlich zur Kenntnis nehmen. Ich weine. Ich bin, ach was weiß denn ich, halt auch nur ein Mensch, verdammt. Mit Gefühlen.« Stumm rannen Sabina Tränen über die Wangen.

Doch Katharina spürte nur einen seltsamen Widerwillen in sich aufsteigen. Für den sie sich sofort genierte.

»Du darfst Max nicht böse sein, okay?« Sabina zupfte an Katharinas T-Shirt. »Er meint es nur gut.«

Dann drehte sie sich erschöpft zur Seite und schlief ein. Katharina saß lange da und starrte in die zunehmende Dunkelheit. Nervös kaute sie an ihren Nägeln. Sabina war doch nicht schwach. Das alles konnte nur ein großer Irrtum sein. Sabina so zu sehen machte sie ganz unrund. Sie musste hier raus.

Im Ruin zog sie die Vorhänge fest zu, schnappte das alte Foto, auf dem sie mit David und Sabina im Autodrom zu sehen war, klebte es in die Tür und schrieb darunter: »We'll be back.« Stimmte ja auch, irgendwie. Wann, das würde man schon sehen. Heute jedenfalls nicht mehr.

Dann atmete sie ein paar Mal geräuschvoll ein und aus, so wie sie es in einer längst verjährten Yogastunde einmal gelernt hatte, und machte sich ans Aufräumen. Als das erledigt war, begann sie zu putzen. Sie fing bei der Eingangstür an und arbeitete sich durch bis zur letzten Ecke in der Küche. Das dauerte mindestens vier PJ-Harvey-Platten lang. Und weil das nicht reichte, ordnete sie gleich noch alle lagernden Flaschen nach Inhalt und Größe. Danach alle Schallplatten und Bücher nach Farbe und dann doch wieder nach Alphabet. Sie goss und düngte alle Pflanzen und arbeitete Holzpolitur in die Möbel ein.

Dann dachte sie, dass jetzt ein guter Zeitpunkt wäre, um zu weinen. Und obwohl sie sich redlich bemühte, passierte einfach – gar nichts. Also ging sie erst einmal nach Hause. Mit dem Ruin war sie fertig für heute. In ihrem Kopf lief immer noch der Song aus dem Autodrom. »I'm blue da ba dee da ba daa ... « in Endlosschleife. Nicht einmal PJ Harvey hatte dagegen etwas ausrichten können. Fein, dachte sie. Strafe musste sein. Und dass der Song wohl angetreten war, etwas Bestimmtes in ihr nicht verschwinden zu lassen. Schuldgefühle zum Beispiel.

*

»Weißt du, was ich dich seit unserer ersten Begegnung fragen wollte?« Ari saß an der Bar und nippte an seinem Barraquito.

Der Laden war bis auf den letzten Platz besetzt und wider die Vernunft wurde immer noch ein allerletztes Getränk bestellt. Es war einfach einer dieser Abende. Ari hatte seinen Nischenplatz mit einem Barhocker getauscht, um einer kleinen Runde Platz zu machen. Sein omnipräsentes Telefon war in einer Hosentasche verschwunden, anscheinend hatte er beschlossen, dass für heute Feierabend war.

Er verbrachte die Zeit lieber damit, Katharina beim »Zaubern« zu beobachten. So nannte er das jetzt bei sich. Ihre Art zu arbeiten neuerdings. Genauer gesagt, seit das Ruin nach ihrer Krankheit wieder aufgesperrt hatte und Katharina zurück auf ihrer Bühne war. Da hatte es begonnen, das mit dem Zaubern. Ari war fasziniert. Während sie mehrere Unterhaltungen gleichzeitig führte und dabei den ganzen Laden überblickte, bastelte ihr Körper mit traumwandlerischer Sicherheit formschöne Getränke und Frühstückskreationen. Sie war in ihrem Element, das sah man. Wie gut ihr diese Präsenz stand. Und wie sehr sie sich mit einem Mal für die Dinge begeistern konnte. Er schaute ihr weiter zu. Es freute ihn, sie so zu sehen.

Einerseits.

Andererseits versetzte es ihm auch einen wehmütigen Stich. Denn es erinnerte ihn daran, dass es ihm auch einmal so gegangen war. Bevor der Zweifel sich angeschlichen hatte. Irgendwann einmal, da war er auch so gewesen. Präsent. Und, na ja, strahlend. Wenn er Katharina jetzt so beobachtete, bemerkte er, dass ihm dieses »Etwas« fehlte. Ja, er wollte das wiederhaben. Die eigene Präsenzkraft. In einem eigenen Leben. Katharina war ihm mit einem Mal voraus, und das ärgerte ihn. So war das nicht ausgemacht gewesen. Es war an der Zeit, aufzuholen.

»Nein, keine Ahnung! Was denn?«, fragte sie unbekümmert, ihre Wangen waren leicht gerötet von gutem Stress.

»Es war diese Frage, warum ich überhaupt hereingekommen bin!«

»Echt? Na, da bin ich gespannt, was jetzt kommt.«

»Wieso heißt dein Lokal ›Ruin‹ ? Ich versteh das nicht. Ich meine, es passt schon irgendwie zu deinem Humor, aber es ist einfach ein zu guter Ort für so einen Namen!«

»Das war wirklich der Grund, warum du hereingekommen bist? Diese Frage? Nicht die charmante Ausstrahlung unserer schönen, traditionsreichen Lokalität?«

»Na, vielleicht auch ein bisschen. Aber ich fand das nicht gut. Also, den Namen. Diese Art von Koketterie.«

Sie lachte. »Es ist ein Zitat«, sagte sie dann.

»Na, das hätte ich mir denken können.«

»Ein Song, den David und ich sehr geliebt haben, heißt so. Und wir hatten uns immer geschworen, dass, wenn wir jemals irgendeinen Laden haben würden, wir ihn ›Mein Ruin‹ nennen. Lustig haben wir es natürlich auch gefunden. Tja und den Rest kennst du ja.«

Ari überlegte. »Hast du nie darüber nachgedacht, dem Laden mal einen neuen Namen zu geben?«

»Nein, niemals!« Sie antwortete wie aus der Pistole geschossen. Ihre Stimme war ruhig, aber es schwang ein scharfer Unterton mit.

»Warum nicht?«

»Fragst du das ernsthaft? Vielleicht, weil die Bar eines der wenigen Dinge ist, die der Welt beweisen, dass es David einmal gegeben hat?« Sie sah ihn herausfordernd an.

»Ja schon, aber es ist doch jetzt dein Laden.«

Sie schüttelte den Kopf. »Hör lieber auf.«

»Ich mein ja nur.« Ari öffnete die Arme zu einer versöhnlichen Geste, aber Katharina schnappte nur ihr volles Tablett und machte sich wortlos auf den Weg zu ihren anderen Gästen.

»Was wäre denn deiner Meinung nach ein passender Name?«, fragte sie ihn eine halbe Stunde später, zurück vom Servieren, Schmäh führen und Abräumen.

»›Volle Gönnung‹«, meinte er ohne nachzudenken.

»›Volle Gönnung‹?«

»Ja, ›Volle Gönnung‹. Deine schöne, traditionsreiche Lokalität ist eine einzige Großzügigkeit.« Mit diesen Worten stand er auf. Genug für heute. Mit einem Mal wollte er nicht mehr hier sein.

Sie lächelte. »Okay.«

»Wie okay?«

»Okay, wie: Okay, ich denk drüber nach.«

Er stand da und sah sie an, wie sie ihn offen und direkt anlächelte. Auf ihre spröde Art war sie wirklich schön gerade.

Er nickte ihr zu. »Na dann«, sagte er.

»Na dann«, sagte sie.

»Katha, ich würde gern zahlen, bitte!«, sagte irgendwer im Hintergrund.

*

»Volle Gönnung«, dachte Katharina, als sie das Ruin verließ. Idiotisch. Obwohl. Warum eigentlich nicht? Heute war es schön gewesen. Sie hatte einen wirklich guten Abend gehabt. Mit Herz, ohne Lügen.

»Versprich mir, dass du der Welt nicht abhandenkommst, okay?« War es nicht das, was David zuletzt zu ihr gesagt hatte? Und sie hatte okay gesagt und es ihm versprochen. Um dann einfach das Gegenteil zu tun. Sich ausschließlich für ihn, den Toten, und die Konservierung seines Andenkens verantwortlich zu fühlen. Nicht für die Lebenden. Wie für Sabina, deren Anwesenheit sie immer als selbstverständlich genommen hatte. Die noch viel mehr verloren hatte als sie selbst, ihren besten Freund und ihre beste Freundin gleich mit dazu. Und auch noch fast den Verstand, beim Versuch, alles alleine am Laufen zu halten. Katharina schüttelte den Kopf über sich. Was für ein egoistischer, arroganter Klotz sie gewesen war in ihrer Trauer. Was für eine Last für Sabina. Und trotzdem hatte sie die ganze Zeit unerschütterlich und geduldig zu ihr gehalten. Katharina schämte sich.

Geredet hatten sie auch immer noch nicht. Zum Beispiel darüber, was da genau passiert war während der Tage, an denen sie grippekrank zu Hause gelegen war bis hin zu Sabinas Zusammenbruch im Böhmischen Prater. Auch Max hatte sich seit seinem wütenden SMS-Abgang nicht mehr im Ruin blicken lassen. Aber der war egal. Katharina hätte ohnehin nicht gewusst, was sie zu ihm hätte sagen sollen. Was redete man schon mit dem Dealer seiner besten Freundin, der diese langsam und aus falsch verstandener Liebe heraus fast ausradiert hätte? Und der seinerseits auch voll drauf war, auf einer Droge namens Sabina, die ihn wiederum emotional vernichtete? Es war Zeit für sie alle auszunüchtern. Vielleicht kriegten sie ja noch mal die Kurve.

Sie ging ins Wohnzimmer, auf Davids Truhe zu, die in der Ecke auf seinem alten dunkelroten Teppich thronte und Katharina immer noch anglotzte.

»Ich habe mich gerade gefragt, wann du endlich die Kiste da rausschmeißt?«

Sie hatte Sabinas Worte noch genau im Ohr.

»Weil man ein Museum besuchen, aber nicht darin wohnen sollte, deswegen. Und hier steht definitiv sehr viel herum. Also, mit Museumscharakter.«

Wirklich, Sabina hatte ihr immer gezeigt, dass es Möglichkeiten gab, dass es irgendwie weitergehen konnte, aber sie war taub dafür gewesen.

Stattdessen hatte sie sich immer überwältigen lassen. Vom Sirenengesang dieser Truhe. Rücksichtslos hatte sie sich hingegeben, dem Verlangen, sich mit dem Inhalt dieser Kiste zu beschäftigen, stundenlang, tagelang. Selbstvergessen und selbstverloren hatte sie alle Gegenstände eingehend betrachtet, Erinnerungen noch einmal durchlebt, sich durch Schichten und Jahresringe durchgearbeitet. Sollte doch Sabina die Welt weiterdrehen, hier, in Davids Kiste, stand sie still. Katharina verschwand immer, ohne etwas zu sagen. Und Sabina blieb seufzend alleine im Ruin zurück. Stundenlang. Tagelang. So lange es eben dauerte, bis Katharina wieder aus diesen Rauschzuständen erwachte und den Weg zurück aus der Truhe in den Alltag fand. In den Alltag ohne David. Wo Sabina wie ein Trostpreis auf sie wartete.

Katharina wurde wütend. Weil sie immer erst alles kapierte, wenn es schon zu spät war. Weil all die Dinge in der Truhe David ihr nicht näherbrachten, wie sie immer fest geglaubt hatte. Weil sich ihr wertvollster Schatz in einen Klumpen schweren Ballast verwandelt hatte. Wie hatte alles nur so weit kommen können, dass sie elend vor diesem Stück Holz mit leblosem Inhalt saß?

Der Geruch der Kiste verursachte ihr leichte Übelkeit. Katharina hob den Kopf und blickte direkt in ihr Spiegelbild. Die Person, die sie zu Davids Todeszeitpunkt gewesen war, war sie ohnehin nicht mehr. Auch wenn sie krampfhaft versucht hatte, es aufzuhalten, sie war längst woanders, eine andere. Wäre er jetzt hier, er würde sie kaum mehr wiedererkennen. Die Welt hatte sich weitergedreht. Und sie sich mit ihr, zusammen mit ihrem Ausschnitt von David, den sie als sein Erbe in sich trug. Sie begann die Kiste ein letztes Mal auszuräumen. Die erste Schicht waren Davids Klamotten, die mittlerweile seinen Geruch verloren hatten. Auch sie hatten sich zurückverwandelt, von einem magischen Objekt in irgendeinen x-beliebigen Gegenstand. Sie stopfte sie in einen Sack. Dann entnahm sie der Kiste ein Fotoalbum und ein paar Erinnerungsstücke, die David von seinen Reisen mitgebracht hatte. Das Album stellte Katharina ins Regal, die restlichen Gegenstände wanderten in einen weiteren Sack. Ganz unten schlummerte eine Auswahl von Davids allerwichtigsten Büchern, Zeitschriften, CDs, Filmen. Und seine Fußballsammelalben.

Katharina legte eine der CDs in den Player und blätterte lächelnd durch die vollgeklebten Panini-Stickerhefte. Seit sie ihn kannte, hatte David alle zwei Jahre viel Geld ausgegeben und Zeit bei Tauschbörsen verbracht, damit seine Sammelalben voll wurden. So ein riesiger Fußballfan war er eigentlich gar nicht gewesen. Aber diese Stickerhefte, die machten etwas mit ihm. Psychologen würden dazu wohl irgendetwas mit Kindheit sagen.

Katharina hielt inne. Blätterte noch einmal zurück. Und dann wieder um. Schaute. Genau. Noch genauer. Und dann begann sie hektisch in den anderen Heften zu suchen, um zu vergleichen. Irgendwann hatte sie keinen Zweifel mehr.

Sie begann zu lachen. Sie blätterte wieder, schüttelte den Kopf, lachte, schaute. Nein, wirklich, kein Zweifel! Aus einem Album purzelte er ihr sogar mehrfach entgegen. In diesem Jahr schien er offensichtlich Teil des Starterpakets gewesen zu sein.

Ihr erster Impuls war: Das muss ich David erzählen. Gefolgt von einem: Ach, stimmt ja, geht ja nicht mehr. Sie fragte sich, wie lange sie diesen Impuls noch haben würde. Und ob sie froh oder traurig sein würde, wenn er ihr abhandenkam. Ob sie es überhaupt bemerken würde? Sie schüttelte den Kopf: genug davon. Sie legte lieber die aufgeklappten Alben in einem Kreis vor sich hin.

Und dann betrachtete sie Ari eingehend, der hier gar nicht Ari hieß.

Sein Blick hatte sich über die Jahre verändert. Wie in einem Daumenkino konnte Katharina dabei zusehen, wie sich sein jugendlich-unbedarftes Gesicht zusehends verschattete. Beim Betrachten seiner Porträts ergriff sie eine diffuse, bleierne Müdigkeit, obwohl ihr gleichzeitig das Adrenalin durch den Körper pumpte. Es ging von den Bildern aus.

Sie blickte auf.

Was machte sie jetzt bloß mit diesem neuen Wissen? Und was machte dieses neue Wissen mit ihr? Langsam schlug sie die Panini-Alben wieder zu und stapelte sie auf ihrem Schreibtisch. Die einzelnen losen Aufkleber mit Aris Konterfei steckte sie in ihre Tasche.

Dann klappte sie Davids Kiste zu. Hatte sich der Deckel früher nur mit einem kleinen Kraftakt schließen lassen, weil die Truhe so voll gewesen war, so fiel er jetzt mit einem mühelosen Klack einfach zu. »Siehst du, geht doch ganz leicht«, schien Davids Kiste zu flüstern.

Am nächsten Tag trug sie die Truhe zum Sperrmüll. Schnell und ohne noch einmal darüber nachzudenken. Sie mochte ihr Gewicht und auch, dass sie mit jedem Schritt schwerer wurde. Denn gleichzeitig wurde ihr selbst immer leichter zumute. Vielleicht, dachte Katharina, war es an der Zeit, die Frühstückskarte ein wenig zu erweitern, und sie warf das hölzerne Ding mit Schwung in den Container. Mit einem dumpfen Knall landete es auf einem Berg von Sperrmüll. Neben ihr pfiff ein Mitarbeiter des Mistplatzes einen alten Song, es schien, als wäre er auf dem Weg in die Mittagspause.

*

»Ach, neunzehn Uhr schon?«, Sabina winkte zur Tür und sah auf die Uhr. Eine müßige Geste, natürlich war er pünktlich.

»Ja, arg, die Zeit rennt heute.« Katharina bemerkte, dass sie Herzklopfen hatte.

Ari lächelte zu ihnen herüber und nahm an seinem gewohnten Tisch Platz.

Irritiert schnappte er die Speisekarte und begann zu blättern. Heute sah die anders aus. Das ging ja jetzt Schlag auf Schlag. Zuerst Katharina, die aus ihrem Nebel der Abwesenheit aufgetaucht war. Dann Sabina, deren arrogante Manie in den letzten Tagen einer gedämpften Zurückhaltung gewichen war. Und jetzt war auch noch die Karte neu? Ari blätterte verunsichert. Dann stutzte er. Gleichzeitig beschleunigte sich sein Puls.

»Was kann ich dir bringen?« Katharina war zu seinem Tisch getreten und blickte ihn beiläufig an. Gleichzeitig lachte sie über den Scherz eines anderen Gastes.

»Du hast die Karte geändert«, meinte er trocken.

»Ja«, sagte sie.

»Aha.«

»Ja.« Und nachdem von ihm nichts kam: »Ich hab beschlossen, mich mit meinem Angebot mehr nach meinen Gästen zu orientieren.«

»Aha.« Er blickte sie forschend an.

»Ja.« Sie lächelte unverbindlich.

»Du hast also deine Gäste analysiert und dir gedacht, genau so ein Frühstück hier«, er tippte auf das Papier, »wie die Nummer zwölf, das hat noch gefehlt?«

Sie nickte. »Ja genau.«

»Aha.«

»Ja.«

»Und an welchem Gast hast du dich da konkret orientiert, als du die Nummer zwölf zusammengestellt hast?«

»Da hab ich an dich gedacht.«

»An mich?«

»Ja.« Sie lächelte unverbindlich weiter. »Möchtest du es probieren?«

»Na, wenn du dabei an mich gedacht hast, selbstverständlich gerne.«

»Gut, dann kriegst du einmal das Abseits-Frühstück. Und welches Spieler-Special möchtest du?«

»Da würd ich dann das da nehmen.« Er deutete auf die Karte.

»Einmal Abseits mit Spieler fünf, kommt sofort.« Lächelnd nickte sie ihm zu und marschierte zurück in Richtung Küche.

Es gab keinen Zweifel, er war es. Er saß einfach so da, am besten Tisch in ihrer Bar. Sie fragte sich, wie sie sich jetzt mit diesem neuen Wissen fühlte, und kam zu keinem Ergebnis. Also würzte sie umso vehementer sein Frühstück. Als sie mit dem fertigen Gericht aus der Küche kam, war seine Nische leer. Katharina stand mit ihrem Tablett verloren im Raum und starrte auf seinen Platz.

»Du, Katha!«

»Wie?« Sie schreckte auf.

Sabina stand neben ihr und wischte den Tisch ab.

»Er hat gesagt, es tut ihm leid, aber es würde ihm nicht so gut gehen. Und dann ist er einfach gegangen«, Sabina zuckte mit den Achseln. »Hat wirklich nicht so gut ausgeschaut. Falls das bei einem Typen wie dem überhaupt möglich ist.« Sie grinste und fuhr fort, mit einem Blick auf das Frühstück: »Kein Wunder auch, dass er abgehauen ist bei dieser Bestellung. Voll eklig, deine neuen Frühstückskreationen teilweise, wie bist du auf das da«, Sabina schüttelte sich und zeigte auf Aris Bestellung auf dem Tablett, »eigentlich gekommen?«

»Weiß auch nicht, war so eine Laune.« Katharina schaute immer noch auf den leeren Platz.

»Na, ich hoffe, du bist nicht schwanger, Chefin, ansonsten sehe ich keine Erklärung für solche kulinarischen Seltsamkeiten.« Katharina lachte. »Nein, keine Sorge. Bin wohl etwas übermotiviert gerade.«

»Wahrscheinlich.« Sabina legte einen Arm um sie und küsste sie auf die Schläfe. »Noch dazu Fußball! Das bestellt hier eh keiner. Außer wir nennen uns jetzt ›Wettpunkt‹. Ach so, Moment, warte«, sie schaute aus dem Fenster, »das gibt's ja schon da hinten.«

»Also gut, dann hol ich halt die alten Karten wieder raus, wenn du kein Wettpunkt-Ruin mit mir aufmachen willst.«

»Mach das.« Sabina nickte. »Aber schnell!«

*

Später dann, in den frühen Morgenstunden, als Katharina bei ihrer Putzchoreografie angelangt war, dachte sie wieder an Ari. Oder vielmehr Ex-Ari. Ob er überhaupt noch einmal wiederkommen würde nach ihrer heutigen Aktion? Wohl kaum. Sich den Dingen zu stellen war definitiv nicht seine Sache, das zumindest wusste sie ja jetzt über ihn.

Interessant war, was aus diesem Typen werden würde. Katharina hatte ein bisschen im Internet recherchiert und festgestellt, dass er ganz schön den Arsch offen hatte. Sie sah sich noch einmal eines der Panini-Bildchen an und grinste kopfschüttelnd. Sie musste zugeben, sie bewunderte ihn ein bisschen. Einfach so abzuhauen. Aus so einem Leben. Ihr schweigsamer Nischen-Ari, wer hätte das gedacht? Sie legte das Foto auf einen Tisch und wischte weiter.

Als der Song im Hintergrund gerade bei einer leisen Stelle angelangt war, klopfte es an der Tür. Sie drehte sich um. Da war er also doch wieder.

Sie blieb stehen und sah ihn an den Besen gelehnt an. Er war wirklich gut getarnt mit dieser Brille, der seltsamen Frisur und den weit geschnittenen Klamotten. Sie versuchte ihn sich ohne Bart vorzustellen.

»Schau mich nicht in diesem Tonfall an!«, sagte er statt einer Begrüßung, nachdem sie ihm die Tür geöffnet hatte.

»Wie schau ich denn?«

»Anders irgendwie. Mit Hintergedanken. Als würdest du mich zu was Besonderem machen.«

»Bitte, bild dir nichts ein. Und außerdem«, sie deutete mit dem Finger auf ihn, »du hast mich neulich am Friedhof mit deinem Schauen auch zur Witwe gemacht.«

»Das stimmt doch überhaupt nicht! Das behauptest du nur.«

»Ach was.«

»Was?«

»Na, denk mal drüber nach.«

Ari schwieg und hob dann in einer abwehrenden Geste die Hände. »Okay.«

»Okay was?«

»Okay, vielleicht hast du recht, entschuldige.«

Sie sah ihn weiter stumm an.

»Dann sind wir jetzt einfach quitt, okay?«

»Okay«, sagte sie mit einem Lächeln.

Er ließ sich auf die Couch sinken, während sie immer noch an ihren Besen gelehnt dastand.

»Wer bist du?«, fragte sie dann mit ruhiger Stimme.

Er schnipste ihr nur eines der Abziehbilder mit seinem Konterfei darauf entgegen. Es landete direkt in einer Schale mit Salzbrezeln. Sie nahm es und drehte es zwischen den Fingern. Als ob sie nicht schon längst wüsste, was da draufstand, so oft hatte sie es gelesen.

»Ich wette, du wiegst jetzt mehr.« Sie beugte sich vor und klopfte ihm gegen den Bauch.

Er lachte, und dann sagte er: »Vielleicht bin ich hier bei dir ja auch ein bisschen in die Höhe und nicht nur in die Breite gewachsen, wer weiß.«

»Ja, wer weiß«, sie summte leise zum Lied im Hintergrund.

»Zoran«, sagte sie dann langsam. »Ein schöner Name. Passt besser zu dir.«

Sie schwiegen.

»Wie bist du eigentlich auf Ari gekommen?«

»Wegen eines Films. Der Held, oder sagen wir lieber Antiheld, heißt Ari.«

»Ach, jetzt weiß ich!«, rief sie.

»Hm?«

»Seit du dich mit ›Ari‹ bei mir vorgestellt hast, überlege ich, woran mich dein Name erinnert, und komm nicht drauf, total nervig.«

»Sag bloß, du kennst den Film?« Er schüttelte den Kopf. »Der ist uralt. Und sicher niemals hier gelaufen.«

Katharina begann damit, Aris Schlussmonolog im Film zu rezitieren. »Alles ist immer ein Zitat«, lächelte sie. »Sogar du.«

Zoran schaute sie überrascht an. »Dass du den kennst! Aber eigentlich wundert es mich eh nicht.« Er lächelte, dann zog er seine Beine auf die Couch und ließ seinen Kopf dazwischen sinken. Er umschlang seinen Körper und sprach mit dem Boden. »In diesem Monolog hab ich mich immer irgendwie zu Hause gefühlt. Ich weiß noch, als ich jung war, hab ich mir den dauernd angehört, immer wieder zurückgespult und gleich noch mal von vorn. Na ja, zumindest so lange, bis der verfluchte Rekorder das Videoband gefressen hat.« Katharina lachte. Als ich dann hier angekommen bin und überlegt habe, was ich jetzt machen soll, musste ich als erstes an diesen Ari-Charakter und seinen Monolog denken. Ich war genauso ein egoistisches, trauriges und ratloses Arschloch wie er. Also war ich ab diesem Zeitpunkt Ari.«

Er schwieg und wiegte dabei sanft den Kopf zwischen seinen Knien.

»Ich bin einfach gegangen. Ohne zu irgendwem ein Wort zu sagen. Und in meinem Leben gibt es viele ›Irgendwems‹, denen ich Bescheid geben muss, bevor ich irgendwohin gehe, wie du dir denken kannst.« Er seufzte.

Katharina nickte.

»Es war wie ein Zwang. Irgendwas in mir wollte etwas tun, das man nicht mehr rückgängig machen kann, sehenden Auges alles kaputt machen. Ansonsten wäre ich verrückt geworden oder so was.«

»Ich mag ja Menschen, die irrationale Dinge tun, selbst wenn sie gegen ihre Interessen handeln. Ich glaube, ich finde das sogar ziemlich mutig. Ich dagegen versuche ja immer alles zu bewahren, zu konservieren«, Katharina überlegte. »Ich flüchte mich in den Stillstand, in meine Erinnerungen. Ich probiere bloß, die Zeit zum Anhalten zu bewegen. Nur keine Veränderungen. Lieber in der Vergangenheit leben, da weiß man wenigstens, was man hatte. Denn wenn man weitergeht, dann heißt das doch, dass in diesem Moment alles real wird. Dass man den Tod akzeptiert hat.« Sie zuckte mit den Schultern. »Nicht besonders mutig, sich so zu verstecken. Eher ziemlich feig sogar. Und ungesund, so auf die Dauer. Jedenfalls kann man sich so nicht mit den Dingen auseinandersetzen.«

»Ich bin mir halt nicht sicher, ob wegzugehen und irrationaler Aktionismus wirklich so viel mutiger und gesünder sind«, erwiderte Ari.

»Na, zumindest warst du am Leben!«

»Ja, aber du doch auch. Wir haben einfach nur unterschiedliche Strategien angewendet. Scherben haben wir jedenfalls beide aufzuklauben.«

Katharina nickte. »Und zwar schleunigst.«

»Weißt du was?« Sie sah ihn an.

»Hm?«

»Ich hab so ein Gefühl.«

»Hm?«

»Dass wir uns bald nicht mehr brauchen werden.«

Er nickte.

»Wir können damit aufhören, aufeinander aufzupassen.«

Er sah sie an. »Und sind wir darüber glücklich oder traurig?«

»Erleichtert, glaube ich.«

»Und werden wir uns nicht vermissen?«

Sie schüttelte den Kopf. »Ich glaube nicht.«

»Aber war es dann nicht idiotisch, sich nur für die Erkenntnis, ohnehin schon alles gehabt zu haben, auf den Weg gemacht zu machen?«

Sie zuckte mit den Schultern. »Ich find's eher poetisch. Aus einem dadaistischen Blickwinkel halt.« Sie lachte. »Und aus einem romantischen.«

»Romantischer Dadaismus. Das ist endlich einmal eine interessante neue Strömung.«

»Musste ja mal wieder was kommen, nach diesem ganzen ›Post-Ding‹.« Sie schwiegen.

»Das Ruin war nur ein Zufall, Zoran. Zur richtigen Zeit am richtigen Ort.«

Er nickte, strich ihr über die Wange und stand auf.

Im Gehen winkte er, ohne sich noch einmal umzudrehen.

Weg war er. Verschwunden in den beginnenden Tag.

Katharina blieb noch lange sitzen. Sie hörte die ersten Vögel zwitschern. Sie fragte sich, seit wann sie wieder da waren. Es würde also auch dieses Jahr wieder Sommer werden.

Wie als Beweis dafür eröffnete auf ihrem Heimweg gerade der Eissalon die neue Saison. Sie setzte sich in den kalten Garten und bestellte einmal Eismarillenknödel. Heuer war sie die Erste hier draußen.

*

An ihrem Tonfall erkannte er sofort, dass er wohl gerade etwas Falsches gesagt hatte.

»Zoran, wie kann ich dir helfen, wenn du nicht mit mir sprichst?«

Er schwieg lieber wieder.

»Wie soll ich zu dir durchkommen, wenn du niemanden durchlässt?«

Endlich brach er das Schweigen. »Sei halt einfach da für mich.«

»Das bin ich doch! Und zwar die ganze Zeit schon. Aber du hast das gar nicht bemerkt!« Sie klang wütend.

Zoran schüttelte am anderen Ende der Leitung unwillig den Kopf. Er mochte die Richtung nicht, in die dieses Gespräch zu verlaufen drohte, wollte etwas erwidern, aber sie fuhr schon fort.

»Und wie stellst du dir das jetzt vor? Du spazierst hier einfach wieder so herein?«

»Nein, natürlich nicht.« Er überlegte. »Oder ja, irgendwie schon. Also nein, na, du weißt schon. Du meine Güte, irgendwo muss ich ja ansetzen.«

»Und da hast du plötzlich an mich gedacht?«

»Ja, natürlich hab ich da an dich gedacht. Schließlich sind wir verheiratet. Wir leben zusammen!«

»Zoran!« Ihre Stimme war deutlich und hatte einen scharfen Unterton. »Du hast mich verlassen. Ich lebe ganz alleine hier.«

»Nein, du hast das missverstanden.« Er schüttelte wieder unwillig den Kopf, in seinem Gesicht lag ein gequälter Ausdruck. »So banal das auch klingen mag, ich habe mich nur selbst verlassen. Du weißt schon, diese Person, die meinen Namen trug und behauptet hat, mein Leben zu leben.«

»Ja, aber mit dieser Person war ich zufällig verheiratet. Diese Person habe ich zufällig geliebt. Aber den da? Diesen Feigling, der vor seinem eigenen, privilegierten Leben davonläuft, heimlich, still und leise? Nein, danke. Der Typ, den ich geheiratet habe, der hätte sich gestellt. Anstatt wegzurennen!«

»Manchmal muss man Abstand nehmen, um sich Dingen stellen zu können. Ich habe mich dem Leben halt auf meine Art gestellt.«

»Flucht in Pathos!«, höhnte sie. »Das ist originell. Da lebst du ein paar Monate in Wien und schon wirst du zum Kaffeehausliteraten!«

Zoran lachte gequält auf. »Was willst du von mir hören? Letztendlich habe ich nur diesen einen verdammten Satz, den ich dir wiederholen kann: Mara, es tut mir leid. Dir gegenüber tut es mir leid. Mehr gibt es nicht zu sagen.«

Sie schwiegen, dann seufzte sie.

»Dann erklär mir eines. Was habe ich denn genau von deiner tollen Entschuldigung? Ich gehöre doch trotzdem zu dem Leben, das du verlassen hast. Ich bin ein Teil des Ganzen! Und du hast jetzt ein anderes Leben, ohne mich. Wie soll ich damit konkurrieren? Wie soll ich dir irgendetwas geben können, wenn ich zu dem gehöre, das du hinter dir lassen wolltest?«

Er fragte sich, was sie da eigentlich zu sagen versuchte. War da ein Subtext, der mitschwang?

»Heißt das, du willst dich scheiden lassen, oder was?«, fragte er, während ein Gefühl der Panik in ihm aufstieg.

»Na, du machst es dir ja sehr leicht. Du haust ab und dann schiebst du mir den schwarzen Peter zu, damit nicht du den Schlussstrich ziehen musst?«

»Was? Das mache ich doch gar nicht!«, rief er ehrlich entrüstet. »Du verstehst das absichtlich alles falsch!«

»Wie soll ich es denn verstehen, Zoran? Weißt du was? Triff endlich einmal eine echte Entscheidung. Und triff sie selber. So wie Erwachsene das machen. Oder noch besser, werde einfach mal erwachsen. Übernimm endlich Verantwortung für dich.«

Er schwieg. Dann lauschten sie ihrer gemeinsamen Stille.

Er hörte sie leicht einatmen.

»Das Wohnzimmer ist jetzt rot. Und ich habe ein paar Möbel umgestellt. Also pass auf, dass du nicht dagegenrennst, wenn du durch das Haus gehst.«

»Wirst du nicht da sein, um mir eine kleine Führung zu geben?«

»Zoran. Sei einfach vorsichtig, starr nicht in dein Handy und dreh das Licht auf, bevor du reingehst, okay?«

»Okay. Passt denn mein Schlüssel noch ins Schloss?«

»Komm und probier es aus.«

Er lächelte und wusste, dass sie es gerade auch tat. Auf diese unnachahmlich schiefe Art, in die er sich einmal verliebt hatte.

*

»Wann fährst du?«, fragte Katharina.

»Ach, woher weißt du denn, dass ich wirklich fahre?«

Katharina hob eine Augenbraue.

»Okay, am Samstag, Samstagabend.«

Wehmütig blickte er auf den leeren Teller und die Zigaretten vor sich. »Das muss ich mir wohl alles wieder abgewöhnen«, seufzte er.

»Harte Zeiten du vor dir hast«, nickte sie ernst.

Er lächelte. »Ja, die Macht, die könnte ich jetzt gut gebrauchen.«

Mit dem Finger pickte er die letzten Brösel vom Teller. Während sie abservierte, fragte sie: »Tanzt du eigentlich gerne?«

»Ob ich gerne was?« Er machte eine Pause. »Äh, keine Ahnung. Obwohl. Ich glaube ja, aber ich mache es zu selten.« Dann lächelte er sie an: »Aber du tanzt gerne, oder?« Es war ihm so herausgerutscht, und er merkte, dass ihn das unbekümmerte »oder«, das er noch eilig hinzugefügt hatte, auch nicht retten konnte.

»Woher weißt du das?«

Er lächelte ein bisschen unsicher. »Denke ich mir halt«, antwortete er zögerlich.

Sie sah ihn nur forschend weiter an. Er gab sich geschlagen.

»Okay. Also, weißt du noch, ganz am Anfang, nachdem ich hier angekommen bin?«

»Ja?«

»Da konnte ich doch nie schlafen.«

»Ja?«, sagte sie gedehnt und nickte.

»Und dann bin ich doch immer noch durch die Stadt spaziert.«

Sie nickte weiter.

»Und, na ja, wie soll ich sagen«, er hob entschuldigend die Schultern, »am Ende dieser Spaziergänge bin ich immer noch einmal am Ruin vorbei, um dich tanzen zu sehen. Wenn du putzt, dann tanzt du.«

Sie schüttelte den Kopf. »Hast du nicht!«

»Doch, irgendwie schon. Aber warum hast du eigentlich gefragt?«

»Jetzt lenk nicht ab, du Stalker!«

»Gehen wir tanzen?«

»Zoran! Lenk nicht ab und sag lieber: Du bist echt extra noch einmal am Ruin vorbei? Jedes Mal?«

Er nickte. »Ja. Sonst wäre der Tag«, er zögerte, suchte nach einer Formulierung, »irgendwie nicht vollständig gewesen.« Dann verbarg er den Kopf mit den Händen und summte leise »It's a shame, such a shame ...«.

Katharina lachte.

Er sah sie durch zwei Finger hindurch an: »Also, warum fragst du?«

»Weil da morgen dieser Typ auflegt. Früher, da war das magisch. Und ich muss das überprüfen. Ob diese Magie noch da ist.«

»Du musst das überprüfen?« Er suchte nach der Ironie in ihrem Gesicht, aber da war nichts.

»Ja, ich muss nachschauen, ob die Dinge noch stimmen. Begleitest du mich dabei?«

Irgendetwas schwang mit bei dieser Frage. Es wirkte fast so, als hätte sie Angst, alleine zu gehen.

»Ich begleite dich gerne auf diese Forschungsreise«, nickte er dann. »Aber ich weiß nicht, ob ich tanzen werde.«

»David hat früher immer gesagt, wer bei dem DJ nicht tanzt, ist tot.«

»Können wir ja morgen auch überprüfen, diese These«, lächelte Zoran. »Außerdem, wer weiß, vielleicht tanzt David ja auch mit.«

Sie lächelte. »Ja, wer weiß das schon?«

»Ich glaube«, sagte sie dann nach einer längeren Pause, »am meisten hatte er nicht vorm Sterben Angst, sondern davor, dass er womöglich in uns keine Spuren hinterlassen hat und dass wir ihn vergessen könnten.«

»Also ich werde David bestimmt nicht vergessen«, meinte Zoran ernst.

Sie lachte auf, setzte sich neben ihn und nahm seine Hand. Er drückte sie und hielt sie fest.

So saßen sie dann und rauchten beide gedankenverloren in die Nacht hinein.

»Dann gehen wir morgen Abend aus. So wie in den guten alten Zeiten«, sagte sie schließlich.

»So wie in den guten alten Zeiten«, wiederholte Zoran nickend, drückte noch einmal ihre Hand und stand auf. Im Gehen rief er noch: »Ich hol dich ab. So wie in den guten alten Zeiten.«

»Alles klar, du Stalker.«

*

Sie blickte in ihren Schrank. Wann war sie zuletzt tanzen gewesen? Oder überhaupt abends irgendwo hingegangen, außer ins Ruin? Sie konnte es nicht sagen. Irgendwo da drinnen musste es noch passende Klamotten für solche Aktionen geben. Sie wühlte sich durch eine Schicht von blauen Jeans, Band-T-Shirts und karierten Hemden, die sie seit Davids Tod wie eine Uniform trug. Sie wusste bestimmt, dass sie ein paar Röcke besaß und eventuell auch Dinge, die glitzerten. Sie hatte da so eine vage Erinnerung an eine Ausgehversion ihrer selbst. Irgendwann, nach einigen Minuten uninspirierten Wühlens, schlug sie die Schranktür wieder zu. Scheiß drauf, sie würde einfach so gehen, wie sie jetzt war. Es galt doch ohnehin nur herauszufinden, ob es noch möglich war, dass die Musik in Wellen über ihr zusammenschlug und sie mitnahm in diesen Rausch der Körperlichkeit. Was sie dabei trug, war einerlei. Sie wollte nur die Augen schließen und eintauchen in den Rhythmus der Nacht. So wie früher.

Ein paar Stunden später gingen Zoran und Katharina schweigend nebeneinander in Richtung Club.

»Wohin schaust du?«, fragte er und folgte ihrem Blick.

»Ich sehe Dinge, die es nicht mehr gibt.« Sie hob den Arm. »Da drüben zum Beispiel.«

»Ich weiß genau, was du meinst! Man geht durch eine Stadt, die sich ständig verändert. Aber auf der eigenen Landkarte hat man ein paar Orte vermerkt, die werden immer da sein, egal was die Wirklichkeit gerade behauptet.«

Sie nickte. »Und an manchen Ecken kann man sich schon nach drei Tagen nicht mehr erinnern, was da früher einmal war, wenn sie was Neues bauen. Das find ich fast am traurigsten.«

»Gar nicht«, sagte er. »Das heißt doch nur, dass diese Ecke in deiner Welt keine Bedeutung hatte. Das ist doch in Ordnung. Das Schöne ist ja, irgendjemand anderer wird sich dafür daran erinnern. Für den ist es dann mit dieser Ecke genauso wie für dich hier gerade im Moment. Auf dessen persönlichem Stadtplan ist es für immer vermerkt. Und so haben wir alle gemeinsam eine riesige Landkarte der Erinnerungen im Kopf.«

Katharina lächelte. »Das müsste man bündeln und zusammentragen, das wär schön.«

»Was ist denn hier, was ich nicht sehen kann?«, fragte Zoran nach einer kurzen Pause.

»Hier hinten versteckt war mal ein Abgang. Direkt hinunter zum Kanal, wo wir jetzt hin wollen.«

Er sah in die Richtung, in die ihr Finger zeigte.

»Der wär jetzt praktisch«, meinte er. »Wie kommt man denn da runter? Wir stehen ja quasi auf einer mehrspurigen Autobahn.«

Sie lachte. »Komm, ich bring uns sicher auf die Tanzfläche. Es ist wie mit der Burg und der Altstadt in Bratislava. Man muss nur den geheimen Weg kennen, dann kommt man lebend auf die andere Seite.«

»Bratislava? War ich noch nie. Hört sich auch gerade viel zu abenteuerlich für mich an.«

Sie deutete mit dem Kopf nach links. »Folge mir und dir wird nichts geschehen!« Im Umdrehen fiel ihr Blick noch einmal in die Ecke, in der der alte Abgang gewesen sein musste. Es fiel ihr schwer sich zu erinnern, wo er genau verlaufen war. Der Abgang zur Freiheit. Sie fragte sich, ob es ihn überhaupt gegeben hatte. Das Gehirn ist wirklich gnadenlos mit uns Nostalgikerinnen, dachte sie. Dauernd werden unsere Erinnerungen abgelöst von neuen Eindrücken, und so sehr man auch versucht sich festzukrallen, zerrinnen sie einem zwischen den Fingern.

»Hm, bevor ich sterbe, meinst du?«, fragte David.

Sie nickte.

»Ich glaube, so eine klassische Liste mit Dingen, die ich ab-erleben muss, habe ich nicht. Eher allgemeine Banalitäten, du weißt schon, die Welt bereisen, klüger werden, solche Sachen«, sagte er. »Obwohl, warte. Zwei konkrete Dinge gibt es da schon, die mir spontan einfallen: Ich will es einmal schaffen, den ›Ulysses‹ ganz zu lesen. Und die Smashing Pumpkins, die will ich einmal live gesehen haben. Dann wäre es okay für mich abzutreten, glaube ich.«

Katharina und er saßen anstatt im Nachmittagsunterricht am Schottenring in der Nähe vom Flex-Abgang und warteten, dass die Dealer endlich aus ihren Löchern krochen.

»Und bei dir?«

Sie zuckte mit den Schultern und murmelte eher zu sich. »Keine Ahnung. Vielleicht einfach meinen Platz in der Welt finden?«

»Hm?« David blickte sich unkonzentriert um. »Fuck, wir sind viel zu früh dran, die Sonne ist noch nicht mal untergegangen.« Er sah genervt auf die Uhr. »Voll peinlich irgendwie, jetzt schon hier zu sitzen.«

»Macht nichts«, meinte sie, »im Dunklen Drogen kaufen kann ja jeder. Außerdem find ich's grad gut so, genau wie es ist.« Sie blinzelte in die Abendsonne und schloss dann die Augen.

So saßen sie eine Weile einfach da, mitten im Jetzt. Dann war es Davids kleiner Finger, der wie zufällig den ihren berührte. Sie merkte, wie sich ihre Haare leicht aufstellten und eine kleine elek-

trische Ladung ihren Arm entlangkrabbelte. Kurz spürte sie dieser kleinen Berührung nach, dann legte sie ihren Finger fast wie in Zeitlupe auf seinen. Mit der Fingerkuppe begann sie langsam über seinen Nagel zu streichen, in der Mitte fühlte sie eine leichte Rille. Am Nagelbett zupfte sie an einem kleinen Fetzchen Haut. Katharina spürte, wie sich der Schwerpunkt ihrer beider Körper langsam zueinander verlagerte, bis ihre Schultern schließlich ein Dreieck bildeten. Ab und zu blinzelten sie sich kurz in die Welt, nur um erleichtert festzustellen, dass sie wirklich da waren. Sich erlebten. Dann schlossen sie wieder die Augen. Mit seiner Schulter war auch Davids Geruch immer näher gekommen. Katharina suchte nach einem Wort, während ihre Schulter den Druck gegen seine erhöhte. Betörend, dachte sie, und noch einmal: betörend.

»Wie bitte?«, murmelte er, aber sie schüttelte nur den Kopf. Hatte sie das laut gesagt?

Ihre Haare streiften seine, als sie den Kopf drehte und ihren an seinen lehnte. Sie atmeten tief. Sie atmeten sich tief ein und aus. Waren nur noch Berührung und Geruch füreinander und Anziehungskraft. Behutsam tastend wandten sie ihre Gesichter einander zu. Aus Stirn an Stirn wurde bald auch Nase an Nase. Und dann berührte ihre Wange seine. Sie spürte ein paar kurze Bartstoppeln kratzen, und wenn sie leicht lächelte, so wie jetzt, spürte sie sie noch besser. Sie öffneten gleichzeitig die Augen. In diesem Moment war er immer am schönsten für sie. Seit sie ihn kannte, lebte ein Teil von ihr in einem permanenten Warteraum auf den Moment, in dem er seine Augen öffnete. Das ging ihr dann durch Mark und Bein. Jedes Mal. Teil des Rausches mit ihm zu sein. Love Junkie, dachte sie. Und leise summte sie eine Melodie in sein Ohr.

»Ich kann mich nicht sattsehen«, sagte sie, »an dir.« Und brach damit einen Bann, denn er löste seine Schulter und vergrub seine Hand in ihren Haaren. Sie schlang ihre Arme um seinen Oberkörper, ihre Lippen öffneten sich, trafen aufeinander, und mit einem Mal waren sie nur noch Begehren. Alles in Katharina

vibrierte vor Glück über diese aufkommende Liebe. Sie hielt diesen Eindruck fest wie eine Kostbarkeit, denn sie wusste um den Wert von Momenten der absoluten Gegenwart wie diesem. Schon spürte sie den Schatten der Trauer darüber, dass es zwischen ihnen nie wieder so sein konnte wie jetzt gerade. Dass es für sie keinen zweiten ersten Kuss mehr geben würde. Es war, wie in einen saftigen Apfel zu beißen, dessen verfaulte Stelle man übersehen hatte. Der süße Geschmack wich mit einer plötzlichen Vehemenz einer Bitterkeit, in die Glückseligkeit des Augenblicks mischte sich ein Wissen um das Vermissen von all dem, was sie beide einmal gewesen sein würden. So, wie ein schöner Sommertag schon die Trauer über den nahenden Herbst beinhaltete, so machte Katharina mit ihrer Melancholie Momente wie diesen zu etwas Kostbarem, Einzigartigem. Die anderen hielten sie deswegen für seltsam, weil sie in allen schönen Dingen immer auch sofort etwas Schmerzliches sah. Aber was die anderen dachten, war Katharina egal. Denn sie war imstande zu fühlen – und entschlossen, das auch in aller Konsequenz durchzuziehen. Sollten die anderen doch erkalten. Sie wollte sich hingeben und ausliefern, wenn es das war, was die Entgrenzung und das Ausufern verlangten. Und sie hatte so ein Gefühl, dass es David damit ähnlich ging.

»Jetzt ist ja doch noch die Sonne untergegangen«, lächelte sie, als sie wieder auseinander aufgetaucht waren.

Verwirrt blickte er sich um. »Stimmt.«

Endlich hatte auch ein Dealer Erbarmen mit ihnen und verkaufte ihnen sein Gras.

Als die Polizei um die Ecke bog, waren sie schon den engen, besprayten Gang zum Kanal hinuntergelaufen. Es roch nach Pisse, Reste von Kotze klebten in der Ecke, die DNA der letzten Nächte. Katharina beeilte sich, mit David Schritt zu halten, ihre schmerzenden Füße in den neuen Martens bremsten sie aus, die mussten noch ordentlich eingegangen werden. Trotzdem lächelte sie die ganze Zeit, es ging nicht anders. In ihr gluckste es, so lebendig fühlte sie sich gerade. Und auch Jahre später noch, wenn sie zufällig hier vorbeikam und sich auf den Beton rund um die Baumscheiben setzte, um auf die Straßenbahn zu warten, bekam sie jedes Mal wieder kurz dieses Gefühl von Lebendigkeit zurück, das sie damals gespürt hatte.

Nach diesem Tag waren Katharina und David in der Schule dazu übergegangen, sich im Vorbeigehen kurz zu berühren, wie nebenbei. Um sich abzusichern, dass der andere auch wirklich da war. Sie brauchten diese Momente, um sich wieder aufzuladen, unbemerkt von der Welt, damit sie in ihr bestehen konnten.

*

»Du bist ganz schön begehrt«, brüllte Zoran ihr durch die Musik ins Ohr, als sie sich zufällig bei der Bar trafen.

»Ja gell?«, schrie sie zurück. »Ich finde das so lustig, wie manche Klischees tatsächlich einfach so passieren.«

»Du meinst, dass betrunkene Typen Frauen in Clubs antanzen?«

»Ja, und sie auf Getränke einladen, dieser ganze Schwachsinn. Trotz dem ewigen Smartphone-Gestarre, so schön anachronistisch, lustig, dass das immer noch passiert!«

»Sagt die Frau, die erfolgreich eine Bar betreibt, in der es aussieht wie vor fünfzig Jahren.«

»Nein, du verstehst nicht, was ich meine. Oh warte, Lieblingslied, ich muss leider tanzen«, rief sie und war ohne weitere Erklärungen wieder in der Menge verschwunden.

Zoran schnappte sich sein Getränk und schob sich durch den Club. Es war voll, es war auf die richtige Art dunkel und der DJ hatte Zauberkräfte, David hatte vollkommen recht gehabt. Dennoch war ihm nicht nach Tanzen. Er spürte es. Er war bereits dabei, sich zu verabschieden.

Katharina hingegen war angekommen. Ja, es funktionierte immer noch, sie war wieder Körper und Musik, lag den durchfeierten Nächten wieder in den Armen. Alles in ihr tanzte. Ansonsten gab es nichts. Nichts von Bedeutung. Neben ihr, auf der Tanzfläche, dieser Typ mit dem ewigen Jutebeutel über der Schulter. »Indieboy« hatten sie ihn früher scherzhalber genannt, wenn sie ihn zufällig beim Fortgehen gesehen hatten. Er war also immer noch da. Zuverlässig. Getröstet von seiner Präsenz schloss sie wieder die Augen. Manche Dinge änderten sich nie.

In kurzen Momenten zurück in die Gegenwart gebeamt sah sie Zoran aus den Augenwinkeln. Durch den Club wandernd. Oder, wie jetzt, an der Bar stehend. Es war, als wollte er jeder Ecke hier seine Aufwartung machen. Sie hielt in der Bewegung inne, um ihn anzusehen. Lag es an dem Song, der sie gerade in einen Zustand der Euphorie versetzte? Manchmal war es ihr fast unheimlich, was Musik mit ihr machte. Sie konnte sich selbst nicht trauen. Aber was, wenn es nicht an dem Song lag? Sie sah weiter zu ihm hinüber. Er lehnte nach wie vor an der Bar und hatte jetzt seinen Blick direkt auf sie gerichtet. Alles andere schien er ausgeblendet zu haben. Katharina wusste nicht, wie lange sie schon still dastand und zurückblickte. Rund um sie zuckten schwitzende Körper im Takt, manchmal durchkreuzte jemand tanzend ihr Blickfeld, dann war Zoran wieder da. Immer noch an der Bar. Immer noch blickte er zu ihr. Kein Zweifel.

Plötzlich erwachte sie aus ihrer Erstarrung und stolperte ein paar Schritte durch die Menge in Richtung Ausgang. Er ging dazu parallel an der Bar entlang. Immer noch sahen sie sich an. Bei den Schwingtüren trafen sie aufeinander und traten in die kalte Nachtluft.

Sie liefen am Kanal entlang. Die Stiegen hinauf. Weiter. Immer weiter. Sie auf der linken Seite der Straße, er auf der rechten. Der Motorenlärm der Taxis, kurzzeitige Stille, dann heulte irgendwo die Sirene eines Krankenwagens. Dopplereffekt, dachte sie. Und dann: Was denke ich da eigentlich? Dopplereffekt, Dopplereffekt, hallte es unverdrossen weiter in ihrem Kopf, in ihrem Ohr rauschte dazu ein leiser Ton.

Sie sahen sich wieder an, quer über die Straße, während sich ihre Schritte beschleunigten. Katharina wusste, dass sie konditionell gegen ihn keine Chance hatte, und fing trotzdem an zu rennen.

Sie musste es tun, einfach nur in normalem Tempo weiterzugehen war keine Option. Da war die U-Bahn. Sie stellten sich nebeneinander. Sahen sich nicht an, sprachen kein Wort. Zurück auf der Straße liefen sie weiter auf getrennten Straßenseiten. Warfen Blicke seitlich über die Schulter zueinander. Zwei Gassen noch, eine, sie beschleunigten, dann trafen sie sich vor ihrem Haus. Katharina kramte nach dem Schlüssel, mit einem leisen Schnappen ging das Licht an. Erster Stock. Zweiter Stock. Sie stolperten durchs Treppenhaus, immer an der Wand entlang, weiter, weiter. Dann die Tür, irgendwie den Schlüssel ein zweites Mal ins Schloss bekommen, drehen, schnell.

Als sie in der Wohnung standen, schnappten sie nach Luft, den Blick aufeinander geheftet.

Der Aufprall war schmerzhaft. Zähne auf Zähne, die Lippen aufeinandergepresst, die Körper aneinandergequetscht. Besessen davon, den anderen noch stärker spüren zu wollen.

Ein Begehren, ein Rausch, in Wellen, und da war zu viel Kleidung, viel zu viel, alles wollte sie trennen, sowieso alle Umstände und jetzt gerade diese verrückten Bahnen aus Stoff, die nicht schnell genug ausgezogen waren. Was sollten sie zuerst berühren, was zuerst kosten, was zuerst ansehen, was zuerst begehren? Überfordert am anderen sein. Sie drängten sich mit allem, was sie an Körper zur Verfügung hatten, aneinander. Konzentrierte Energie in einem

Moment, absolute Präsenz. Katharina und Zoran fickten, und nichts anderes spielte mehr eine Rolle. Sie kämpften mit absoluter Vehemenz dafür, für diesen kurzen Moment eins sein zu können. Schmeckten sich und die Nacht, den Schweiß, den Alkohol, das Begehren.

Erschöpft blieben sie irgendwann liegen. Nach kurzer Ruhe schälten sie sich ungelenk vom harten Vorzimmerboden und stolperten in Richtung Bett.

»Jetzt bloß nicht einschlafen, bloß nicht einschlafen«, murmelte Zoran. »Wir müssen die Zeit ausdehnen. Den Moment verdichten.«

So lagen sie also da, in einer fast schmerzhaften Umarmung. Nur um sich sofort wieder weit auseinanderzulegen, damit sie sich ansehen konnten, um jedes Detail des anderen zu scannen, aufzusaugen, genießen zu können. Um sich dann aber sofort wieder zurück in ihre Umarmung fallen zu lassen. Den anderen Körper ertastend, erspürend, mit geschlossenen Augen.

Plötzlich schreckte Katharina auf. Draußen wurde es hell, ein paar Vögel zwitscherten schon. Sie betrachtete Zoran vorsichtig, als könnte er unter ihrem Blick zerbrechen. Seltsam, wie sich ein Körper veränderte, wenn er schlief, was die fehlende Mimik ausmachte. Aber, und das wusste sie mit glücklicher Gewissheit: Er war nicht tot, nein, er war nicht tot, und sie war es auch nicht, und sie hatte bis hierhin gebraucht, um es zu verstehen.

Katharina stieg vorsichtig aus dem Bett und ging in die Küche. Mit einem Kaffee und einer Zigarette trat sie ans Küchenfenster und blickte in den Hinterhof. Sie beobachtete eine Taube, dachte an nichts und fühlte sich leicht.

Katharina betrachtete den schmalen Streifen Haut, den Davids eingegangenes Lieblings-T-Shirt freigab. Der Streifen war leicht gebräunt, sie fand ihn sexy. Sie legte ihre flache Hand zwischen seine Schulterblätter. Wie ein Blatt. Growing a tree in your spine, schoss es ihr durch den Kopf. Und dann war da dieser Björk-Song, in dem ein Baum Herzen wachsen lässt, für alle, die einem gestohlen werden. David war schon in ihr, da sang Björk immer noch in ihren Gedanken. Aber sie wurde leiser, immerhin.

Letztendlich interessiert man sich ja doch nur für Oberflächen, dachte Katharina, kurz nachdem sie gekommen war und ihn betrachtete. So gerne sie manchmal in seinem Kopf spazieren ging, aber wenn er seinen Inhalt nicht hätte, wäre es ihr jetzt gerade auch egal. Unglaublich, wie schön er ist, dachte sie.

Irgendwann spürte Katharina eine Präsenz, Zoran hatte sich lautlos hinter sie gestellt. Ohne sich umzuwenden hielt sie ihm schweigend ihre Zigarette hin. Eine Weile war nur das knisternde Aufglimmen zu hören. Dann drehte sie sich doch um. Zorans Augen, die üblicherweise abwesend zu irgendeinem Punkt in der Ferne sahen oder in sein Telefon, blickten diesmal einfach direkt in ihre. Sie blitzten in der aufgehenden Sonne, dunkel und mutig und schön. Er küsste sie auf den Hals und nahm einen Schluck aus ihrer Kaffeetasse. Nebeneinander am Fenster stehend sahen sie in den beginnenden Tag. Hin und wieder schepperte leise der Löffel, wenn sie die Tasse zum Mund führten. Dann und wann klickte das Feuerzeug und der ausgeblasene Rauch zog langsam durch die Küche.

»Lass uns rausgehen«, meinte Katharina schließlich, den Blick immer noch in den Hof gerichtet, »bevor es zu traurig wird.«

Zoran nickte. Langsam gingen sie den in der Nacht halb gestolperten, halb gerannten Weg durchs Treppenhaus zurück auf die Straße. Kurz lächelten sie sich dabei verschwörerisch und fast ein wenig verschämt zu. Draußen war nichts los, nicht einmal ein einsamer Hundeführer war unterwegs. Jeder in sich selbst versunken, so schlenderten sie nebeneinander her. Zuerst dachte Katharina, es wäre ein Irrtum, als Zoran ihre Hand berührte. Aber an diesem Sonntagmorgen, in einer dieser endlos langen Straßen in Wien-Favoriten nahm er einfach ihre Hand. Er spürte, wie das Glück darüber in ihm rauschte, und er konnte sein Lächeln nicht unterdrücken. Hätte er sich getraut, in diesem Moment zu ihr zu schauen und nicht stur geradeaus, hätte er gesehen, dass es ihr genauso ging. Sie spazierten weiter, ohne konkrete Gedanken im Kopf, sich aneinander und in diesem Augenblick festhaltend, mit einem Ziel vor Augen: es zu schaffen, das mit dem Weiterleben, jeder für sich.

Später war es dann der verschnupfte Langos-Verkäufer, der ihn erkannte. Davor hatten sie sich einen unerbittlichen Kampf am Autodrom geliefert und aus dem Panorama-Rad noch einmal in Richtung Friedhof zurückgeblickt. Jetzt aber bat der knoblauch- und fettumwölkte Mann freundlich um ein Foto und wechselte überschwängliche Worte mit seinem unverhofften Gast. Schnell scharten sich weitere Leute um Zoran und baten um Unterschriften und Fotos. Er sah Katharina hilflos mit einer entschuldigenden Geste an und wandte sich dann den Menschen zu. Sie biss inzwischen genüsslich in ihr Langos und beobachtete ihn, wie er freundlich und ungezwungen Konversation betrieb.

Jetzt lachte er laut auf und schrieb einem Kind etwas auf dessen Shirt. Es war erstaunlich. Sein Gesicht hatte einen Ausdruck angenommen, den sie an ihm nicht kannte. Er wirkte, als wäre er ganz in seinem Element. So, als wäre er glücklich. Zoran, dachte Katharina grinsend, würde auch einen guten Wirt abgeben. Dann nickte sie ihm noch einmal zu, drehte sich um und ging. Zoran hob den Kopf, als sie nur noch ein kleiner Punkt am Ende der Straße war. Eigentlich hatte er es ohnehin schon gewusst, auch ohne aufzublicken. Das war's also, dachte er, und seine Hand, in der gerade noch die ihre gelegen hatte, drückte jetzt diejenige eines verschwitzten Kindes.

Der Platz an Katharinas Seite war jetzt frei, während sie die Straße entlang zurückspazierte und sich der Langos-Geruch langsam wieder verflüchtigte. Ihre Hände baumelten einfach so neben ihrem Körper, unbeschwert, leicht. Und dann begann sie zu rennen, erst langsam und dann immer schneller. Wohin, das wusste sie noch nicht genau, erst einmal die Straße entlang, zurück nach Favoriten, und dann würde man schon weitersehen. Denn der Tag, der hatte gerade erst begonnen, und später würde noch die Sonne scheinen, ja, so hatte es geheißen.

Zoran der jetzt an der Straße stand, um auf ein Taxi zu warten, fragte sich, was anders war. Er fühlte sich so leicht, unbeschwert. Und da wurde es ihm klar, die Nacht war vorbei, und er stand da, in hellem Tageslicht, ohne sich verstecken zu müssen. Es war egal, ob ihn jemand erkannte. Er war frei, und die aufkommende Sonne erwärmte langsam sein Gesicht. Er hielt es ihr entspannt entgegen.

Epilog

»Schau, da hat uns jemand zwei Tickets für ein Fußballmatch geschickt«, sagte Sabina kopfschüttelnd und streckte Katharina den Poststapel entgegen. Diese bemühte sich um einen desinteressierten Gesichtsausdruck, während ihr Herz einen kurzen Moment aussetzte.

»Versteh ich nicht«, sagte sie heiser, »wer sollte uns denn so etwas schicken?« Sie räusperte sich, unauffällig um Fassung ringend.

»Aber es ist eindeutig an uns adressiert!«

Sabina überprüfte den Umschlag. Katharina konzentrierte sich auf ihre Atmung.

»Das Match ist in zwei Tagen, da hätten wir eh geschlossen«, sagte Sabina, während sie den Kalender checkte. »Du, da könnten wir hingehen. Ich meine. Könnte ja lustig sein. Ich war eh noch nie bei einem Match im Stadion. Du?«

»Nein.« Katharina schüttelte den Kopf. Atmen. Unverbindlich lächeln. Und atmen. Du kannst das, dachte sie. Das geht automatisch.

»Na dann, geben wir uns das doch! Zuerst machen wir unseren Ausflug auf den Friedhof zu David und dann am Abend ab ins Stadion, ist doch perfekt.«

Katharina war in brütendes Schweigen verfallen.

»Katha?« Sabina blickte von der Post auf.

Ihre Freundin schien weit weg zu sein. Sabina bekam ein mulmiges Gefühl. Sie kannte diesen Zustand, ihr wurde schwer ums Herz. »Katha, bitte, tu das nicht!«

»Wie? Was soll ich nicht tun?«

»Wieder an diesen Ort verschwinden.«

Katha blickte auf. »Was? Welchen Ort?

Sabina schaute sie nur ernst an.

»Entschuldige.« Katharina ging zu Sabina und umarmte sie. »Keine Sorge, ich bleib schön hier. Weißt du doch.«

Katharina genierte sich. Was für ein egoistisches Scheusal sie gewesen war. Und dennoch hatte Sabina zu ihr gehalten, ihre paar guten Eigenschaften nie vergessen und ihr letztendlich in ihrer Großzügigkeit alles vergeben. Sie durfte ihr keinen Schrecken mehr einjagen. Niemals hatte jemand so vehement beschlossen, ihre Freundin zu sein wie Sabina.

»Dann gehen wir ins Stadion?«, fragte Sabina, damit ihr nicht vor Erleichterung die Tränen kamen.

»Okay, lass uns hingehen.« Katharina nickte viel deutlicher, als nötig gewesen wäre, damit wiederum ihr nicht die Tränen kamen.

*

Umringt von grölenden Fußballfans saßen die beiden Freundinnen zwei Tage später etwas befremdet im Stadion.

»Alkoholfreies Bier. Ich meine, das ist echt eine Beleidigung. Da komme ich nicht mehr her. Und so viel Patriotismus, wie hält man das nur nüchtern aus?«

Das letzte Mal, als Katharina und Sabina hier gewesen waren, hatte Madonna gespielt und sie beide »La Isla Bonita« mitgesungen. Diesmal hieß es »I am from Austria«, von schönen Inseln keine Spur. Peinlich berührt wussten beide nicht so recht, wohin sie schauen sollten. Mit den Händen hielten sie sich leicht verkrampft an ihren Bierbechern fest.

»Hier ist auch keiner nüchtern. Jetzt weiß ich, warum an den Würstelständen vorhin so viel los war! Wir hätten von den Profis lernen sollen, dann wären wir jetzt nicht die einzigen Unterbebierten hier.«

»Deswegen freu dich, dass deine beste Freundin so ein Genie ist.« Sabina lächelte und zog einen Flachmann aus der Tasche.

»Wie hast du den reingeschummelt?«

»Gelernt ist gelernt.« Jahrelange Übung auf Konzerten hatten aus Sabina einen wahren Reinschmuggelprofi gemacht. Getränke, Jacken, Schirme, was andere vor lange Garderobenschlangen stellte, war alles kein Problem für Sabina. Selbst Türsteher waren eben gegen ihren Zauber nicht immun.

Katharina nahm einen ordentlichen Schluck zur Beruhigung aus dem Flachmann. Gleich ging es hier wohl los, sie wagte es nicht, auf das Spielfeld zu blicken. Sie begann an einem Nagel zu kauen und die Frisur ihres Vordermannes zu studieren. Um sie brandete Jubel auf, Sabina fixierte das Spielfeld. Plötzlich sprang sie aufgeregt auf.

»Ich glaub das nicht. Ich glaub das einfach nicht!« Lachend ließ sie sich wieder neben Katharina fallen.

»Was? Was ist denn los? Hat schon wer ein Tor geschossen?« Katharina zündete sich eine Zigarette an, den Blick starr geradeaus, ins Nichts gerichtet.

»Na, schau halt mal hin!«, rief Sabina mit einer ausladenden Geste und schüttelte den Kopf. »Du weißt schon, dass es um das Spiel da unten geht und nicht um den Typen da vor dir?«

»Gib mir lieber noch einen Schluck«, Katharina deutete auf den Flachmann und nahm einen tiefen Zug. Brandy und Koffein brannten sich ihren Weg Katharinas Kehle hinunter, machten ihr ein warmes Gefühl im Bauch und eine nebelige Erleichterung im Gehirn.

»Das gibt's doch nicht, na, jetzt wird mir einiges klar.« Sabina lachte. »Jetzt schau doch bitte endlich mal auf das

Spielfeld!« Sie versuchte Katharinas Kopf zu heben. »Das ist verrückt, ich meine, wir sind echt so deppert, dass wir das nicht gecheckt haben! Und der Idiot hat nichts gesagt! Die ganze Zeit – einfach nichts!«

»Sabina«, rief Katharina gedehnt durch die jubelnde Menge, »was ist? Was laberst du da die ganze Zeit?«

»Na, schau halt einmal aufs Spielfeld!«

»Ja, da sind zweiundzwanzig Hanseln, was soll's.«

»Na, schaust halt ein bisschen genauer auf den Typen da drüben, der mit der Nummer fünf! Was weiß denn ich, welche Position das ist.«

Katharina lächelte Sabina an, ohne den Blick auch nur einen Zentimeter von ihr ab in Richtung Spielfeld zu rücken.

»Sag nicht!« Sabina sah sie sprachlos an. Aber nur kurz. Denn dann legte sie los: »Du bist so arg! Seit wann weißt du das? Wieso hast du mir nichts gesagt? Du bist so arg!«

Katharina schmunzelte und hob dabei eine Augenbraue: »Na, weil du dann genau so reagiert hättest. Vor ihm. Und er keine ruhige Minute mehr gehabt hätte, weil du ihn permanent verarscht hättest.«

Sabina ging nicht auf die Provokationen ihrer Freundin ein. »Das ist nicht dein Ernst, das ist nicht dein Ernst! Du hast das echt gewusst und mir nichts gesagt? Wir sind beste Freundinnen! Wir arbeiten zusammen! Ich wäre fast in der Psychiatrie gelandet wegen dir und deinem blöden Lokal! Gib sofort meinen Flachmann her, du gemeine Heimlichtuerin.«

Katharina hob entschuldigend die Schultern. »Ich hab's auch lange nicht gecheckt«, probierte sie es versöhnlich, aber Sabina schüttelte nur den Kopf und verschränkte ihre Arme.

»Du bist echt so arg.«

Dann drehte sie sich um und starrte wieder fassungslos auf das Spielfeld. Nach ein paar Minuten eisigen Schweigens inmitten der tosenden und Sprüche skandierenden Fanmeute nahm Sabina ihre Freundin auf einmal in den Arm. Sie hatte alles verstanden. Umso ernster sah sie jetzt Katharina an.

»Mensch, Katha, du hättest echt was sagen müssen damals. Du warst so kaputt und verloren zu der Zeit, als der Typ«, sie deutete auf das Spielfeld, »im Ruin aufgetaucht ist. Der hätte dich auch komplett zerstören können.«

»Ich hätte es mich doch ohne dich gar nicht getraut«, flüsterte Katharina in Sabinas Rücken und drückte sie fester, »also ihn irgendwie in mein, in unser Leben zu lassen. Aber letztendlich hat er mich zurückgeholt, auf seine seltsame Art, so Stück für Stück. Auf einmal war ich wieder wach, kurz bevor, na ja, du weißt schon, es echt zu spät gewesen wäre für uns alle. Also wahrscheinlich hat er nicht nur mich gerettet damals, sondern wir uns«, sie zeigte auf das Spielfeld, »wirklich alle gegenseitig irgendwie.«

Sabina nickte in ihren Rücken. »Immer zur richtigen Zeit am richtigen Ort, unser Neunzehn-Uhr-Mann.«

Fest aneinandergeklammert genossen sie jetzt inmitten all der gebrüllten Gesänge das Gefühl, beieinander zu Hause zu sein. Und da, ganz weit unter ihnen, bestrahlt von mehreren tausend Watt, glänzte der Grund, warum sie heute hier gemeinsam saßen, und spielte sich die Seele aus dem Leib. Ganz so, als würde er es noch einmal wissen wollen.

*

»Und jetzt?«, fragte Sabina, als das Match vorbei war.

»Na, jetzt gehen wir nach Hause.« Katharina lehnte sich tief in dem unbequemen Stadionsitz zurück.

»Wie, nach Hause? Willst du nicht ›Hallo‹ sagen, ihn treffen? Habt ihr nicht irgendetwas ausgemacht?«

»Nein, natürlich nicht, und wir machen auch nichts. Es ging nur um diese neunzig Minuten, verstehst du?«

»Nein«, meinte Sabina. »Das versteht niemand außer dir. Und diesem Irren natürlich. Romantisches Pack.« Sie schnaufte.

»Wir können ja noch eine Runde zum Lusthaus gehen, wenn du noch nicht nach Hause magst«, schlug Katharina vor. »Und ein bisschen über die alten Zeiten reden? Wäre vielleicht ein ganz guter Moment, jetzt.«

Sabina lachte. »Ja, warum nicht, könnte man mal machen.«

Auf dem Rückweg durch die Hauptallee entschieden sie sich, weiter zum Donaukanal zu ziehen. Hauptsache noch nicht schlafen gehen, dieser Tag fühlte sich noch nicht fertig an. Also bogen sie nach links in Richtung Stadt ab. Sabina zündete sich eine Zigarette an, und in diesem Moment sahen sie ihn. Er kam ihnen direkt entgegen, begleitet von einer Frau und zwei Männern. Die drei schienen sich lebhaft zu unterhalten, während Zoran stumm und direkt zu ihnen beiden blickte, sein Gesicht von einer Laterne erhellt. Sabina nahm Katharina am Arm und wollte stehen bleiben, doch die ging einfach weiter, unfähig zu irgendeiner Reaktion. Gleich, gleich, gleich würde dieser Moment vergangen sein. Sie würden aneinander vorbeigegangen sein wie zwei Fremde, Gehirn im Panikmodus. Doch plötzlich hielt Zoran auf sie zu. Seine Begleiter unterbrachen ihr Gespräch und sahen verwundert zu Sabina und Katharina hinüber. Zoran ging unbeirrt weiter, auf direktem Weg zu ihnen.

»Haben Sie eine Zigarette für mich?«, fragte er und sah Katharina an.

Die Zeit schien für einen Moment stillzustehen. Katharina und Zoran standen da, selbstvergessen in ihrem Augenblick. Katharina nickte stumm und klopfte ihm eine

Zigarette aus ihrem Päckchen. Dann schnappte sie ihr Feuerzeug, entzündete die Flamme und hielt schützend gegen den Wind ihre zweite Hand davor. Für einen Moment legte er seine Hände über ihre. Dann glomm das Ende der Zigarette mit einem Knistern auf.

»Danke schön«, sagte er, und sie spürte seine Finger über ihre Hand streichen. Ihre Blicke trennten sich, er ging zurück zu seiner Gruppe und setzte den Weg mit ihnen fort.

Katharina verstaute ihr Zigarettenpäckchen und sah Sabina kurz an. »Komm«, sagte sie und zog ihre Freundin sanft weiter in Richtung Donaukanal. Die Straßenlaterne war ausgefallen, und sie gingen die nächsten paar Meter durch einen stockdunklen Prater.

Katharina lächelte.

Easy.

Elena Messners neuer Roman ist nicht nur die präzise Aufarbeitung eines Wirtschaftskriminalfalls, sondern auch eine unwiderstehliche Hommage an die Durchsetzungskraft von politischer Kunst und investigativem Theater.

Elena Messner
Nebelmaschine
Roman

Für die Kultur ist kein Geld mehr da! Die Krise einer Großbank hat sämtliche Landesmittel aufgebraucht, der Traum vom Wachstum liegt in Trümmern, und mit ihm der Kulturbetrieb. Mehrere arbeitslos gewordene Künstler vereinigen sich zum »Theater auf Lager«. Das Stadttheater entsendet die Bühnentechnikerin Veronika mit Solidaritätsbekundungen, sie soll die Unabhängigen beobachten. Ohne einen Cent in der Tasche planen diese das Theaterstück einer Autorin, die mit den Banken und dem Finanzwesen hart ins Gericht geht. Für die Uraufführung des Stückes wird Hilfe benötigt. Jetzt ist Veronika an der Reihe, ihren Teil zum Gelingen dieses waghalsigen Projektes beizutragen.

216 Seiten, gebunden mit Schutzumschlag & Lesebändchen
21 Euro, ISBN 978-3-99065-037-0

Ein Roman mit feiner Ironie und sprachlicher Finesse, der sich mit dem Status quo nicht zufrieden gibt und eine zeitgenössische Schelmin zur Hauptfigur macht.

Eva Schörkhuber
Die Gerissene
Roman

Ohne einen Cent in der Tasche reist Mira in die Welt hinaus, um ihren Platz darin zu finden. In Marseille macht sie sich mit dem Upcycling alter Kleidung einen Namen, in Oran näht sie aus Djellabas Minirocktaschen und in der Sahara schließt sie sich einer Reisekarawane an und arbeitet in einem Flüchtlingscamp mit. Stets begegnet Mira den Menschen und Umständen mit wachem, kritischem Blick und dem Drang, einen Beitrag zu leisten. Als in Havanna ihre Erwartungen auf eine echte, lebendige Revolution enttäuscht werden, gründet sie eine neue aufständische Bewegung. Wieder steht Mira vor einer Chance, die Welt zu einem besseren Ort zu machen. Doch diesmal muss sie alles riskieren.

224 Seiten, gebunden mit Schutzumschlag & Lesebändchen
22 Euro, ISBN 978-3-99065-047-9

Ein warmherziger und sonnenheller Roman über schwarze Schafe, die mit ihren inneren Dämonen zu kämpfen haben und ein Zuhause suchen.

Teresa Kirchengast
Schwarze Schafe
Roman

Die Journalistin Ella lebt zufrieden mit ihren Schafen Bertha und Suttner in einem Wohnwagen hinter dem ehemaligen Haus ihres Vaters. In die ein wenig trügerische Idylle platzt die resolute Elisabeth, die das Haus für sich beansprucht und kurzerhand in Beschlag nimmt. Kurz darauf zieht auch ihr Sohn Bob, der gerade aus dem Gefängnis entlassen wurde, ein. Als dann noch die wohlstandsverwahrloste 17-jährige Eleonore mit ihrem dauerschreienden Baby aufkreuzt, ist die ungewöhnliche neue Wohngemeinschaft komplett. Während sich alle langsam näherkommen und sich zwischen Ella und Bob eine leise Liebesgeschichte entspinnt, droht Ellas Vergangenheit alles zu zerstören ...

248 Seiten, Paperback
18 Euro, ISBN 978-3-99065-030-1

Erste Auflage

www.editionatelier.at
Cover: Jorghi Poll
Druck: Grafički zavod Hrvatske, Zagreb
ISBN 978-3-99065-048-6
E-Book ISBN 978-3-99065-053-0

Mit freundlicher Unterstützung des Literaturreferats der Stadt Wien, MA7 und der Kunstförderung des Bundeskanzleramtes Österreich.

WIEN KULTUR

Bundesministerium
Kunst, Kultur,
öffentlicher Dienst und Sport